最美国学

元曲

季旭升教授
文心工作室 编著

总策划

中央编译出版社
Central Compilation & Translation Press

图书在版编目(CIP)数据

元曲 / 文心工作室编著. — 北京：中央编译出版社, 2017.8
(最美国学)
ISBN 978-7-5117-3321-4

Ⅰ.①元… Ⅱ.①文… Ⅲ.①元曲-选集 Ⅳ.①I222.9

中国版本图书馆CIP数据核字(2017)第088578号

《中文經典100句：元曲》
作者：文心工作室
中文簡體字版ⓒ2017年 由中央編譯出版社出版、發行
本書經城邦文化事業股份有限公司【商周出版】授權，同意經由
中央編譯出版社有限公司，出版、發行中文簡體字版本。
非經書面同意，不得以任何形式任意重製、轉載。

最美国学　元曲

出 版 人：	葛海彦
出版统筹：	贾宇琰
策 划 人：	苗永姝
责任编辑：	苗永姝
责任印制：	刘　慧
出版发行：	中央编译出版社
地　　址：	北京西城区车公庄大街乙5号鸿儒大厦B座(100044)
电　　话：	(010)52612345(总编室)　(010)52612335(编辑室)
	(010)52612316(发行部)　(010)52612346(馆配部)
传　　真：	(010)66515838
经　　销：	全国新华书店
印　　刷：	北京紫瑞利印刷有限公司
开　　本：	880毫米×1230毫米　1/32
字　　数：	253千字
印　　张：	12.25
版　　次：	2017年8月第1版
印　　次：	2017年8月第1次印刷
定　　价：	35.00元
网　　址：	www.cctphome.com　邮　箱：cctp@cctphome.com
新浪微博：	@中央编译出版社　微　信：中央编译出版社(ID：cctphome)
淘宝店铺：	中央编译出版社直销店(http://shop108367160.taobao.com)
	(010)55626985

本社常年法律顾问：北京市吴栾赵阎律师事务所律师　闫军　梁勤
凡有印装质量问题，本社负责调换。电话：(010)55626985

目录

导　读　与唐诗宋词并称的文学瑰宝"元曲"　001

断肠人在天涯　001

你道方径直如线，我道侯门深似海　003

怎将我墙头马上，偏输却沽酒当垆　008

欲寄君衣君不还，不寄君衣君又寒　011

夕阳西下，断肠人在天涯　015

体态是二十年挑剔就的温柔　019

不思量，除是铁心肠，铁心肠也愁泪滴千行　023

新啼痕压着旧啼痕，断肠人忆断肠人　026

碧云天，黄花地，西风紧，北雁南飞。

　　晓来谁染霜林醉？总是离人泪　030

这忧愁诉与谁？相思只自知，老天不管人憔悴　034

愁心惊一声鸟啼，薄命趁一春事已，香魂逐一片花飞　037

气呵做了江风淅淅，愁呵做了江声沥沥，

　　泪呵弹做了江雨霏霏　041

一声梧叶一声秋，一点芭蕉一点愁，三更归梦三更后　045

平生不会相思，才会相思，便害相思　049

青衫泪,锦字诗,总是相思 052

糠和米,本是相依倚,被簸扬作两处飞 056

旧弦已断,新弦不惯。旧弦再上不能,待撇了新弦难拼 061

羁怀萦挂,人情浇诈,相逢休说伤时话 064

乍相逢如梦里,谁承望得重会 067

思乡泪,远戍人,夜更长砌成幽恨 071

泪流襟上血,愁穿心上结 075

青山隐隐遮,行人去急,羊肠鸟道马蹄怯 079

百计思量,没个为欢处。白日消磨肠断句,
    世间只有情难诉 083

世间何物似情浓?整一片断魂心痛 087

梅子青青小似珠,与我心肠两不殊 091

退一步乾坤大 095

贤的是他,愚的是我,争什么! 097

虽无刎颈交,却有忘机友 101

千古是非心,一夕渔樵话 105

今朝有酒今朝醉,且尽樽前有限杯,回首沧海又尘飞 109

不达时皆笑屈原非,但知音尽说陶潜是 112

成也萧何,败也萧何,醉了由他 116

退一步乾坤大,饶一着万虑休 120

闲来几句渔樵话,困来一枕葫芦架 123

无官何患,无钱何惮,休教无德人轻慢 126

目 录

算从前错怨天公,甚也有安排我处 130

大江东去,长安西去,为功名走遍天涯路 134

他得志笑闲人,他失脚闲人笑 138

醉眸俯仰,世事浮沉 142

朝吟暮醉两相宜,花落花开总不知,虚名嚼破无滋味 145

管甚谁家兴废谁成败,陋巷箪瓢亦乐哉 148

生前难入画,死后不留题 151

功名两字原无命,学神仙又不成,叹吴侬何处归耕 155

急流中勇退是豪杰,不因循苟且 158

事要知机,交须知己,诗遇知音 162

仔细评驳,富贵由人,贫贱也咱欢乐,不饮从他酒价高 165

免终朝报晓,直睡到日头高 169

人生聚散皆如此,莫论兴和废。富贵似浮云,世事如儿戏 172

良辰美景奈何天 177

人生有几?念良辰美景,一梦初过 179

天若有情天亦老,且休教、少年知道 183

百岁光阴一梦蝶,重回首往事堪嗟 186

落花水香茅舍晚,断桥头卖鱼人散 189

也曾麦场上拾谷穗,也曾树梢上摘青梨 192

万朵彩云生海上,一轮皓月映波中 195

云来山更佳,云去山如画 199

诗句欲成时,满地云撩乱 202

扑头飞柳花，与人添鬓华 205

莺莺燕燕春春，花花柳柳真真 208

春若有情春更苦，暗里韶光度 212

山光如淀，湖光如练，一步一个生绡面 215

九日明朝酒香，一年好景橙黄 219

十年一觉扬州梦，春水如空 223

一江秋水淡寒烟，水影明如练，眼底离愁数行雁 227

光阴估值，估值钱多少？ 230

攘攘皑皑，颠倒把乾坤碍，分明将造化埋 234

明月中天，照见长江万里船 237

原来姹紫嫣红开遍，似这般都付与断井颓垣。良辰美景奈何天，
   赏心乐事谁家院！ 240

最是春光易得消，才过元宵，又过花朝 244

香箑笑卷青荷柄，我醉欲眠君又醒 248

一行白雁清秋，数声渔笛蘋洲，几点昏鸦断柳 252

眼看他起朱楼，眼看他宴宾客，眼看他楼塌了 255

溪深溪浅随春笑，窗明窗暗疑人到，钟初钟绝带诗敲 261

读书人一声长叹 265

地也，你不分好歹何为地？天也，你错勘贤愚枉做天！ 267

不是闲人闲不得，及至得了闲时又闲不成 271

藏之则鬼神遁迹，出之则魑魅潜踪 275

到头来善恶终须报，只争个早到和迟到 279

目 录

你看他是白屋客,我道他是黄阁臣 283

忠孝的在市曹中斩首,奸佞的在帅府内安身 286

赢,都变做了土!输,都变做了土! 290

兴,百姓苦!亡,百姓苦! 294

霜降始知节妇苦,雪飞方表窦娥冤 298

恨天涯流落客孤寒,叹英雄半世虚幻 302

正是执迷人难劝,今日临危可自省 306

岂不闻远亲不似近邻,怎敢做个有口偏无信 310

残碑休打,宝剑羞看 313

伤心秦汉,生民涂炭,读书人一声长叹 317

人皆嫌命窘,谁不见钱亲 321

短命的偏逢薄幸,老成的偏遇真成,无情的休想遇多情 325

也不唱韩元帅偷营劫寨,也不唱汉司马陈言献策,
　　也不唱巫娥云雨楚阳台 328

昌时盛世奸谀蔽,忠臣孝子难存立 332

形骸太蠢,手敲破鼓,口降邪神 336

饶君使尽英雄汉,免不得轮回一转。虽然跳不出死生关,
　　也省了些离合悲欢 340

今年不济有来年,看气色实难辨 344

没天儿惹了一场,平地里闪了一跤 347

民愁叹,号天,怨天,这其间方信道做天难 351

人多因指驴说马,方信道谩情诙谐不是耍 354

笑藏着剑与枪,假慈悲论短说长 358

自己跌倒自己爬，指望人扶都是假 362

世间人睁眼观见，论英雄钱是好汉。有了他诸般趁意，
没了他寸步也难 366

生平劲节清操，怎肯向貂当屈膝低腰 369

平日价张着口将忠孝谈，到临危翻着脸把富贵贪 373

冤戴覆盆霜，恨气空填霄壤，啼鹃血尽，今宵魂在何方？ 377

导 读

与唐诗宋词并称的文学瑰宝"元曲"

一、元曲的起源

什么是"元曲"呢？元曲包含散曲及剧曲，是盛行于元代的诗歌和戏剧文学。"散曲"是在诗和词之后，中国文学上新兴的一种诗歌形式；"剧曲"则是更复杂的戏剧表演艺术，由演员以说白、动作、歌唱、舞蹈等方式来演出故事，在北方有杂剧，在南方有南戏。

原本宋代流行的诗歌和戏剧，使用的是中原地区为主的音乐和语言，但是随着时间发展，南、北方传入的民间音乐，使新的曲调出现，再加上方言声调的不同，旧有的曲调逐渐没落；在内容上也因为文人太过于讲究修辞，渐渐失去了活力；加上元代废除了科举制度，汉族文人失去施展抱负的舞台……种种原因，使得元代文人开始创作新的文学体裁，用来寄托他们的感情和理想,"元曲"便成为中国文学史上的新明星。

二、散曲与剧曲

(一) 散曲

散曲和乐府、宋词相似,是一种诗歌体裁。依照音乐曲调,即曲牌格律,填写曲词。表现方式主要为歌唱,内容包含历史、社会、抒情等。散曲的形式有小令和套数两种。

小令:元人又称为"叶儿",是散曲的单位。小令中又有几种形式,所谓"寻常小令"指的是最单纯的一种小令形式,以单一曲牌填写曲词,例如大家喜爱的《天净沙·秋思》:"枯藤老树昏鸦,小桥流水人家。古道西风瘦马,夕阳西下,断肠人在天涯。"就是一首在六十字以内,并且一韵到底,不能换韵的标准小令佳作。另外还有一种"带过曲",则是作曲者作完一曲,感觉还不够尽兴,继续填写两到三支同宫调的曲牌而成,例如常见的《雁儿落带得胜令》、《十二月带尧民歌》等。

套数:又称为"散套",是一种体制比较庞大丰富的组曲,由许多首同宫调的曲牌支曲所组成。整套套曲最少必须包含三种曲牌,并以"尾声"作结,而且首尾要同韵。

(二) 剧曲

剧曲是除了套数,还要加上宾白等旁白和台词,由演员唱念、动作,以叙述故事的表演形式。在元代以前便已经开始发展,到了元代更加成熟茁壮。因为中国南北音乐及方言的差异,而发展出北方杂剧及南方南戏这两种戏剧形态。杂剧通常以历史和社会案件等故事为多,能够传达剧作家的理想与民众心理,例如讲述主角含冤而死、终于真相大白、惩奸除恶的《窦娥冤》,就是元杂剧名著。

而流行于南方的南戏,剧作体制较杂剧更为自由,它使用南方的方言及音乐曲调,与北方杂剧的风格不同,故事内容也多属于家庭与爱情故事,例如名著《琵琶记》,就是描述主角悲欢离合的婚姻故事。

杂剧之体制:

1. 一本四折:杂剧一个剧本中,包含四折,以四折为限。一折中的曲子限为同一宫调,并需一韵到底。

2. 楔子:元杂剧中,可以在四折之外,以一二支小令来补充剧情,置于第一折前,或是各折中间。

3. 角色歌唱:元杂剧中主要的角色为末(男性角色)、旦(女性角色)、净(喜剧角色)三种。杂剧中每折限一人独唱。

4. 题目正名:用来总结全剧的两句或四句诗句。剧末由后台伶人唱念,并以其中几字作为全剧定名。例如《窦娥冤》的题目正名是"秉鉴持衡廉访法,感天动地窦娥冤",以末句后三字作为剧名简题。

南戏之体制:

1. 不限出数:南戏一本剧本中,以"出"为单位,不限数量,往往长达数十出。一出之中不限宫调,也可以换韵。

2. 副末开场:副末是南戏中的固定角色,负责于第一出开场时，念诵两首词，分别介绍作者创作理念及剧情大意。并且与后台即将登场角色互相问答，引出主要剧情。

3. 角色歌唱：南戏的主角通常是生（男性）与旦（女性），年纪都在中年以下。一出之中不限一人独唱，主角和配角都可以独唱、合唱或轮唱。

4. 题目及下场诗：南戏在第一出之前，就有四句七言诗，介绍剧情大意，即题目，例如《琵琶记》的题目为："极富极贵牛丞相，施仁施义张广才。有贞有烈赵贞女，全忠全孝蔡伯喈。"而每一出结束时，又由下场角色念四句七言诗，是为下场诗，例如第二十八出《琵琶记·五娘寻夫上路》的下场诗："为寻夫婿别孤坟，只怕儿夫不认真。流泪眼观流泪眼，断肠人送断肠人。"

三、元曲的特色

元曲是一种平民化的文学形式，在多方面表现出它的自由与丰富特性：

1. 题材丰富：散曲的内容，包含历史典故、感叹世局、写景抒情、歌咏爱情等各种题材，不同于较偏重于抒情和爱情描写的词。剧曲方面，也有历史、社会、家庭、爱情、宗教等各种故事内容，题材相当丰富。

2. 衬字的使用：曲和词需要依照曲牌填写曲词，都是长短句。词必须要遵守曲牌的格律，有固定的字数，但是曲则自由许多，可以为了文意的完整，在规定的字数之外，再增加衬字。

3. 用韵较自由：诗词和曲都是需要讲究押韵的文体，诗词要求押韵时要区分平、上、去、入四声，曲则不用。在用韵上相对来说，曲更加自由而且合于口语自然的声调。

4. 方言俗语：元曲既然受到民间里巷的音乐影响，地方的方言还有俗语也跟着一起写进曲词，形成与诗词的文人笔法相当不同的平民气质，显得生动又活泼。

四、代表人物作品与派别

散曲依照风格，可以分为豪放派与清丽派。豪放派多使用质朴的口语，情感直率自然，代表作家有马致远、张养浩等，清丽派的作品则以华美的辞藻、清雅优美的意境入曲，代表作家为张可久、乔吉等。

豪放派的作品如马致远的《拨不断》："菊花开，正归来。伴虎溪僧鹤林友龙山客，似杜工部陶渊明李太白。有洞庭柑东阳酒西湖蟹。哎！楚三闾休怪。"描写自己归隐之后的生活，闲居交游的乐趣十足，表现出旷达的胸怀。清丽派的作品如乔吉的《水仙子·寻梅》："冬前冬后几村庄，溪北溪南两履霜。树头树底孤山上。冷风来何处香？忽相逢缟袂绡裳。酒醒寒惊梦，笛凄春断肠，淡月昏黄。"借由寻找梅花，描写自己失意的怀抱，表现出清幽脱俗的气质。

杂剧的代表作家及其著名作品，有关汉卿《窦娥冤》、《拜月亭》，王实甫《西厢记》，白朴《梧桐雨》、《墙头马上》，马致远

《汉宫秋》，还有郑光祖及乔吉等，俱为名家。南戏则有著名之四大南戏《荆钗记》、《白兔记》、《拜月亭》和《杀狗记》等，还有高明的《琵琶记》，将南戏带入精致化的局面。

五、明清以后的发展

元代散曲到了末期，就像宋词一样，也逐渐走向追求格律、讲究华美修辞的境地，取代了原有的质朴活力。随着北方的文人南下，文化重心的南移，明代以后，散曲创作的热情依然不减。而受到南方音乐的影响，北方的音乐曲牌和南方的音乐曲牌有了更多结合创作的机会，形成更多南北合套的组曲，南曲甚至有取代北曲的趋势。

杂剧到了明代以后，作品流于宫廷化、文人化，为了迎合王公贵族的口味，修辞更加华丽复杂，不适合于舞台上实际演出，因而逐渐没落；南方的南戏则继续盛行，并采纳杂剧的内涵，发展成包含南北戏曲特点的形式，就是我们通常称为"明传奇"的明代戏剧，展开了新的辉煌旅程。其中，汤显祖和他的爱情名著《牡丹亭》成就最高，影响也最大。这股传奇的热潮持续到清初，有洪升描述唐明皇及杨贵妃故事的《长生殿》，以及孔尚任描写明末侯方域和李香君故事的《桃花扇》等两部重要剧作，此后便渐趋没落了。

断肠人在天涯

你道方径直如线,我道侯门深似海

名句的诞生

　　(梅香云)小姐,为甚么着我接他去?(正旦唱)你道为什着你个丫鬟迎少俊,我则怕似赵杲送曾哀[1]。(梅香云)这里线也似一条直路,怕他迷了道儿[2]?(正旦唱)你道方径直如线,我道侯门深似海[3]。

——元·白朴·《墙头马上》第二折

完全读懂名句

　　1. 赵杲送曾哀:此谓裴少俊一去不回。北宋民间谚语:"赵巧(一说:老)送灯台,一去不回来。"相传木匠鲁班请徒弟赵巧(老)送灯台去给海龙王,赵巧(老)自作聪明地仿作一个灯台送去,没想到从此以后就沉在海底,不能回来了。2. 迷了道儿:迷路。3. 侯门深似海:比喻官宦显贵人家的门禁森严,外人不容易进出。

语译：梅香说："小姐，你为什么要我去接裴公子？"李千金回答："你问为什么找你这个丫鬟去迎接少俊，因为我怕少俊就像送灯台的赵杲一样，一去不回。"梅香又说："这是一条直线，你还怕他迷了路？"李千金又说："你说这是一条笔直如线的路，我却说官宦显贵人家的门禁森严，外人很难进出。"

作者背景小常识

白朴（约西元1226—1307年），字太素，一字仁甫，号兰谷，隩州（今山西河曲）人。白朴七岁遭乱，其母被虏，其父远出，于是随元好问流寓山东。在元好问的指导下，学问日进，声誉卓著，但因幼经离乱，与父母分离，悒郁无欢，不肯出仕。后移家金陵（今南京），常从诸遗老放情山水，终日以诗酒为乐，晚年北返。白朴的杂剧成就很高，与关汉卿、马致远、郑光祖并称"元曲四大家"。所作杂剧现知有十六种，今存《墙头马上》、《梧桐雨》、《东墙记》三种，多描写爱情故事。散曲今存套数四套，小令三十七首，大体可分作"叹世"、"写景"、"咏唱恋情"三类。"叹世"之作具放旷超脱之风，曲文率直，不事雕琢，表现对现实的愤慨。"写景"作品文字工丽，别有风致。"咏唱恋情"则细腻含蓄，风格淡雅庄重。另有词集《天籁集》传世。

剧曲的故事

白朴《墙头马上》与关汉卿的《拜月亭》、王实甫的《西厢记》、郑光祖的《倩女离魂》，合称为"元代四大爱情剧"。

此剧全名为《裴少俊墙头马上》，共四折。故事叙述工部尚书之子裴少俊遵父命远赴洛阳，为御花园挑选奇花异草。裴少俊与随从张千骑马来到洛阳，途经李总馆的后花园，隔墙见到一位绝色佳人——李千金。两人一见钟情，互相赠诗，李千金并在诗中嘱其"莫负后园今夜约，月移初上柳梢头"，不料仍被守着库房门的奶娘发现，两人动之以情、晓之以理地说服奶娘成全，私奔离家。

两人至长安后，裴少俊不敢禀告父母，遂将李千金藏匿在后花园中，并孕育了一子一女。一日，孩子在花园中玩耍，不巧正好被裴尚书撞见，大为震怒的他以为李千金是歌妓倡优，故极力辱骂、刁难她。李千金理直气壮为自己的爱情辩护，但最终仍是不敌封建家长的强势，少俊只好写下休书，暂送千金回洛阳守节，再远赴京城应考。所幸，少俊得中状元，裴尚书明白事情原委后，向千金赔礼，于是全家团圆，共享天伦之乐。

名句的故事

李千金与裴少俊一见钟情，相约后花园尽诉情意。然月上柳梢头后,竟迟迟未见心上人,李千金焦急地等待着,期盼下一秒情郎便能出现。时间一分一秒过去,她担心情郎言而无信,却还是忍不住为他找理由:他应是找不到路吧!所以不能准时前来赴会。

于是,她恳求丫鬟梅香到外面等他,梅香对小姐殷切的盼望心知肚明,仍故意捉弄她,直道"方径直如线",不可能迷路。但心焦的小姐以一句"侯门深似海",幽幽道出心声:封建、礼法的桎梏,对有情人来说,就如同紧箍咒一般,要见一面都不容易!

历久弥新说名句

"侯门深如海",相传唐代有个名叫崔郊的秀才,他瞒着姑姑,与她美丽的婢女相恋。司空于頔(笛)不知婢女早已心有所属,以四十万买下了她。之后,崔郊饱受相思折磨,常在于府附近徘徊,盼望能见她一面。终于在寒食节这一天,两人见了面。崔郊将所写的诗送给她:"公子王孙逐后尘,绿珠垂泪滴罗巾。侯门一入深如海,从此萧郎是路人。"爱才的于公看到这首诗后,不仅成全这对有情人,更致赠丰厚的礼品,让两人安稳度日。

明末清初剧作家袁于令曾与人争夺一妓女,被其父扭送官府,在狱中他将自身经历写成《西楼记》,叙述才子于鹃与名妓穆素徽一见钟情,友人赵伯将不甘一片痴心一无所获,加上怀恨于鹃曾令他当众出糗,故煽动于鹃父亲派人赶走素徽、老鸨等人。临行前,素徽写信约于鹃话别,但信件阴错阳差竟成了断发、空信。素徽久等不至,旁人以"侯门如海怕难达"揶揄,老鸨更将她卖与池相国公子,素徽坚拒,抵死不肯屈从。而于鹃自素徽走后,相思成疾,幸得友人胥长公协助,救出素徽,有情人终成眷属。

"侯门深如海"试炼有情人的坚贞,若能通过这重重樊篱枷锁,必能得偿宿愿。

怎将我墙头马上，偏输却沽酒当垆

名句的诞生

只一个卓王孙¹气量卷江湖，卓文君²美貌无如。他一时窃听求凰曲³，异日同乘驷马车，也是他前生福。怎将我墙头马上，偏输却沽酒当垆⁴。

——元·白朴·《墙头马上》第四折

完全读懂名句

1. 卓王孙：西汉四川富商。2. 卓文君：卓王孙之女，丧夫不久便与才子司马相如私奔。成家后，两人开了间酒铺，后因卓王孙接济，清贫的生活才有所改善。3. 求凰曲：原指古琴曲《凤求凰》，司马相如为卓文君演奏的乐曲，因曲词"凤兮凤归故乡，遨游四海求其凰"提及自己云游四海，寻找人生伴侣，故后用以比喻男子求偶。4. 沽酒当垆：卖酒。指卓文君与司马相如开店，由文君卖酒。

语译：西汉四川富商卓王孙胸襟广大，美丽的卓文君听得司马相如所演奏的《凤求凰》乐曲后，便与相如驾着马车，相偕寻找幸福的人生，这是他前辈子修来的福气。如今我这墙头马上的李千金，竟不如一个当垆卖酒的文君，叫人怎生不感慨万千呢！

名句的故事

裴尚书发现儿子与李千金同居，气急败坏地要两人离异，少俊为安抚父亲写下休书，将李千金送回洛阳后，便进京赶考应试。《墙头马上》第四折就描述两人别后重聚的情景。

裴少俊一举得中状元，被派至洛阳担任县尹。来到洛阳后，少俊恳求李千金与他和好如初，但李千金执意不肯屈从。难道是她对少俊的感情不再了吗？当然不是，从第四折一开始即可知：她一直心系丈夫、儿女。之所以不肯认他，是为了坚持自己的信念，不肯妥协让步。为此，少俊请父母一起动之以情、晓之以理，但她仍理直气壮地捍卫信念和尊严，讥讽尚书"只重礼法不顾真情"，直到一双儿女的亲情呼唤，终于使她点头相认。但即使已经阖家团圆了，她仍要告诉公婆：自己并非倡优歌妓，她就像汉朝的卓文君一样，是一个知道自己想要什么并勇敢追求所爱的女子。

历久弥新说名句

　　白朴《墙头马上》的故事，取材自唐代白居易的诗作《井底引银瓶》，但两作品，因作者、时代不同，有着截然不同的思想。

　　白居易《井底引银瓶》一诗，叙述一女子在后园嬉戏欢笑时，与一骑着马立在垂杨旁的男子"墙头马上遥相顾"，遂与之私奔同居。但家长频频以"聘则为妻奔是妾"为由，借机羞辱她，女子愤然出走，竟无处容身，让人不禁悲从中来，掬一把同情泪。女子遇人不淑，白居易感同身受，告诫对爱情抱有幻想的女子，未经礼法的结合，即使相爱情深，也不能得到世人的尊敬，千万"慎勿将身轻许人"。

　　《墙头马上》的故事情节与之近似，但故事的结尾，却是有情人终成眷属。白朴着意刻画大家闺秀李千金冲破礼教和习俗枷锁的表现，借李千金之口说："怎将我墙头马上，偏输却沽酒当垆。"歌诵青年男女对爱情的执着和追求，讽刺封建制度对人性情感的桎梏与伤害。

　　异性相吸虽然是很自然的事情，主动表达好感，掌握自己的恋爱命运，这在今天都不是一件容易的事，何况是在礼教严明的古代呢！这就是这出戏能感人七八百年的缘故吧！

欲寄君衣君不还,不寄君衣君又寒

名句的诞生

欲寄君衣君不还,不寄君衣君又寒;寄与不寄间,妾[1]身千万难。

——元·姚燧·《凭阑人·寄征衣[2]》

完全读懂名句

1. 妾:旧时妇女的谦称。2. 寄征衣:将御寒衣物寄给戍守边关的征人。征人指远征在外的兵士,也泛指一般远行在外的人。

语译:想要寄冬衣给他,就怕他从此不回来了。不寄冬衣给他,又怕他会在冷天里受凉,到底该寄还是不寄?可真让我左右为难。

作者背景小常识

姚燧(西元1239—1314年),元代前期散曲作家、古文家。字端甫,号牧庵,洛阳人(位于今河南省)。他三岁丧父,由伯父姚枢抚养成人,曾奉元代大儒许衡为师,三十八岁被推荐为秦王府学士,其后累官至太子少傅、翰林学士承旨,知制诰兼修国史等职。

姚燧以散文创作著称,他的文章气势刚劲雄伟,叙述转折起伏,语言古雅深邃,《元史》说他的文辞"有西汉风",宋末以来浅近平直的文风,为之一变。清人辑有《牧庵集》三十卷行世。

散文与诗词之外,姚氏也工于作曲,与卢挚齐名,时称"姚卢",钟嗣成《录鬼簿》将他列于"前辈名公乐章传于世者"。曲词清新流畅,风格雅致缠绵,惟现仅存散套一套、小令二十九首而已。

名句的故事

这首《寄征衣》文字非常浅白,却生动地表达了望夫早归的女子微妙矛盾的心情,情致婉转缠绵。

当天气变凉时,曲中的痴情女子正辗转思量着是否该为出门在外的伊人寄送御寒的衣物。寄了,怕他更不想回家;不寄,又舍不得伊人受冻。从寄征衣的两难心绪,可以看出少妇深刻的挂念与盼望之殷切。

寄征衣是唐代特殊的社会现象。由于唐代早期施行府兵制，即兵农合一，每家都要出壮丁去当兵，国家不负担士兵的衣食费用，当兵所需的衣物都要自行准备。每年秋凉以后，家家户户忙着给远方的征人添制寒衣，正如李白《子夜秋歌》所云："长安一片月，万户捣衣声。"那些孤寂的思妇，将牵肠挂肚的思念，都化作阵阵捣衣声。

玄宗天宝年间（西元742—756年），府兵制已废除，不需再为征人"寄征衣。"寄送寒衣的对象，成为一般为生活而离乡背井的游子。不论是为征夫或游子寄送寒衣，闺中妇女都饱尝分离的痛苦、寂寞的滋味，不少文人便以《寄征衣》为题材，代其抒情寄意，直接或间接将思妇的离愁别恨、相思之苦，一丝一缕地写进诗词曲里。

历久弥新说名句

"欲寄君衣君不还，不寄君衣君又寒"，姚燧将女子的爱与怨代言得细腻婉转。

唐、五代时，一位无名诗人在敦煌石窟内留下的《送征衣》，则以朴实的口吻直接表达内心的呐喊："每岁送寒衣，到头归不归"，都把思念伊人的女子形象栩栩如生地勾勒出来。

近人陈衍将元代有事迹可记的诗词编成《元诗纪事》一书，其中《闺阁篇》记载了一个古代女子托物寄诗的故事，由女性的

角度倾诉自己寄衣的心情,写得真实感人:

住在洞庭湖畔的女子刘氏,因丈夫叶正甫在京城做官,许久不曾返家,刘氏给丈夫寄寒衣时就写了一首诗送给他:"情同牛女隔天河,又喜秋来得一过。岁岁寄郎身上服,丝丝是妾手中梭。剪声自觉和肠断,线脚那能抵泪多。长短只依先去样,不知肥瘦近如何。"剪声如同肠断,线脚抵不过泪多,道出相忆相思的凄楚,而衣服长短只能依照记忆中离开时的模样,因为不知道你近来肥瘦改变有多少,更是把时空阻隔的无奈,深刻地表达出来。

现代知名作家张拓芜与其表妹自幼订下婚约,却因战乱而分隔两岸四十余年,尔后透过海外友人寄来表妹亲手为其缝制的布鞋一双,令拓芜先生涕泪纵横,闻之者亦唏嘘不已。

诗人洛夫为之写下颇为感人的《寄鞋》一诗,其末段云:"鞋子也许嫌小一些。我是以心裁量,以童年、以五更的梦裁量。合不合脚是另一回事,请千万别弃之若敝屣。四十多年的思念,四十多年的孤寂,全都缝在鞋底。"

相隔千年的《寄衣》与《寄鞋》,实有异曲同工之妙。

夕阳西下,断肠人在天涯

名句的诞生

　　枯藤老树昏鸦[1],小桥流水人家,古道[2]西风[3]瘦马。夕阳西下,断肠人[4]在天涯[5]。

　　　　　　　——元·马致远·《天净沙·秋思》

完全读懂名句

　　1. 昏鸦:黄昏时纷飞归巢的乌鸦。2. 古道:年久失修的荒僻道路。3. 西风:秋风。4. 断肠人:飘泊他乡、思家心切的游子。5. 天涯:天边,这里指异乡。

　　语译:老树上,枯藤盘绕,栖息着黄昏时分回巢的乌鸦。小桥下,流水潺潺,蜿蜒过几户人家。在年久失修的荒僻道路上,秋风萧瑟,瘦瘠羸弱的马匹踽踽前行。夕阳在西方缓缓落下,飘泊他乡的游子继续在异乡漂泊。

作者背景小常识

马致远(约西元 1250—1324 年),号东篱,大都(今北京)人。早年热衷功名,未能得志。与曲家李时中、杂剧艺人花李郎、红字李二等合组"元贞书会",被推为"曲状元",过着"酒中仙"、"风月主"的浪漫生活。晚年隐居田园,安享"林间友"、"尘外客"的闲适生活。

所作杂剧今知有十五种,现存《汉宫秋》、《岳阳楼》、《青衫泪》等七种。《汉宫秋》写王昭君故事,描写细腻,曲文优美,为其代表作。其余多以神仙道化为题材,反映对现实的不满和消极避世的思想。散曲现存小令一百多首,套数十七套。内容以感怀不遇,歌颂隐逸,描绘自然为主。风格以冷隽高妙,风神秀彻,放旷洒落见长。马致远是元代最负盛名的散曲家,《太和正音谱》称其曲作为"朝阳鸣凤"、"神凤飞于九霄",可谓推崇备至。

名句的故事

马致远的这首小令前三句只单纯地说了九种景物形象:"枯藤、老树、昏鸦、小桥、流水、人家、古道、西风、瘦马",就将秋日黄昏、旅人踽踽独行的图象描绘出来。其中,第一、三句"枯藤老树昏鸦"及"古道西风瘦马"书写的全是萧瑟的植物、悲凉的秋风、寂寥的古道、疲惫的瘦马、倦归的乌鸦，无不将秋日黄昏的苍茫景色活现于纸上，而第二句"小桥流水人家"则借着一弯流水、一座小桥、几幢茅屋，表现出黄昏时分家人齐聚的寻常生活。在此两种不同情调的感染下，名句"夕阳西下，断肠人在天涯"的深意才能显现得出。如果只是单写秋日的苍凉，或可表现旅人的孤独，但透过简单寻常的"小桥流水人家"，更可以牵动旅人的思乡哀愁。由于其中用词的精炼、表意的丰富、思想的深邃、韵味的深长，使得王国维称赞它："纯是天籁，仿佛唐人绝句。"

如果以内容字句相似的金代董解元《西厢记诸宫调》中的一首《赏花时》相较，更能显得出《天净沙·秋思》的精炼："落日平林噪晚鸦，风袖翩翩吹瘦马。一径入天涯，荒凉古岸，衰草带霜滑。瞥见个孤林端入画，篱落萧疏带浅沙。一个老大伯捕鱼虾，横桥流水，茅舍映荻花。"

历久弥新说名句

名句"夕阳西下，断肠人在天涯"写出了异乡游子的心声，自古以来，这类怀乡、思乡的作品甚多，如王维《九月九日忆山东兄弟》："独在异乡为异客，每逢佳节倍思亲"；或如崔颢《黄鹤楼》："日暮乡关何处是，烟波江上使人愁"；又如温庭筠《商山早行》："晨起动征铎，客行悲故乡。鸡声茅店月，人迹板桥霜。"每当见到其他人与家人团聚时，或为秋日、黄昏的萧索景色所感染，满怀思乡之情的游子，踽踽独行于这样清冷寂寞的环境中，便会感受到"断肠"的心绪。

我们现在常说的"月是故乡明"、"水是故乡甜"、"亲不亲，故乡人，美不美，乡中水"，皆为强调故乡的好，所以"他乡遇故知"被列为人生四大喜事之一，而故乡之所以被称为故乡，正因为人在异乡、他乡，相对而言才有"故乡"，也才因此萌生"故乡"之美之好的感触。也因为记忆中故乡的美好，于是"乡愁"也就永恒存在。正如席慕蓉《乡愁》一诗："故乡的歌是一支清远的笛／总在有月亮的晚上响起／故乡的面貌却是一种模糊的怅惘／仿佛雾里的挥手别离／离别后／乡愁是一棵没有年轮的树／永不老去。"

体态是二十年挑剔就的温柔

名句的诞生

体态¹是二十年挑剔就的温柔,姻缘是五百载该拨下的配偶,脸儿有一千般说不尽的风流²,寡人乞求他左右,他比那落伽山观自在³无杨柳,见一面得长寿。

——元·马致远·《汉宫秋》第二折

完全读懂名句

1. 体态:身形。2. 风流:含蓄优雅的韵味。3. 观自在:即观世音,以观音喻昭君的美丽。

语译:她的外形是无可挑剔的温柔美丽,我和她的姻缘是五百年前就注定好的,她的脸上有说不完的韵味,我希望能够陪伴在她身边,因为她就像那落伽山的观世音菩萨一样美丽,看她一眼就能够永生。

剧曲的故事

《汉宫秋》全名《破幽梦孤雁汉宫秋》，全剧四折一楔子，内容叙述汉元帝指派画工毛延寿征选天下美女入宫，毛延寿向王昭君索贿黄金一百两，作为入宫宠幸的酬金，但遭到昭君的拒绝，心有不甘的毛延寿故意将她画得奇丑无比，使其入宫后，随即被打入长门冷宫。

一天，汉元帝闲步后宫时，听到昭君正在弹奏琵琶，一见面惊为天人，爱其才艺及美色，因而封为明妃。这时怕被惩办的毛延寿带着昭君画像逃到匈奴，怂恿单于索娶王昭君。汉元帝虽然舍不得昭君和番，但满朝文武担心无力抵挡匈奴大军入侵，只能无奈地让昭君出塞和番。单于大喜，率兵北还。没想到行至汉番交界的黑龙江边时，昭君因感念元帝对她的恩义，投江而死。

昭君出塞后，汉元帝终日郁郁寡欢，辗转反侧，恍惚得见佳人入梦，却为孤雁哀鸣声惊扰，哀伤之际，宫廷内竟传来昭君香消玉殒、单于恐与汉关系生变、将毛延寿绑送汉朝的消息，让他更是唏嘘不已，悲不可遏。

名句的故事

王昭君是中国四大美女之一，但她到底有多美？古代并无数位相机，但读者仍可透过汉元帝的眼睛，知道这位"眉扫黛，鬓堆鸦，腰弄柳，脸舒霞"，让人神魂颠倒、魂牵梦萦的美女"脸儿有一千般说不尽的风流"，"体态是二十年挑剔就的温柔"，如此这般美丽的女子，当集三千宠爱于一身的，不是吗！果然，元帝将昭君封为明妃后，说什么也不愿意须臾片刻暂离，他只希望分分秒秒、时时刻刻守在佳人身边，即便只是看她一眼，也仿佛有了永恒的生命一般。但天不从人愿，幸福如昙花一现般稍纵即逝，在国家无力抵御外侮的情况下，王昭君无奈地踏上和番之旅。

至于离开汉廷在北国生活的昭君，又是过着怎样的生活呢？历史上，她成功地使两国和睦相处，并传布中原文化到匈奴。但马致远写作此剧时，却让昭君在途经交界处时，为保全民族的气节，及展现爱情的忠贞，纵身跃入黑龙江中，让人感叹"难道，美丽也是一种错误"之余，也明白作者揭露、嘲讽封建王朝的用意。

历久弥新说名句

沉鱼、落雁、闭月、羞花，是许多人对古代四大美女西施、王昭君、貂蝉、杨玉环的初步印象，但这些抽象名词，或因缺乏更具体的文字描述，使得古代美女的形貌，多了一份蒙眬模糊的想象空间。

所幸，《诗经·卫风·硕人》曾对齐侯女儿、卫侯妻子庄姜的长相，有如下的文字形容："手如柔荑，肤如凝脂，领如蝤蛴，齿如瓠犀，螓首蛾眉，巧笑倩兮，美目盼兮"，足见美女的外貌，必须有一双纤细、光滑的手，皮肤白皙，犹如凝固羊脂，颈项洁白、丰满，牙齿洁白整齐，前额丰满、光洁，淡淡的眉毛，有着甜甜的笑容，眼睛明亮剔透。

至于美人的身材为何？宋玉的《登徒子好色赋》说："增之一分则太长，减之一分则太短。"曹植的《洛神赋》也说："秾纤得衷，修短合度。肩若削成，腰如约素。"秾纤合度、恰如其分的身材，令人心向往之。

但美丽佳人若徒有外貌，个性、行为举止、才艺，不能相得益彰，也不是真正的"窈窕淑女"。因此，《洛神赋》又继续提出"仪静体闲，柔情绰态"、"习礼而明诗"，其仪容、体态娴静安闲，性情温柔，高雅动人，出处进退，有理有据。如此文质彬彬、才貌双全的女子，方能堪称是"美人"，不是吗？

不思量,除是铁心肠,
铁心肠也愁泪滴千行

名句的诞生

呀!不思量[1]除是铁心肠。铁心肠也愁泪滴千行。美人图今夜挂昭阳[2],我那里供养[3],便是我高烧银烛照红妆。

——元·马致远·《汉宫秋》第三折

完全读懂名句

1. 不思量:没有考虑。2. 昭阳:昭阳殿的简称,诗文戏曲多指皇后,或受宠幸嫔妃居住的宫殿。3. 供养:意即元帝把昭君的图像,有如神明一般地供奉着。

语译:啊呀!除非是无情的人,要不然一定会想她的。即使是铁心肠的人,也会难过地流下泪水。从今夜起,昭阳宫殿将点亮银烛,像神明般地供养着昭君图像。

名句的故事

当匈奴使者前来索娶昭君时，满朝文武官员齐声附议和亲政策，直言要皇帝割舍情爱，以为黎民百姓社稷着想。但冠冕堂皇的借口下，隐藏的其实是汉室积弱不振的危机，百官不知检讨，反而竞相推诿，万人之上的天子一句："我哪里是大汉皇帝！"道尽他无能为力、无法保护爱妃的痛苦。

《汉宫秋》第三折写元帝在灞桥为昭君饯行，看着脱去宫装、换上胡服的明妃，心中充塞离别的凄楚与愤懑，再怎么坚强、铁石心肠的人，望着昭君随番王、番使一步、一步……逐渐缩小、远去的背影，也不禁会潸然落泪，以后能再相见吗？也许会，也许不会，但即使真的能再相见，也不能够再像往日一样恩爱、软语呢喃了！

曲终人散，群臣们提醒君王该回宫了，然而对汉元帝来说，回到那个景物依旧、人事全非、再也没有昭君的昭阳宫殿，也只是徒增伤感，"愁泪滴千行"罢了。忘却爱妃的一颦一笑与两人往日的情衷，谈何容易？

历久弥新说名句

男女两情相悦，地久天长共度一生，是人间一大乐事，但情人因故各分东西，或是阴阳两隔，时有所闻。在月明星稀的秋夜里，一般人也许只是"两处闲愁"，但对多愁善感的文人们来说，唯有笔墨丹青，方能聊慰思念之情。

其中，最脍炙人口的篇章应是苏轼的《江城子》。东坡与王弗结婚后，苏轼读书，王弗随侍陪伴一旁，可谓形影不离，情深意笃，不知羡煞了多少人。但天妒良缘，王弗撒手人寰后，东坡历经政途失意、辗转迁徙颠沛，梦醒时分感慨万分，写下："十年生死两茫茫，不思量，自难忘。"尽管生死隔绝，但王弗的身影，相处的点滴，至今仍是难以忘怀。蓦然相见，千言万语，不知从何说起。"惟有泪千行"道尽词人内心深处不能忘怀亡妻的深挚感情。

金末元初杜仁杰《太常引》一词，也记叙一午寐少妇，看着窗外的晴光，想起情人远行前曾许下早日回来的应承，不想他却失约了，女主人"泪滴了、千行万行"，决心尔今尔后"不思量"，但却又禁不住道出："不是不思量，说着后、教人语长"，她不是不想，而是太多的甜蜜回忆、别后的思念要说，不知从何说起，更见其思念之长与深了。

情人怨别离，竟夕起相思，千愁万绪，全因别离故，愿天下有情人朝朝暮暮相守一生。

新啼痕压着旧啼痕,断肠人忆断肠人

名句的诞生

　　自别后遥山隐隐¹,更那堪远水粼粼²。见杨柳飞绵³滚滚,对桃花醉脸醺醺,透内阁⁴香风阵阵,掩重门暮雨纷纷。　怕黄昏忽地又黄昏,不销魂⁵怎地不销魂,新啼痕压旧啼痕,断肠人忆断肠人。今春,香肌瘦几分,搂带⁶宽三寸。

　　　　　　　　——元·王实甫·《十二月带尧民歌·别情》

完全读懂名句

　　1. 隐隐:模糊隐约,不清楚的样子。2. 粼粼:清澈水面映照光线,光芒闪动的样子。3. 飞绵:随风飞舞的柳絮。4. 内阁:女子闺房。5. 销魂:无精打采仿佛失了魂魄。6. 搂带:腰带。

　　语译:分别后,眺望你离去的方向只见青山隐约,更难忍受目送江水奔流一去不回。看柳絮滚滚纷飞,艳丽的桃花衬着我醉醺醺的脸颊上两抹嫣红。阵阵风将花香吹进我的闺房,我关起门,黄昏时刻却又下起了纷纷细雨。 最怕黄昏到来,偏偏一下子又黄昏了。不想暗自神伤,此情此景却又怎叫人不伤心?滴滴珠泪又流过才干的泪痕,新旧泪痕堆叠,断肠人思念着断肠人。要知道今年春天我为情消瘦了多少?腰带一系才发现早已宽了三寸!

作者背景小常识

　　王实甫,生卒年不详,名德信,字实甫。元朝大都(今北京)人。钟嗣成的《录鬼簿》把他列入"前辈已死名公才人"而位列于关汉卿之后,由此可推知他与关汉卿同时期而略晚,在元成宗元贞、大德年间(西元1295—1307年)尚在世。早年曾做过官,后退隐,过着纵游园林的生活,经常出入勾栏瓦舍中。著有杂剧十四种,今存《西厢记》、《丽春园》、《破窑记》三种,及《芙蓉亭》、《贩茶船》片段。所作杂剧以青年男女争取婚姻自由,追求幸福生活,反抗礼教约束为主题。善于刻画人物内心世界,在融合古典诗词和吸收民间口语的基础上,形成自然优雅的艺术风格。其中以《西厢记》最为脍炙人口,被认为是北曲最好作品之一,当时号称"天下夺魁作",清初文人金圣叹更将之列为"六大才子书"之一。他散曲作品传世不多,仅有小令一首、套曲三套(一套不全)。

　　王实甫与关汉卿开创了中国戏剧史上"文采"与"本色"两个重要流派,对后世杂剧的写作产生极大的影响。《太和正音谱》

称其为"花间词人",又言:"铺叙委婉,深得骚人之趣。极有佳句,若玉环之出浴华清,绿珠之采莲洛浦。"

名句的故事

《十二月带尧民歌·别情》是王实甫唯一存世的一首小令,叙述女子送夫君远行后触景伤情的相思之苦。作者由远而近,自送行处所见之"遥山"、"远水"写到庭院中"内阁"、"重门",描述外界事物如何引发她的愁思;再写其内心,以女子的口气幽怨地写出相思折磨,句式两两成对,叠字使全曲更添缠绵韵致。

"遥山"、"远水"点出路程遥远,山川阻隔,以及女子望穿秋水的深切思念。而眼前象征别离的"杨柳"、桃花绽放的春景,使她自怜红颜却独守空闺。自"新、旧啼痕"和"今春"可看出分别多时,长期煎熬之下,女子形销骨立,虽有"衣带渐宽终不悔"的执着,仍不敌孤独寂寥。想力图振作,却总又忍不住黯然神伤,极度易感,正如李清照《声声慢》:"守着窗儿,独自怎生得黑。梧桐更兼细雨,到黄昏、点点滴滴。"此情此景,两地相思,应是同样地肝肠寸断吧!

历久弥新说名句

从《诗经》到《元曲》,皆有描写闺怨的作品传世,内容多为思念丈夫从军远行或在外经商,由男性文人以代言体的方式揣摩女子情思，以具体景物引发联想、投射情感于外界事物，以勾勒思念之深。

本句所出现的"啼痕"、"断肠"均是闺怨意象。唐代岑参的《长门怨》诗："绿钱侵履迹，红粉湿啼痕。"描写汉代被武帝"金屋藏娇"的陈皇后因善妒而失宠，谪居于长门宫，追忆往昔荣宠，苦等武帝临幸，泪洗残妆的闺怨情态。

"断肠"一词典出《世说新语·黜免》，描述东晋大将桓温率部下乘船进入四川遇到的一件憾事：当桓温的军队行至三峡时，有名士兵强行捕抓幼猴，母猴沿岸哀鸣，过了百余里都不愿离去，最后用尽气力跃上船，力竭而死。众人剖开母猴肚子一看，发现它的肠子断成好几截。往后，凄楚的猿猴叫声和"断肠"便常用于怀乡、思人、伤别的作品中，以强调悲伤至极。白居易《答春》一诗的"其奈山猿江上叫，故乡无此断肠声"便脱化于此。

碧云天,黄花地,西风紧,北雁南飞。
晓来谁染霜林醉? 总是离人泪

名句的诞生

碧云¹天,黄花地,西风紧,北雁南飞。晓来谁染霜林醉?总是离人泪。

——元·王实甫·《西厢记》第四本第三折

完全读懂名句

1. 碧云:天空中的浮云,多用于表达赠别之情。

语译:天空中飘着浮云,地面上落满黄花,秋风萧飒地吹袭,北方的雁鸟飞到南方过冬。清晨的时候,是谁用霜雪将枫叶林染红,如同酒醉一般,点点都象征着离人的眼泪。

剧曲的故事

《西厢记》全名《崔莺莺待月西厢记》,加工改造自唐代元稹所写的传奇小说《莺莺传》、宋代以此为题材的各种说话、说唱、歌舞、金代董解元的《西厢记诸宫调》等。

《莺莺传》写张生在普救寺的西厢院与崔莺莺恋爱，后来又将她遗弃；北宋时期，崔莺莺与张生热恋，后来遭到遗弃的悲剧以各种形式广为流传；到了金代董解元《西厢记诸宫调》，以崔、张相爱、私奔、团圆，取代了《莺莺传》的悲剧结局。

元代王实甫《西厢记》写书生张君瑞在上京赶考途中，于普救寺与前相国之女崔莺莺一见钟情。张君瑞寄居寺内西厢，与莺莺仅一墙之隔，两人互相和诗，彼此有情，却无法相见。此时叛将孙飞虎欲抢莺莺为妻，崔母宣布能解此危者得娶莺莺为妻。后来张君瑞解了此危，救了崔氏一家。但事后崔母悔婚，令君瑞与莺莺兄妹相称。直到张生病倒书斋，莺莺才决定以身相许，终于在书斋内幽会成亲。崔母发现后，拷问红娘，红娘据理力争，谴责崔母之过。崔母无奈，允许二人婚配，但要张生立即赴考。最后，王实甫安排张君瑞考中状元，获得美满婚姻。

名句的故事

本篇名句出自于张君瑞要上京赶考，莺莺、红娘、老夫人在十里长亭送别时，莺莺、张生二人恋恋不舍的场景。因此，这折戏也常被称作"长亭送别"。

王实甫特别把"长亭送别"这折戏安排在一片凄凉冷清的暮秋时节，让这一特定的季节环境与离人的情绪相得益彰，也令离愁别绪的气氛更容易烘托出来。

"碧云天，黄花地，西风紧，北雁南飞"四句，分别描写秋天的一种景物：秋天天空特别高、特别蓝，地上飘落着零落的黄花，秋风凄紧萧瑟，大雁由北方飞往南方，无一不是秋天最具代表性的景物特征。

其实，下一句"晓来谁染霜林醉"中的红叶也是深秋时节的特征之一，只是王实甫换个方式描写，以反问的语气出之，并以"染"字加入了主观感情，顺便带出了回答："总是离人泪"，让大自然客观的现象"秋天树叶转红"与主观情感"离情依依之人的泪水"产生联系。原本一点关系都没有的两件事物，在为离别所苦的莺莺眼中，也有了密切的关系：就连树林都为我们的分别而流了一夜的泪水，一夜之间，染红了整片树林。

历久弥新说名句

"碧云天，黄花地，西风紧，北雁南飞。晓来谁染霜林醉？总是离人泪。"这是《西厢记》第四本第三折的开场第一支曲子《端正好》，这首曲子，短短二十五个字，把读者带到一个愁思与秋景融为一体的境界之中。

不过，名句二十五个字也袭用了两首古人的诗词句子。

"碧云天，黄花地"出自北宋名臣范仲淹的词《苏幕遮》开头两句："碧云天，黄叶地，秋色连波，波上寒烟翠。"借着秋景来写游子乡魂旅思以及愁肠思泪，正如汪中评论说："此词目触秋色，牵引一片相思之作也。"王实甫用范仲淹《苏幕遮》名句，同样是以秋色牵引相思。

"总是离人泪"出自宋代苏轼的词《水龙吟》："春色三分，二分尘土，一分流水。细看来、不是杨花，点点是、离人泪。"此词上片惋惜杨花飘坠，下片写二成杨花委地变成了尘土，一成化成浮萍。最末在"离人"二字上扣思，杨花已尽，春色已尽，才会进一步想到杨花万点都是离人之泪，表现了极其缠绵的情思。

名句"碧云天，黄花地，西风紧，北雁南飞。晓来谁染霜林醉？总是离人泪"非常脍炙人口，以至于有王实甫写完这首曲子后心碎而死的传说，虽然并不可信，但可知王实甫这首曲子受人欢迎的程度。

这忧愁诉与谁？ 相思只自知，
老天不管人憔悴

名句的诞生

这忧愁诉与谁？相思只自知，老天不管人憔悴。泪添九曲[1]黄河溢，恨压三峰华岳[2]低。到晚来闷把西楼倚，见了些夕阳古道，衰柳长堤。

——元·王实甫·《西厢记》第四本第三折

完全读懂名句

1. 九曲：形容黄河曲折回转的样子。2. 华岳：西岳华山的别名。

语译：心中的忧愁有什么人可以倾诉？相思之苦只有自己心里明白，老天爷才不会理会人因此憔悴。思念的泪水像九曲黄河般泛滥起来，内心的怨恨能将华山三峰都压低。到黄昏独自一人闷闷地倚坐在西边楼台，只看那夕阳照映在古老的小路上，路上依依杨柳，以及长长堤岸。

名句的故事

　　在《西厢记》第四本第三折的最后有连续六支《耍孩儿》，王实甫安排在老夫人摆下的赠别酒宴之后。当酒宴结束，张生就真的要离去了，此时莺莺总算可以当面与张生说说内心话，因此她先说自己的心情有多么悲凄："未饮心先醉，眼中流血，心内成灰"，接着叮咛张生要保重身体："鞍马秋风里，最难调护，最要扶持。"然而，就算有一瞬间的宽慰，仍忘不掉离别在即的悲哀，因此，这首《耍孩儿·四煞》说："泪添九曲黄河溢，恨压三峰华岳低。"这种悲伤真可说是痛不欲生，泪水多到能使黄河为之泛滥，离愁别恨能将华山三峰压得低，使用了夸张的笔法来写莺莺心中被离别折磨得有多苦。可是这么苦楚的心情，却无人可以倾诉，这么浓重的相思，也只有自己才清楚。这就是名句"这忧愁诉与谁？相思只自知，老天不管人憔悴"。

　　《耍孩儿·四煞》之后，莺莺先"合不住泪眼愁眉"，又叮咛："此一节君须记：若见了那异乡花草，再休似此处栖迟"，然后张生就此拜辞，独留莺莺。因此，由老夫人离去至张生离开，莺莺所唱的曲子中，展现出"紧一松一紧一松"的情感曲折，高高低低，更显出莺莺心情的波澜起伏、跌宕回旋。

历久弥新说名句

　　这首曲子最后三句"到晚来闷把西楼倚,见了些夕阳古道,衰柳长堤",其实隐含许多古人诗句。如李煜《相见欢》:"无言独上西楼,月如钩。寂寞梧桐深院,锁深秋。剪不断,理还乱,是离愁。别是一般滋味,在心头。"又如马致远《天净沙》:"枯藤老树昏鸦,小桥流水人家,古道西风瘦马。夕阳西下,断肠人在天涯。"再如柳永《雨霖铃》下片:"多情自古伤离别,更那堪、冷落清秋节。今宵酒醒何处?杨柳岸、晓风残月。"

　　王实甫化用这三首词曲不仅仅是在表面如"西楼"、"夕阳古道"、"衰柳长堤"的用字遣词上,更重要的是,这三首词曲皆与离别有关:李煜"独上西楼"正是因为剪不断、理还乱的恼人离愁;马致远之所以"断肠"也与离别后人在天涯有关;柳永更明说"离别"苦,而秋天"离别"更苦。

　　名句"这忧愁诉与谁?相思只自知,老天不管人憔悴"的心情仍属抽象,为了将它具象化,王实甫除了用形象化、夸张的笔法写下"泪添九曲黄河溢,恨压三峰华岳低"外,"到晚来闷把西楼倚,见了些夕阳古道,衰柳长堤"还融合了前代诗人的名句,借用三首词曲的意境来渲染莺莺的心情。

愁心惊一声鸟啼,薄命趁一春事已,香魂逐一片花飞

名句的诞生

想鬼病¹最关心,似宿酒迷春睡。绕晴雪杨花陌上,趁东风燕子楼²西。抛闪杀我³年少人,辜负了这韶华日。早是离愁添紫系,更那堪景物狼籍。愁心惊一声鸟啼,薄命趁一春事已,香魂逐一片花飞。

——元·郑光祖·《倩女离魂》第三折

完全读懂名句

1. 想鬼病:即相思病。2. 燕子楼:唐代张愔筑给爱妾关盼盼居住的楼房,张愔死后,盼盼独居此楼十五年不嫁而死。后泛指女子的闺房。3. 抛闪杀我:丢下我。

语译:缠绕心中的相思病,让我像宿醉一样在这春天里昏沉沉地睡去。迷蒙中我仿佛化身漫天飞舞、雪片似的杨柳花,飞散

在街道上，又凭着东风把我吹到了燕子楼的西侧。那丢下我的青年，竟然白白地浪费了我的青春年华。我本来就被离愁纠缠，哪里承受得了看到景物日渐凋零？听到一声声的鸟鸣，哀愁的心不由得惊慌，我苦命的身子就随着春天逝去，我的魂魄跟着这一片片飞落的花朵消散。

作者背景小常识

郑光祖，字德辉，平阳襄陵人，生卒年不详。郑光祖所作杂剧共十八种，现存《伊尹耕莘》、《三战吕布》、《无盐破环》、《王粲登楼》、《周公摄政》、《老君堂》、《翰林风月》、《倩女离魂》等八种，以《倩女离魂》最为著名。

剧曲的故事

《倩女离魂》一剧改编自唐代陈玄祐的传奇小说《离魂记》，描述王文举和张倩女的爱情故事。全剧加上楔子共分五个部分：

楔子的部分先交代故事背景，叙述王文举与张倩女从小指腹为婚，但因文举父母双亡，一直未完成这门亲事，一日张母邀文举到家里，不但没有替两人完婚，反而要倩女拜文举为哥哥，让倩女焦虑不已，不知道母亲是什么用意。

第一折叙述倩女对文举情感已深，无奈母亲嫌文举尚未考取功名，不肯让两人完婚，于是文举离开张家，准备进京应试，倩女只好在折柳亭为文举送别，两人依依不舍，互许诺言。

第二折叙述文举离去后，倩女思念成疾，卧病不起，而魂魄则追随文举，一起赴京考试。

第三折描述文举高中状元，打算与倩女的魂魄回张家，不料在家乡卧病的倩女却误会文举另娶他人，肝肠寸断。

第四折描述文举带着倩女魂魄返家，魂魄与倩女合而为一，化解误会，两人才正式结亲，圆满收场。

名句的故事

"愁心惊一声鸟啼，薄命趁一春事已，香魂逐一片花飞"三句，是倩女因思念文举而卧病在床，却又苦等不到文举音讯时，从盼望到失望又渐渐转入绝望的心情。

倩女不知道自己的魂魄早已随文举而去，独自守着空闺，等待情郎的消息。在无止尽的相思以及魂魄离开身体的双重消磨下，倩女日渐虚弱，眼看春天将尽，百花凋零，不由得触动了内心深处的痛。所谓"女为悦己者容"，每个女人总希望能把自己最美的一面呈现给心爱的人看，但如今情郎音讯全无，自己年华逐渐消逝，怎不教倩女心痛？更让她哀恸欲绝的是，自己的病体不知道还能再撑多久，会不会等到情郎回来，自己早已香消玉殒，连最后一面都见不到了？

南朝著名的才子江淹在《别赋》里说："黯然销魂者，唯别而已矣！"然而在生离死别之外，等待也是十分磨人的，何况等待一个不知归期的人，偏偏倩女的身体又是如此虚弱，在生理与心理交互影响之下，更无限放大了心中的焦虑与愁绪。

历久弥新说名句

"思乡"与"闺怨"是中国古代文学作品的两大题材。古代男子为了求取功名，或是奉命戍守边疆，往往必须离乡背井，而这一去，可能就是很漫长的一段时间，像汉代乐府诗的"十五从军征，八十始得归"，于是，浓厚的思乡情怀便由此产生；另一方面，在男子离家后，女子往往必须独守深闺，等待丈夫、情人的归来，自然就形成幽深的闺怨。唐代诗人王昌龄的《闺怨》："闺中少妇不知愁，春日凝妆上翠楼。忽见陌头杨柳色，悔教夫婿觅封侯"，可说是闺怨的代表作品。

中国古代的"离魂"题材源自唐代陈玄祐的《离魂记》，郑光祖则以同样的题材完成了著名的杂剧《倩女离魂》，而明代著名的剧作家汤显祖的《牡丹亭》也继承了这个题材，成为脍炙人口的名作。

气呵做了江风淅淅，愁呵做了江声沥沥，泪呵弹做了江雨霏霏

名句的诞生

楚天秋，山叠翠，对无穷景色，总是伤悲。好教我动旅怀[1]，难成醉。枉了也壮志如虹英雄辈，都做助江天景物凄其[2]。气呵做了江风淅淅[3]，愁呵做了江声沥沥[4]，泪呵弹做了江雨霏霏[5]。

——元·郑光祖·《王粲登楼》第三折

完全读懂名句

1. 旅怀：羁旅者的情怀。2. 凄其：凄凉的样子。3. 淅淅：状声词。形容风声。4. 沥沥：状声词。形容水声。5. 霏霏：雨丝绵密的样子。

语译：南方的天空已出现秋意，远处层叠着翠绿山色，面对这一望无际的壮阔风景，总让人特别感伤。让我触动了客居他乡的愁绪，连想喝醉都变得那么困难。枉费我满腔豪情壮志像虹一

样贯穿天空,比拟多少英雄豪杰,却都只是徒然助长江边景物的凄凉而已。心中的气一吐化成了淅淅的江风,心中的愁一吐化成了沥沥的江声,我的眼泪一弹化成了绵密的江雨。

剧曲的故事

《王粲登楼》一剧是从东汉末王粲的《登楼赋》敷演而成。描述王粲岳父蔡邕为挫其傲气,故意予以羞辱,逼令进取,又暗中加以帮助,使王粲久经不得志后,得以功成名就,最后在曹植的说明下,终于真相大白,以团圆收场。全剧加上楔子共分五个部分:

楔子的部分由王粲母亲交代王粲的背景及与蔡邕的关系,并指示王粲上京拜见蔡邕。第一折叙述蔡邕为了涵养王粲、挫其锐气,故意让他在客店中虚等月余,又当面予以羞辱,再暗中要曹植资助他前往投奔荆王刘表。第二折叙述王粲投奔刘表后,因瞧不起刘表手下大将蒯越及蔡瑁,受到刘表冷落,依然得不到重用。第三折叙述许达于重阳佳节邀王粲登高饮酒,触动王粲思亲、思乡及怀才不遇的心事。第四折描述王粲被皇帝举用为大元帅,蔡邕前往祝贺,王粲却仍记着当日受到的羞辱,并加以报复,幸赖曹植说明事情原委,才使真相大白。

名句的故事

"气呵做了江风淅淅，愁呵做了江声沥沥，泪呵弹做了江雨霏霏"三句，是王粲飘泊异乡却又有志无处伸的情形下，适逢重阳佳节登楼远望，触动内心的愁绪，因而发出的深沉感叹与悲鸣。

王粲离开家乡、离开老母亲，为的是希望闯出一片天，不料接连碰壁，有志难伸。王粲是一个才华洋溢的文士，照理说，他的才华应该足以让他飞黄腾达、享尽富贵，偏偏他的个性孤傲，不屑与他人同列，这样的个性使他的"才"没能让他因此平步青云，反倒使他受尽屈辱，面对命运无情的捉弄与打击，王粲当然是满腹委屈、满心不甘，但是纵使心有不平又能怎么样？他既无力改变现状，又因功名未成，无颜返乡，只能流落在荆州，郁郁寡欢。

古时有在重阳佳节登高的习俗，王粲于此佳节登楼远望，怀才不遇而又流落异乡的愁绪不禁齐上心头，原本一直积郁在内心深处的愤闷与哀怨全部倾泄而出，化成一声又一声的悲鸣。

历久弥新说名句

《登楼赋》是王粲依附荆州刘表时，登临麦城城楼，远眺故乡，心中悲不自胜，因而写作的一首辞赋，抒写遭逢乱世，去国离乡、怀才不遇的忧思。

中国古代的文人士子,往往以修身、齐家、治国、平天下为理想的人生模式,他们把个人的建功立业与救济苍生及国家兴盛联系起来,形成宏伟的目标;然而,人生的旅途大多是困顿、坎坷的,古代失意的文人多到数也数不清,虽然传统儒家教导这些文人要"得志,泽加于民;不得志,修身见于世。穷则独善其身;达则兼善天下"(《孟子·尽心上》),但是面临穷困不得志时,真正能够坦然面对的,却实在是少之又少,因此登楼抒怀便成为多数失意文人宣泄情绪的管道。

著名的登楼抒怀之作有唐代诗圣杜甫的《登高》、《登楼》,北宋王安石的《桂枝香》,以及南宋词人辛弃疾的《菩萨蛮·书江西造口壁》等,都是透过登高远望,抒发去国怀乡的心情。

一声梧叶一声秋,一点芭蕉一点愁,三更归梦三更后

名句的诞生

一声梧叶一声秋,一点芭蕉一点愁,三更归梦[1]三更后。落灯花棋未收,叹新丰[2]孤馆人留。枕上十年事,江南二老[3]忧,都到心头。

——元·徐再思·《水仙子·夜雨》

完全读懂名句

1. 归梦:梦见回到了故乡。2. 新丰:地名,故址在今陕西省临潼县北。3. 江南二老:指在江南家乡的双亲。

语译:夜雨一滴滴地落在梧桐叶上,带来一阵阵的秋意;夜雨一点一点地打在芭蕉叶上,引起一缕缕的愁思,三更时分从归乡的梦里醒来后,再也难成眠。桌上的灯花已落尽,一盘残棋还未收拾,可叹我孤孤单单地滞留在这新丰的旅店里。浮沉十年的

过往,江南双亲的担忧,全都涌上心头。

作者背景小常识

徐再思,字德可,元朝嘉兴(今属浙江)人。好食甘饴,故号"甜斋"。为人聪敏,曾任嘉兴路吏。生卒年不详,约与张可久、贯云石同时,为元代后期的散曲名家,所作并无杂剧,专力于小令,与贯云石(号酸斋)齐名。其散曲集《甜斋乐府》和贯云石的《酸斋乐府》,因两人字号相映成趣,后世有好事者将其合辑名为《酸甜乐府》。但贯云石曲风豪放飘逸,徐再思曲风清丽秀雅,两人风格并不相同。现存小令一百〇三首,主要内容多写江南风光和闺情春思。《太和正音谱》评其词"如桂林秋月"。

名句的故事

本篇以客中听雨的情景,写出羁旅中难以排遣的孤寂与乡思。

功名无成、漂泊他乡的游子,雨夜独宿旅店,其心境自是寂寞凄凉。归家的好梦被风雨声惊醒,午夜梦回孤灯独坐,千万思绪都涌上心头。

起首"一声梧叶一声秋,一点芭蕉一点愁,三更归梦三更后"三句鼎足而对,读来抑扬顿挫,反复回旋,一如缠绵不去的悒郁心结。梧桐有着浓浓的秋意,雨打芭蕉使人不忍卒听,这二种意象历来均与"愁"字连结在一起,此处用一声梧桐叶落就是一声秋、一点雨打芭蕉就是一点愁的造语方式,不但营造出秋雨连绵不绝、乡愁阵阵袭人的困顿景象,也流露出秋夜听雨的悲凉。

句中的"一声"、"一点"、"三更"的重复使用,加强了曲中的音律感与节奏感,仿佛三更时分点点滴滴的雨声历历可闻,千愁万绪正随着雨声,一点一滴地在眼前渲染开来,仿佛还能感觉到诗人愈来愈沉重的心情。此三句化用晚唐词人温庭筠《更漏子》:"梧桐树,三更雨,不道离情正苦。一叶叶,一声声,空阶滴到明",而能情景交融,显得贴切自然,没有造作的痕迹。

此曲是广为传诵的佳作,徐再思生平官职不显,确曾离开家乡,在外飘泊十余年,此曲写秋夜愁怀,伤感中带着悲凉的情绪,十分真挚感人,应是他羁旅生涯的真实写照。

历久弥新说名句

诗人午夜梦回,眼看着桌上灯花落尽,一盘残棋犹未收拾,忍不住"叹新丰孤馆人留",此处的"新丰孤馆"暗用初唐名臣马周在新丰被店主冷落的故事。

据《旧唐书》记载:马周年轻时家境贫寒,但勤奋读书学问广博。马周尚未得志时,曾经投宿在新丰的旅馆里,主人只忙着招呼那些商贩,根本不理会他,马周便向店主要了一斗八升的酒,独自在一旁喝起闷酒来。诗人感叹自己就像失意时的马周一样，空有才能却无处施展抱负，只能孤单地困守在异乡的旅店，面对变化如棋局的人生，又该如何收拾这场残局？

"枕上十年事"则化用唐代沈既济的传奇小说《枕中记》的故事：卢姓书生因为科考失利，只好守在家乡种田，某日在邯郸道上遇见道士吕翁，两人相谈甚欢，席间卢生自叹贫困，深以未能飞黄腾达为憾。这时店主人正准备蒸黄粱饭，卢生忽觉昏昏欲睡，吕翁取出一个瓷枕让他倚枕而卧。

梦寐中卢生回到家里，几个月后娶了温柔美丽出身高贵的崔氏女为妻，第二年中了进士，此后官运亨通，做过京兆尹、中书令，直封燕国公。生子五人，都颇有才华，更与高门联姻。五十余年间，儿孙满堂，家中良田、佳丽、钱帛不可胜数，过着奢侈佚乐的生活，直到八十多岁年老成疾，走完这享尽荣华富贵的人生。此时卢生一惊而醒，看见自己还是身在旅店里，吕翁仍在身旁，店主的黄粱饭还没蒸熟哩！

诗人回顾十年来的奔波追寻，浮沉起落，竟也像枕上的幻梦一场。离乡背井的辛酸，思亲的怅惘，随着秋夜愁雨，点点滴滴，翻腾心头。

平生不会相思,才会相思,便害相思

名句的诞生

平生不会相思,才会相思,便害相思。身似浮云,心如飞絮,气若游丝。空一缕、余香在此,盼千金游子[1]何之[2]。证候[3]来时,正是何时?灯半昏时,月半明时。

——元·徐再思·《折桂令·春情》

完全读懂名句

1. 千金游子:千金,是尊贵的意思。游子,指旅游在外的人。2. 何之:到哪儿去了? 3. 证候:发病的症状。

语译:生平不懂得什么叫相思,才刚懂得相思的滋味,便害起相思病来。身体像飘浮的云朵,心思如纷飞的柳絮,气息像细微的游丝。空留下一缕余香在此地,所盼望的心上人却已不知浪迹到何处去了。相思病的症状什么时候发作得最严重呢?是灯光半昏半亮的时候,是月亮微明微暗的时候。

名句的故事

此曲写闺中女子的相思,将情窦初开的少女情怀写得入木三分,生动传神。

名句"平生不会相思,才会相思,便害相思"一气呵成,将初尝相思滋味的少女心态一步步地推演开来,连用三个"相思"却都有不同的意涵。根本不懂得什么叫相思的时候,"相思"二字对少女而言只是模糊的概念名词,没有实际的意义。及至刚懂得什么叫相思,此时的"相思"意味着恋爱的酸甜滋味。才初尝恋爱的滋味,接着便害起相思病来,第三个"相思"是有证候的相思病。如此层层推衍,又反复回绕"相思"主题,让人也感觉到相思的步步逼进。

前三句为引子,道出相思病候的发作,接下来的三句用"浮云"、"飞絮"、"游丝"这些飘浮不定之物,象征相思的难以捉摸。"身似浮云"写女子的坐立难安,"心如飞絮"点出她的魂不守舍,"气若游丝"形容她的气息奄奄。这些具象的比喻,把不可名状的相思病症描绘得栩栩如生。那么,这样的病,多半又在何时发作呢?末二句点出是"灯半昏时,月半明时",因为更深人静,孤灯独坐,愈显得寂寞凄凉。

此曲朴实无华,用自然的语调娓娓道来,却颇能尽其情致,可谓深得相思三昧。

历久弥新说名句

　　相思是对所爱之人的强烈思念，是一种驱之不尽的愁苦，它不是病，但害起相思来可真要命，男男女女都会害相思，证候来时都一样寝食难安、心神不宁。唐代李白的诗大都豪放潇洒，其《秋风辞》却流露着婉转的柔情："长相思兮长相忆，短相思兮无穷极，早知如此绊人心，何如当初莫相识。"长长的相思是难以忘怀的往日回忆，此刻涌上心头的思念，却又毫无止境，难以遏止。如果早知道相思是如此的让人牵肠挂肚，倒不如当初不相识。用平实的语言，将恋人间百转千回、挥之不去的相思，刻画得生动而感人。

　　近代哲人胡适曾在好友张慰慈的扇子上，写了两句话："爱情的代价是痛苦，爱情的方法是要忍得住痛苦。"后来他觉得这个意思可以入诗，就用《生查子》的词调写了一首《小诗》："也想不相思，可免相思苦。几次细思量，情愿相思苦。"短短几句话，道尽天下间正忍受相思折磨的有情男女的心声。相思使人欲拒还迎，因为有了刻骨铭心的爱才会有相思，爱有多深相思就有多苦。

青衫泪,锦字诗,总是相思

名句的诞生

　　玉纤[1]流恨出冰丝[2],瓠齿[3]和春吐怨辞。秋波[4]送巧传心事,似邻船初听时。问江州司马[5]何之?青衫泪[6],锦字诗[7],总是相思。

　　——元·徐再思·《水仙子·弹唱佳人》

完全读懂名句

　　1. 玉纤:形容女子纤细如玉的手指。2. 冰丝:指琴弦。3. 瓠齿:整齐而洁白的牙齿。瓠,瓜名,种子色白、排列整齐。4. 秋波:形容女子的眼睛如秋水般明亮。5. 江州司马:唐代诗人白居易曾贬官为九江郡司马。司马,古代官名。6. 青衫泪:典出白居易的《琵琶行》:"江州司马青衫湿。"青衫,指古代低职等文官的官服。7. 锦字诗:指前秦的苏蕙寄给丈夫的织锦回文诗。后人用以比喻情书。

语译：纤纤玉手拨动琴弦，流泄出带着幽恨的琴音。有着洁白牙齿的口中，倾吐出哀怨的歌辞。如秋水般明亮的眼睛，灵巧地传递了她的心事，就像白居易初次听到邻船的琵琶声时。问江州司马将往何处去？青衫泪湿，锦字题诗，两方面都是相思。

名句的故事

此曲运用白居易《琵琶行》的典故，不但描述眼前佳人的弹唱神情，还蕴含彼此间相知相惜的情意，显得贴切自然。白居易的《琵琶行》作于他被贬为江州司马的第二年。他于浔阳江头送客时，偶然听到邻船美妙的琵琶声，遂邀请琵琶女移船演奏。从言谈间，白居易得知她的不幸遭遇，深觉两人同是浪迹异乡的失意者，于是有感而发，写下长篇的《琵琶行》。借着叙述琵琶女凄凉的身世，抒发自己受压抑被贬谪的郁闷心情，留下"同是天涯沦落人，相逢何必曾相识"、"座中泣下谁最多？江州司马青衫湿"的佳句。

此处的"青衫泪"，沿用"江州司马青衫湿"之意，一方面赞美弹唱佳人曲艺高超，哀怨的演唱让自己深为感动；一方面用江州司马的青衫，比拟自己的失意与漂泊，寓有"同是天涯沦落人，相逢何必曾相识"的感伤。

"锦字诗"引用苏蕙寄给丈夫织锦回文诗的故事。据《晋书·列女传》说：前秦苻坚时期，秦州刺史窦滔有个极具才华的妻子，名叫苏蕙。后来窦滔因故获罪，被发配到沙州去服役，苏蕙因想念丈夫，就将自己的思念之情写成回文诗，用五色丝线织成《璇玑图》，不论反复循环都可以成诗，文词相当凄凉婉转。后人为这故事加上圆满结局：《璇玑图》传到苻坚手中，他看了很受感动，因而赦免窦滔的罪，并让他官复原职。

此处"青衫泪"指作者本人，"锦字诗"指弹唱佳人，纵然二人有相知相惜的情意，但此去一别，相会不知何期，也难怪徐再思会感叹：留给彼此的只有无尽的相思了。

历久弥新说名句

白居易以后，历代诗人常以"青衫湿"或"青衫泪"的典故来表示由于内心的悲痛而伤心流泪。

宋代司马光《锦堂春》："席上青衫湿透，算感旧、何止琵琶。"是说让人流泪的"伤心事"何止是琵琶女的身世。当时司马光正因政治上的失意，离开京师退居洛阳，可见他感慨郁闷的心情。

元代杂剧作家马致远将《琵琶行》长诗，改编成白居易与长安名妓裴兴奴的恋爱故事，依"江州司马青衫湿"之句，将此剧名为《青衫泪》：白居易在长安任吏部侍郎时，曾与名妓裴兴奴往来密切，兴奴颇有才气，尤善琵琶，她看重白居易的才华，愿以终身相托。白居易被贬为江州司马后，有一位叫刘一的茶商听说兴奴貌美，便以钱财贿赂鸨母，骗兴奴白居易已死，趁机娶了兴奴。某日刘一与兴奴夜泊江州，兴奴月下弹拨琵琶寄托哀思，恰好白居易与元稹泛舟江中，听到熟悉的琵琶声便上船探访，兴奴哭诉情由，白居易感慨不已。趁刘一醉卧之时，元稹让白居易携兴奴乘舟而归，自己一路巡访回京，向皇上奏明事情始末，皇帝下诏，白居易复起用为侍郎，兴奴归白居易。

糠和米,本是相依倚,被簸扬作两处飞

名句的诞生

糠[1]和米,本是相依倚,被簸[2]扬作两处飞。一贱与一贵,好似奴家与夫婿,终无见期。

——元·高明·《琵琶记》第二十一出

完全读懂名句

1. 糠:谷类的皮。2. 簸:指簸箕,一种把米扬起以去除糠皮的器具。

语译:糠和米,本来是依附在一起,被簸箕扬起分成两处飞。一个贫贱、一个富贵,就好像我与夫婿,永远没有相见的时期。

作者背景小常识

高明(约西元1307—1359年),字则诚,自号菜根道人,浙江瑞安人。他出身于书香门第，秉性聪敏，早年在家乡读书，即以博学著称，是理学家黄溍的弟子，深受儒家思想的影响。高明为官刚正清廉，声誉颇佳。因拒绝当时已经降元的方国珍邀留，即日解官退隐，晚年隐居在宁波城东的栎社，以词曲自娱，并创作了《琵琶记》。他擅长书法，诗文词曲均工，原有《柔克斋集》二十卷，已经亡佚，经近人收辑，尚存诗文五十多篇。所作戏曲《琵琶记》是南戏由民间俚俗文学过渡到士大夫创作的转捩点，被后世誉为"南戏之祖"。

剧曲的故事

书生蔡伯喈与赵五娘方新婚两月，恰逢朝廷开科取士，伯喈以父母年已八旬，意欲留在家中服侍父母。但蔡父硬要他去"改换门闾"、"扬名显亲"，伯喈再三陈情，蔡婆也反对，但都拗不过固执的蔡父，只好挥泪拜别家人，离乡赴试。

而后伯喈高中状元，牛丞相有一女尚未婚配，奉旨要招新科状元为婿。伯喈以父母年迈，在家无人照顾，况且已有妻室，不能再婚重娶，要辞婚、辞官回乡，但牛丞相与皇帝不允许，伯喈被迫留在京城与牛小姐成亲。

自伯喈离家后，家乡陈留郡连年闹饥荒，五娘任劳任怨，尽心服侍公婆，自己则背着公婆私下吞糟糠度日。蔡公、蔡婆先后在饥荒中去世，五娘亲手将公婆埋葬，又绘成两老遗像，身背琵琶，沿路弹唱乞食，往京城寻夫。

五娘寻至牛府，牛小姐知道她的身世后十分同情，便安排五娘与伯喈相见，伯喈得知父母双亡悲痛万分，即刻上表辞官，携带五娘和牛小姐回乡守孝。牛丞相上奏朝廷说"蔡伯喈不忘其亲，赵五娘孝于舅姑，牛氏能成人之美"，皇帝下诏，旌表蔡氏一门。

名句的故事

　　"糠和米，本是相依倚"是第二十一出戏里赵五娘吃糠时的唱词。此处是《琵琶记》中极其重要的一段高潮戏，充分反映出赵五娘勇于承担苦难和自我牺牲的高贵品格。

　　这出戏一开始便将赵五娘的困境展现在人们面前："乱荒荒不丰稔的年岁，远迢迢不回来的夫婿，急煎煎不耐烦的二亲，软怯怯不济事的孤身己。"在连年灾荒、丈夫不归、公婆埋怨的情况下，五娘典尽衣物千辛万苦买来饭食，供养二老，自己却躲在一边吃糠，公婆怀疑她背地里吃好东西，她也不敢说分明。

　　赵五娘吃糠时，从糠的难以下咽，想到自己的命运和糠一样，受尽舂杵拨弄各种折磨，而这糠和米，本来是依附在一起，被簸扬才作"两处飞"，就如同自己与丈夫的分离；米贵糠贱，也像二人分别后的遭遇，白米好比是远在京城的夫婿，粗糠就像五娘自己，忍不住发出"终无见期"的感叹。作者用丰富的联想，恰如其分的比方，深刻地表达出五娘心中的哀怨。

　　当公婆发现她吃的是糠，问她："怎的吃得？"她宽慰老人说吃糠强过吃草根树皮，而且以苏武啮雪吞毡、神仙餐松食柏作比方，说吃些无妨。而且她还说出最重要的理由是："奴须是你孩儿的糟糠妻室。""糟糠妻室"指贫贱时的妻子，此处五娘以此自喻，不但承续前段"糠和米"的感叹心绪，也表明甘为贫贱之妻的心志。

历久弥新说名句

赵五娘自喻为"糟糠妻室"，出自汉代宋弘的故事。据《后汉书·宋弘传》记载：后汉光武帝刘秀的姐姐湖阳公主新寡，刘秀有意为她另续一门亲事，她看中了才貌出众的大臣宋弘，刘秀要先试探宋弘的意思，对他说："俗话说'人显贵了就会换交新朋友，发了财就会娶新老婆'，这样也算合乎人之常情吧？"宋弘回答说："我听到的是'贫贱之交不可忘，糟糠之妻不下堂'。"意思是说：贫贱时结交的朋友是真朋友，不能相忘；不得志时娶来的妻子曾与自己共患难，不能离弃。光武帝听了此话，就对湖阳公主说："这事不成了！"

同样在汉朝，有像宋弘这样"糟糠之妻不下堂"的大丈夫，也有负心弃妻唯利是图的小人。《后汉书·郭泰传》记载：桓帝时，黄允才能出众颇有声名，当时的名士郭泰见了，对他说："你有过人的才华，足以成大事业，但恐怕在道德上不坚定而失去这能力。"后来黄允得到司徒袁隗重视，想要将侄女许配给他，黄允知道此事就先把妻子夏侯氏给休了。夏侯氏离家前宴请宗亲道别，席上揭发好几桩黄允所隐匿众人之事，他从此就不为当世所用了。

赵五娘进入牛府后，在公婆画像背面题诗用以感悟蔡伯喈，所说："宋弘既以义，黄允何其愚"，用的就是这两个典故。

旧弦已断,新弦不惯。旧弦再上不能,待撇了新弦难拼

名句的诞生

旧弦已断,新弦不惯。旧弦再上不能,我待撇了新弦难拼[1]。一弹再鼓,又被宫商[2]错乱。

——元·高明《琵琶记》第二十二出

完全读懂名句

1. 拼:舍弃。2. 宫商:音阶的高低。

语译:旧弦已经断了,新弦还弹不习惯。旧弦无法再接上,想要撇掉新弦又难以舍弃。一弹再弹,又将那音阶高低给错乱了。

名句的故事

"旧弦已断,新弦不惯"是第二十二出戏里蔡伯喈弹琴时的

唱词。蔡伯喈在荷池边弹琴排遣愁怀，牛小姐要他弹个适合眼前景色的《风入松》，他错弹出《思归引》来，牛小姐不悦，认为伯喈有意卖弄，两人先有一段对话：

（生）这弦不中弹。（贴）这弦怎地不中？（生）当原是旧弦，俺弹得惯。这是新弦，俺弹不惯。（贴）旧弦在那里？（生）旧弦撇了多时。（贴）为甚撇了？（生）只为有这新弦，便撇了旧弦。（贴）怎地不把新弦撇了？（生）便是新弦难撇。（介）我心里只想着那旧弦。（贴）你撇又撇不得，罢罢！

（生）是正生、小生，此处指蔡伯喈。（贴）是贴旦的简称，是比较次要的旦行角色，俗称二旦。此处指牛小姐。（介）指戏剧中的动作。

新弦、旧弦，暗示旧妇与新妇，喻指赵五娘与牛小姐。这段对白，话中有话，细腻深刻地传达出伯喈的矛盾心理，相府的安逸生活与牛小姐的温婉使他难以割舍，却又放不下往日与赵五娘的夫妻之情，左右两难无法平静的内心，使他生活的"宫商"错乱了。对话之后伯喈接着唱出"旧弦已断，新弦不惯"的这一段唱词，就是他复杂情感和矛盾心态的总结。

历久弥新说名句

《琵琶记》改编自宋代戏文《赵贞女蔡二郎》，原剧写蔡伯喈进京中了状元，他贪恋功名富贵，入赘相府。其妻赵贞女进京寻夫，蔡伯喈拒不相认，放马踹死赵五娘，使天神震怒。最后，蔡伯喈被暴雷轰死。

　　类似这种书生负心的题材，在宋代各种民间伎艺中，还有《王魁负桂英》、《陈叔文三负心》等。这表明书生负心婚变现象在当时相当普遍，因宋代科举制的发达，为寒士提供了一条"朝为田舍郎，暮登天子堂"的捷径，而权贵豪门便以联姻当作拉拢的手段，书生攀龙附凤抛妻弃子的行为，引起市井小民的厌恶，便透过戏曲等民间伎艺加以挞伐。

　　高明的《琵琶记》主要在宣扬名教观念与"子孝妻贤"的思想，重新塑造蔡伯喈的形象，把他刻画成一个充满矛盾性格的寒门书生，由于他辞试父不从、辞官君不从、辞婚太师不从，在一连串的不得不之下，才使他人在相府心念故乡陈留，纵然娶了温柔美貌的牛小姐，还是念念不忘糟糠之妻赵五娘。

　　史书上的蔡邕，字伯喈，不但是东汉的文学家、书法家，还善鼓琴、妙解音律。《后汉书·蔡邕传》说：蔡邕的邻人请他喝酒，他走到邻家门口，听见里面传来的琴音带有杀心，就转身而去。主人追问缘故，蔡邕说明原因，大家都觉得很奇怪。弹琴者说："我刚才弹琴时，看见螳螂正在捕蝉，而蝉快要飞走了，我心中惟恐螳螂失去那蝉，这难道是杀心而表现在琴音中吗？"蔡邕微笑着说："这就是了！"

羁怀萦挂,人情浇诈,相逢休说伤时话

名句的诞生

羁怀¹萦挂,人情浇诈²,相逢休说伤时话。路波踏³,事交杂。秋光何处堪消暇⁴?昨夜梦魂归到家。田,不种瓜;园,不灌花。

——元·汤式·《山坡羊·书怀示友人》

完全读懂名句

1. 羁怀:长久漂泊在外,寄居异乡的心情。2. 浇诈:浅薄、狡诈。3. 波踏:崎岖不平,此指有许多折磨。4. 消暇:排遣、消磨空闲的时光。

语译:长久在异乡漂泊,心中不免时时牵挂。如今世人多半浅薄狡诈,与人相遇时,最好别说抱怨时局的话。人生的道路坎坷不平,充满许多波折磨难,偏偏人事关系又错综复杂。纵有大好秋景,哪有地方能消磨时光呢?昨晚我在梦中,魂魄飞回了阔别已久的家乡。田地里，已没有种植瓜果；小园里，已没有浇灌鲜花。

作者背景小常识

汤式，字舜民，号菊庄，象山（今属浙江）人。元末明初曲家，生卒年不详。

元末曾任象山县吏，但不得志，落魄江湖。到了明朝，流浪寄居北方，不再出仕。作品大多散佚，杂剧《瑞仙亭》、《娇红记》均已不存，仅散曲《笔花集》有明抄本传世。

名句的故事

"书怀"是中国文学传统一个重要的典型，这种"书写怀抱"以寄托理想的传统，可以上溯到《诗经》诗以言志、不平则鸣的大主流中，汤式这首曲也是其中一例。

本篇名句表面上说"休说伤时话"，但这却是汤式基于在外漂泊多年、阅尽虚矫的世情所提出的见解。事实上，汤式把要说的"伤时话"都藏在文字底下。"路波踏，事交杂"既写羁旅漂泊之苦，也为"人情浇诈"作了具体的描述。身处这样险恶的社会中，眼前即使秋高气爽，哪里有地方能够安心欣赏呢？对于游子来说，自然只有时时挂在心上的故乡了。曲子最后三句将情感推向高潮，以"梦魂归到家"实现心中的想望，眼前所见却是家乡田园荒芜的情况。寥寥数语，就道尽了因时局动荡而不能归家的伤感，也对时局作了深刻的批判。汤式以"不说"的反作用力，让全曲显得更有张力。

历久弥新说名句

元末明初，战乱频仍，汤式有家归不得，只能浪迹江湖，将满腹愁思寄托于诗文之中。除了这首《山坡羊·书怀示友人》外，他曾写过一首《庆东原·京口夜泊》："故园一千里，孤帆数日程，倚篷窗自叹漂泊命，城头鼓声，江心浪声，山顶钟声。一夜梦难成，三处愁相并。"家乡路途遥远，夜晚又只有独自一人时，总是激起游子的思乡情绪。在这样的夜晚，不禁令汤式感叹自己一生漂泊，恐怕是命中注定。曲子接下来写鼓声、浪声、钟声，三句鼎足而对，一气呵成，用语平白如话，简简单单就营造出愁情辗转的游子形象。将两首曲子一并观之，也可看出汤式在创作上"俗中求雅"的语言特色。

乍相逢如梦里,谁承望得重会

名句的诞生

乍¹相逢如梦里,谁承望²得重会,这的是有真情谁怕隔年期³。虽不似孟母三移⁴将贤圣拟,子要我用心学艺⁵,我将那三场⁶的文字慎攻习⁷。

——明·朱有燉·《曲江池》第三折

完全读懂名句

1. 乍:忽然、突然。2. 谁承望:谁想得到。承望,料想。3. 隔年期:相隔一年的约期。期,约定。4. 孟母三移:即"孟母三迁"。战国时代思想家孟子的母亲重视环境教育,为了让孟子有良好的仿效对象,曾三次举家迁移择邻而处。5. 艺:儒家经典《诗》、《书》、《易》、《礼》、《乐》、《春秋》,统称为六经或六艺。6. 三场:明代科举考试分为初场、二场、三场三道关卡。7. 慎攻习:好好地攻读研习。慎,谨慎、慎重,有重视之意。

语译：乍然相逢，宛如置身梦中，有谁料想得到你我能再重逢？如果两人以真情相待，又哪会担心相隔一年之久的约期呢？你要我用心学习的苦心，虽然不适合用孟母三迁的典故来比拟，但我一定会好好努力钻研三场科考的典籍文章。

作者背景小常识

朱有燉（西元1379—1439年），号诚斋，明太祖朱元璋之孙；继承父亲的爵位为周王（封地为今河南开封），卒后谥号为"宪"，世称"周宪王"。朱有燉博学好文、通晓音律，一生创作杂剧达三十一种，总称为"诚斋传奇"或"诚斋乐府"。著作有《东书堂集古法帖》、《诚斋新录》、《元宫词》、《诚斋乐府》等。明代文人李梦阳《汴中元宵》诗，就以歌姬们"齐唱宪王新乐府"描写元宵灯会热闹场景，由此可见其作品受欢迎的程度。

朱有燉不但是位多产作家，更跳脱章法，一改元杂剧四折为一本的作法，编为五折，也不再拘泥于一折由一种角色主唱到底的方式，开启明代杂剧体制演变之先河。

剧曲的故事

《曲江池》一剧全名《李亚仙花酒曲江池》，共五折二楔子，改编自元人石君宝的同名剧作，两者皆取材自唐代文人白行简的《李娃传》。故事叙述荥阳（今河南）书生郑元和至长安赴试，邂逅鸣珂巷娼女李亚仙，两人一见钟情。不久，郑元和花光盘缠，嫌贫爱富的鸨母便使计连夜搬离，令他一夕间沦为乞丐。此时，郑父因得到推荐，来长安等待朝廷分派职务，随行的老仆在街上认出正在行乞的元和。一直以为儿子早已遇害的郑父勃然大怒，认为其有辱家门，命仆人痛打不肖子，弃置曲江池边。

奄奄一息的郑元和在曲江池边呻吟，恰巧李亚仙循声而来，见他为己沦落至此，她不仅与鸨母断绝关系，更拿出积蓄供他读书。两年后，郑一举高中状元，被任命为四川成都府参军。然而李亚仙自念出身微贱，劝元和另娶门当户对之女并决定离开。郑元和到任后，在成都巧遇担任府尹的父亲，父子重修旧好。得知李亚仙的节义之行后，郑父命子正式迎娶，朝廷更赐封李为汧国夫人。

名句的故事

郑元和与李亚仙两人在曲江边再度重逢后，原本郑满腔愤恨，指责李不念旧情，甚至表示"再难收泼下的水"。没想到李同样也被鸨母蒙在鼓里，并为郑守志不移。"乍相逢如梦里，谁承望得重会"之句便是出现在两人重新相聚、前嫌尽释的场景。

郑元和得知李亚仙非但没有变心，还愿意散尽千金资助自己攻读学业，感觉像是在梦境般难以置信，也体认到只要真心相待就不怕时间的考验。而自己的人生有机会重回士人的轨道，郑元和当然卯足全力发愤用功。

剧中表彰书生歧路知返和娼女的高洁情操，以父子团圆、孝子贤妇作为忠孝两全的完美结局，可看出朱有燉借此灌输百姓伦理纲常与女子应忠贞守节的观念，达到社会教化的目的。

历久弥新说名句

"乍相逢如梦里，谁承望得重会"描画郑李几经波折相逢后的恍若隔世之感，其中"梦"字堪为句中关键，深刻表现出有情人既惊又喜、半信半疑的心理。

宋代著名词人晏几道脍炙人口的名作《鹧鸪天》，也以相逢如梦的手法摹写别后重逢之景："从别后，忆相逢。几回魂梦与君同。今宵剩把银釭照，犹恐相逢是梦中。"昔日两情相悦，分别之后只能于梦中相聚；如今美梦成真，却令人不敢置信。不禁拿起银烛台照了又照，唯恐两人的重逢又是另一场好梦而已。

在交通与书信往来皆不便的古代，恋人分隔两地，"梦中相会"是漫长等待中的心灵寄托，梦里的美好时光与梦醒时分的惆怅，更加深了相思之苦。因此，当好不容易如愿以偿相会时，深怕又是再一次的失望，反而怀疑起眼前所见的事实。在惊疑参半之中，不知读者们是否也体会出其中委婉又缠绵的情意呢？

思乡泪,远戍人,夜更长砌成幽恨

名句的诞生

思乡泪,远戍人[1],夜更长砌[2]成幽恨。四年余瘴海[3]愁春,梦儿中上林[4]花信[5]。

——明·杨慎·《落梅风》

完全读懂名句

1. 戍人:贬谪他乡,不得归返之人,此指作者自己。2. 砌:堆积。3. 瘴海:南方边境(此指云南)湿热蒸郁,瘴疠之气如海弥漫。4. 上林:上林苑,故址在今陕西省长安县西,秦朝建造的宫庭花园,汉武帝扩建之,司马相如写有《上林赋》,极写上林苑的奢华,此处泛指花园。5. 花信:花开的消息。百花依时而开,一年共分为二十四花信。

语译:我远谪外地,每每因为思念家乡而泪流不尽,尤其夜里更深人静,只能任凭幽怨暗恨层层堆积。四年多来我身处瘴气如海的南蛮之地，即使春天也沾惹着满满的哀愁，只在梦里啊，又回到当年趁着花期游园赏花的情景。

作者背景小常识

杨慎（西元1488—1559年），字用修，号升庵，四川新都人，与解缙、徐渭合称"明代三大才子"。为官敢言直谏，因得罪明世宗，当朝受廷杖屈辱，谪戍云南三十年，终生不得还。

杨慎博学广作，著述高达百余种。《明史》予他"明世记诵之博、著作之富，推慎为第一"的评价。韵文作品题材多元，主要分为"思乡怀归"、"反映民间疾苦"与"写景述志"等，描写云南风光的作品尤有特色。他的代表巨作当推以诗词连缀而成、从三代写到元明的长篇叙史之作《二十一史弹词》。其中"说秦汉"的《临江仙》（滚滚长江东逝水）写出时代分合的亘古情怀，气势宏阔，被毛宗岗选为《三国演义》卷头词，后世传诵不已。著有散曲集《陶情乐府》，夫人黄峨亦能吟咏，后人合录夫妇二人作品为《杨升庵夫妇散曲》。

名句的故事

杨慎被贬云南三十年，这大半辈子离家别妻的凄凉遭遇，实肇因于明代喧腾一时的"大礼议"政治斗争事件。明武宗驾崩时无子，亦无在世的亲兄弟可以继承皇位，众臣于是迎接武宗的堂弟朱厚熜继位，是为明世宗（年号嘉靖）。世宗即位之后，想要尊奉已故生父为"皇考"，但杨廷和（杨慎之父）等旧臣认为此举于"礼"不合，恐乱封建纲纪，故而产生争执。廷和退休之后，杨慎继承父志，坚持世宗即位，视同已继皇家，仅能称自己的生父为"皇叔考"，此时世宗势力已经稳固，开始以激烈手段对付进谏群臣，杨慎因遭贬谪。

以现今的角度观之，双方立场一在"情"，一在"礼"，原无对错，然一旦扯入政治斗争，再有至高皇权的独裁专断，其影响力便能伤人至深。杨慎原与妻子黄峨过着诗文唱答、琴瑟合鸣的生活，却因得罪世宗从此终生坎坷颠沛，令人叹息。此曲写于杨慎谪居云南的第五年，在凄楚孤单的夜里，梦着从前春日赏花的欢乐情景，今非昔比，更形感伤。

曲中将幽恨愁绪层层堆叠，"砌"成足以将人压迫得窒息的围墙，将所有美好隔绝在外，教人既回不了美好过往，又望不见灿烂前程。"砌"字的运用承自宋代秦观《踏莎行》，秦氏曾以"砌成此恨无重数"形容这种无所遁逃的漂泊无望之感，最末二句写道："郴江幸自绕郴山，为谁流下潇湘去？"江水兀自绕着青山，水再多情，山终究屹立不动，以此叩问，这半生的离家辛苦，究竟在追寻什么？改变了什么？到底为谁辛苦为谁忙？

历久弥新说名句

杨慎因触怒龙颜，惨遭长年贬谪，足见帝王权威能定臣下祸福。然即使生在帝王家，亦多有身不由己的境遇。五代十国中的南唐后主李煜早年长于宫中，舞文弄墨，不知人间疾苦，岂料一夕之间，南唐为宋朝所破，李煜被俘掳到开封，连自己最心爱的小周后也被宋太宗据为己有，生命情调硬生生断裂成两段，前喜后悲。他写了一阕词《浪淘沙》："帘外雨潺潺，春意阑珊，罗衾不耐五更寒。梦里不知身是客，一晌贪欢。独自莫凭栏，无限江山，别时容易见时难。流水落花春去也，天上人间。"写的同样是春夜难眠，思念昔日欢悦的深沉慨叹，春天何其美好，却也脆弱而易逝，轻易就被人间遭遇沾惹成悲凉凄清的冷涩温度，失去了再回首，今昔对照，更教人情何以堪？

泪流襟上血,愁穿心上结

名句的诞生

空庭月斜,东方既白,金鸡惊散枕边蝶¹。长亭²十里,唱阳关³也。相思相见,相见何年月?泪流襟上血⁴,愁穿心上结。鸳鸯被冷雕鞍热⁵。

——明·黄峨·《罗江怨·寄远》

完全读懂名句

1. 枕边蝶:化用《庄子·齐物》"庄周梦化蝴蝶"典故,此处指好梦。2. 长亭:古人于路旁设置凉亭供人憩息,有"十里一长亭,五里一短亭"之说,此指送别之处。3. 阳关:位于今敦煌市西南七十余里,在玉门关之南,故称"阳关",为边塞关口,亲友相送常止于此。此处指送别歌曲《阳关曲》。4. 泪流襟上血:泪流过度而出血,染红了衣襟,极言离别之悲痛。5. 雕鞍热:马鞍都坐热了,形容长时间骑马奔波。

语译：空洞的庭园里月影斜倾，天就要亮了，一声鸡鸣划破宁静，惊醒美梦。当年十里长亭，依依送别，我俩不舍地唱着阳关曲。时光流转，我日日相思却无从相见，待到相见该已是何年何月？止不住痛哭，已然泪流成血，愁绪揪着心头千缠百结，我在鸳鸯被里凄冷，遥想你在远谪的路上奔波劳苦，马鞍都坐热了。

作者背景小常识

黄峨（西元1498—1569年），字秀眉，四川遂宁人。明朝工部尚书黄珂之女，幼通经史，能诗文，有"曲中李易安"之称。二十岁嫁与杨慎为继室，夫妻诗文往来，琴瑟合鸣。后杨慎遭贬云南，黄峨归四川为夫婿料理家务，夫妻两地相隔，时常作诗文唱和，以《寄外》诗名动当时。丈夫杨慎对其极为敬重，明代文学家徐渭亦称黄峨"才艺冠女班"，对其创作自叹不如，甘拜下风。其作品与丈夫杨慎之作多有混杂，后世编有《杨升庵夫妇散曲》。

名句的故事

杨慎乃世宗当朝首辅杨廷和的大公子，黄峨为工部尚书黄珂之女，夫妻二人时相唱和，羡煞多少世人。岂料一纸贬谪令，教这段佳话转眼变调，演成人生哀歌，凄凄凉凉三十余年。此曲所道,正是夫妻离别的人间悲苦。

那一年,杨慎因"大礼议"事件被贬云南,黄峨闻讯,赶赴北方护送丈夫前往谪地,一路餐风露宿,满面风尘。行至江陵,杨慎不忍连累妻子,加之故乡乏人料理,乃请黄峨归返新都老家相候,于是一个往云南,一个回四川,从此二人聚少离多,韶光年华只得耗损于无尽的相思与等待之中。

回想最初,杨慎二十二岁高中状元,到黄家拜访,当时黄峨只有十二岁,二人有一面之缘,当下黄峨便对杨慎十分钦慕。长大之后,她终于如愿嫁与杨慎,当花轿行至四川新都,一时邻里争睹,好不热闹。二人新婚后居于榴园之中、桂湖之畔,留下许多美丽的唱和诗篇,黄峨曲中所说的"枕边蝶梦",指的大概就是这些绮丽往事。

不料好梦仅止五年。贬谪令下,江陵一别,鸳鸯被里不再是温存而是无尽孤单,相思相见成为奢求,可怜伊人在远路戍途颠簸,如此椎心凄楚如何不教人滴泪成血,怅惘不能自禁?

最后,杨慎以七十之龄客死云南,当时黄峨年已六十,毅然徒步往云南奔丧,迎回夫婿灵柩。十年之后,终得如愿与夫婿同柩长眠。

历久弥新说名句

由于阳关为边塞隘口,送行不得不止于此,故而堆叠了历朝历代几多黯然销魂的故事。

唐朝诗人王维送好友出使塞外，便在阳关送别，当时正值春日，杨柳青青。诗云："渭城朝雨浥清尘，客舍青青柳色新，劝君更进一杯酒，西出阳关无故人。"（《送元二使安西》）阳关之外，但见风沙烟尘，蛮荒坎坷，再没有中原故旧的温暖召唤，临别举杯，但愿彼此珍惜这短暂的最后团圆。别后，就是渐行渐远、生死无讯的景况了。

王维的诗句唱出千古心声，在唐代当时，就曾以歌曲形式广为流传，后人依此诗谱曲，称《渭城曲》、《阳关曲》或《阳关三叠》，成为"送别"的经典曲词，为古琴十大名曲之一。所谓"三叠"是以同一个曲调反复变化，叠唱三次，直至现代，知名曲谣《王昭君》里亦有"阳关初唱，往事难忘/阳关再唱，触景神伤/阳关终唱，后事凄凉"的"三叠"意象运用，在回环反复的旋律之中，情绪逐步堆叠，由含蓄倾诉而至激动沉郁，道尽离别心声。

青山隐隐遮,行人去急,羊肠鸟道马蹄怯

名句的诞生

青山隐隐遮,行人去急,羊肠鸟道[1]马蹄怯。鳞鸿[2]不至,空相忆也。恼人正是,正是寒冬节。长空孤鸟灭[3],平芜[4]远树接,倚楼人冷阑干热。

——明·黄峨·《罗江怨》

完全读懂名句

1. 羊肠鸟道:崎岖险峻的山路。2. 鳞鸿:鱼和雁,借指书信。3. 长空孤鸟灭:宽阔的天空里没有任何飞鸟掠过,极度孤寂。化用柳宗元"千山鸟飞绝,万径人踪灭"的意境。4. 平芜:旷野草地。

语译:极远处的青山若隐若现,行人急急地离去了。他走的羊肠小径何等崎岖,连马也要怯步不前。我在这里日思夜盼,盼不得一点点他的消息,只能徒然相思相忆罢了。更恼人的,是这

个严寒冬时，偌大的天空里没有任何飞鸟掠过的生机，但见旷野连接着远树，一片荒芜，我痴痴倚着阑干感受凉意，倒是阑干被我热切的候盼偎得暖热了起来。

名句的故事

　　此曲写的同样是杨慎被贬云南之后，黄峨独守空闺，盼不得归人的心情。黄峨倚楼极目眺望，想望伊人离去的背影，怎奈青山横亘在天际，无从穿透。

　　北宋欧阳修也曾以女性的口吻，描摹过这样的心情："寸寸柔肠，盈盈粉泪，楼高莫近危阑倚。平芜尽处是春山，行人更在春山外。"（《踏莎行》）倚楼登高是为了远望，然而视野终有极限，远处的春山为思妇画下边界。但思念的焦虑，却驱使着她痴痴地望、痴痴地等，因为她心爱的人正走到春山之外，对于他的牵挂是无法被现实给阻拦中止的，是无论如何都要穿透到边界之外的，春山隐隐，遮得住目光、遮不住想念。

　　想念随伊人纷飞到边界之外，陪着伊人走在那羊肠鸟道之上，崎岖劳苦感同身受，连"马儿也怯步了"的细节都体会得一清二楚，这时若有封书信传达平安，或许让人心下舒坦一些，可惜盼了又盼，盼不得只字片语，只能更受相思煎熬。如此心绪让人难免不理性地嗔怪，怪天气严寒，冻得飞鸟尽绝，谁来送信？

　　此曲所说的"鳞鸿"，即一般常用的"鱼雁"。为什么鱼雁能够借指书信呢？雁鸟定期南飞，往来有期，让人可以信赖，故而自古有"飞雁传书"之事。那么"鱼"呢？莫非鱼儿也会传信？原来是古人为求携带方便，会把信纸放在双面都刻成鲤鱼形状的木盒里，是以"鲤鱼"、"双鲤鱼"也就成为书信的代名词了。汉代古诗十九首中的《青青河畔草》便有"客从远方来，遗（赠送）我双鲤鱼"的诗句。"鲤鱼"肚里的只字片语，可是千古思妇恒长候盼的。

历久弥新说名句

相传，在很久很久以前，有一个坚信爱情的美丽少妇，日日夜夜在山崖边等候久久未归的丈夫，日子一天天过去，少妇竟然僵化成为石头。人们不胜唏嘘，把石头叫作"望夫石"，代代诉说这个故事。

此曲末句"倚楼人冷阑干热"改以温度对比来表达同样无穷尽的思念等待。因为久立阑干，是以感知外界天冷；至于能把阑干偎热，则间接言说了作者长时间伫立的痴态。李白《玉阶怨》诗云："玉阶生白露，夜久侵罗袜。"入夜之后温度降低，水气逐渐凝结，佳人原地站立不动，到了把罗袜沾湿的地步，可以想见等候时间的漫长。那种生命失去重心、魂不守舍的出神身影，令人读之生怜。

晚唐温庭筠亦有词《梦江南》，同样描写倚楼等候的思妇心情："梳洗罢，独倚望江楼。过尽千帆皆不是，斜晖脉脉水悠悠。肠断白蘋洲。"佳人早起梳洗，满怀希冀，倚江而望，每艘船的经过都教人企盼，是不是良人归来了？如此这般，不断地重复着希冀—幻灭—希冀—幻灭的心情波动，再回过神早已是日暮时分，一天就这么过去了，深沉的闺怨在此词境之中载浮载沉、日复一日、无止无尽。

　　宋代柳永的《八声甘州》换一个角度，从游子立场感念思妇心情："想佳人，妆楼颙（颙，盼望）望，误几回、天际识归舟。"游子在外，不好意思明言相思，于是绕个弯，写当下此时，我的佳人必定正在我启程的原处数着船儿，盼我归来吧？此中含蓄表达了男性对于爱情的相信与怜惜，让思妇的等待有了无怨无悔的理由。

百计思量,没个为欢处。
白日消磨肠断句,世间只有情难诉

名句的诞生

忙处抛人[1] 闲处住。百计思量,没个[2]为欢处。白日消磨肠断[3]句,世间只有情难诉。玉茗堂[4]前朝复暮,红烛迎人,俊[5]得江山助。但是[6]相思莫相负,牡丹亭上三生路[7]。

——明·汤显祖·《牡丹亭》第一出

完全读懂名句

1. 忙处抛人:指离开繁忙的官场。《牡丹亭》完成于西元1598年,汤显祖正在此年罢职回到临川。2. 个:繁体为"箇",是"個"的异体字。3. 肠断:形容非常悲伤。4. 玉茗堂:汤显祖自取的书斋名。5. 俊:相当于今日口语的"美",此指文章的秀美。6. 但是:只要。7. 牡丹亭上三生路:牡丹亭是约定再世姻缘的地方,即杜丽娘死而生与柳梦梅团圆的爱情故事。

语译：离开繁忙的官职生活，回到悠闲的家乡居住。想来想去，没有一个能让自己心情欢畅的地方。白天透过阅读令人哀怨的诗句来消磨时间，觉得人世间只有情最难说得清楚明白。在玉茗堂内反复思索考虑，不觉已从早上到了需要点亮烛火的傍晚。优美的江山风景使我的文章也为之生色。只要不辜负相思的情感，一定能够得到《牡丹亭》这样团圆美满的结局。

作者背景小常识

汤显祖（西元 1550—1616 年），字义仍，号若士，亦号海若，又号清远道人，别号玉茗堂主人。江西临川人，明代伟大的戏剧家、文学家。青年时代因不肯接受首辅张居正的拉拢，结果两次落第。直到万历十一年（西元 1583 年）三十三岁，即张居正死后次年，始中进士。为官期间，与东林党人邹元标、顾宪成等交往甚密。终因不满朝政腐败，弃官回临川闲居，寓所号"玉茗堂"。在文学创作上，主张"情至说"，肯定"情"是生活的客观规律，与当时社会"理"的教义相对立；又反对以王世贞为首的拟古派，主张抒写性灵。特别热爱戏曲艺术，收藏元人杂剧达千种，各本佳句，都能口诵。剧作有《紫箫记》、《紫钗记》、《牡丹亭》、《南柯记》、《邯郸记》等传奇，后四出均包含梦境内容，故并称"临川四梦"或"玉茗堂四梦"。

剧曲的故事

《牡丹亭》全名《牡丹亭还魂记》，又简称《还魂记》。写南宋时太守杜宝之女杜丽娘从小生长在家规甚严的家庭中，在某个春日偷偷瞒着父母与丫头春香同游后花园，扰乱了一片春心；回来后又在梦中与素不相识的书生柳梦梅幽会，尽男女之欢。梦醒后幽怀难遣，抑郁而死，葬女于官衙花园之内。后来，杜宝离任，柳梦梅上京赴试时路过此地，在花园内拾得杜丽娘临终前的自画像。他观画思人，竟然和杜丽娘的阴魂相会。最后，柳梦梅挖墓开棺，杜丽娘起死回生，两人结为夫妇；然而，杜宝坚不承认两人的婚事，幸好柳梦梅考中状元，由皇帝出面解决，完成大团圆结局。

名句的故事

名句出自《牡丹亭》第一出《标目》，说明创作缘起。第一句"忙处抛人闲处住。百计思量，没个为欢处"讲他对现实社会的失望：汤显祖不肯趋炎附势，不愿同流合污，对官场黑暗、权贵皆有讥刺，而受到与日俱增的攻击与迫害；最后在万历二十六年厌倦仕途，弃官还乡。第三句"玉茗堂前朝复暮，红烛迎人，俊得江山助"谈的是创作过程，第四句"但是相思莫相负，牡丹亭上三生路"讲创作主旨，也就是只要坚定彼此的情爱，相思不移，就可以像《牡丹亭》一样证明我们的爱情是三生石上注定好的。

名句所在的第二句"白日消磨肠断句,世间只有情难诉"则说明了汤显祖"一生四梦,得意处惟在牡丹"的"得意"之处,"得意"在内容诉说的是让人断肠之情,断肠之情"难诉"在哪里?当《牡丹亭》写到杜丽娘游园之后,见到"袅晴丝,吹来闲庭院,摇漾春如线",想起自己的寂寞春情,因此埋怨父母耽误了她的青春,让自己美好的青春年华如即将过完的春天一样:"原来姹紫嫣红开遍,似这般都付与断井颓垣。"将杜丽娘十六岁的情思点染出来;而这种受春光引诱,发现自己的生命如春天一样美丽也一样易逝的复杂心情,的确难以捉摸,也"难诉"。

历久弥新说名句

有人说:《牡丹亭》一出,几令《西厢记》减价。在《红楼梦》中让林黛玉闻之伤心的正是《牡丹亭·惊梦》一出的名句。虽然《牡丹亭》较《西厢记》才子佳人爱情故事、较《红楼梦》大观园内的小儿女情爱更奇幻,在梦中幽媾,也不因生死而阻挡了相爱,但标举出的"情不知所起,一往而深,生者可以死,死者可以生"的"情之至"却是共通的。

因此,《红楼梦》里的林黛玉总是蹙着眉、含着泪,正是由于名句所称的"百计思量,没个为欢处。白日消磨肠断句,世间只有情难诉"所致;《西厢记》中张君瑞与崔莺莺分别,"想着你废寝忘餐,香消玉减,花开花谢",梦见崔莺莺私奔前来与自己相见,皆是"情之至"的表现。

世间何物似情浓? 整一片断魂心痛

名句的诞生

拜月堂空[1],行云径拥。骨冷怕成秋梦。世间何物似情浓?整一片断魂心痛。

——明·汤显祖·《牡丹亭》第二十出

完全读懂名句

1. 拜月堂空:古时未婚妇女常在中秋时拜月,向嫦娥祈求早日觅得良缘。中秋夜雨,杜丽娘缠绵病榻,因此无人拜月,故称拜月堂空。

语译:中秋夜雨,无人拜月,也因天候不佳,云层厚重,无人赏月。天冷,窗外风吹雨打,使原本已经瘦骨崚崚的我(杜丽娘)更感到寒冷。人世间有什么比情还要更深更重?我的全部身心都因深情而感到疼痛,我的整个魂魄也因为深情而将要被吹散了。

名句的故事

　　出自第二十出《闹殇》的名句"世间何物似情浓？整一片断魂心痛"标举出"情"是世间最浓最重的价值，这也是汤显祖在《牡丹亭》中所大加颂扬的主题。汤显祖所歌颂的"情"，并非单纯叙述杜丽娘、柳梦梅之间的爱情故事，而是通过感情与礼教的冲突而显现出来的。杜丽娘是南安太守之女，她的身份规定了她的一举一动必须具备三从四德，从《闺塾》一出由腐儒陈最良讲述《诗经·关雎》，便知道她的父亲以讲"后妃之德"的《关雎》作为对她的期望。此外，老师再三提醒她作为一个好好的女孩子是"手不许把秋千索拿，脚不许把花园路踏"，开口闭口都是"圣人千言万语"，要杜丽娘所有的言语行动都得合乎礼教。

　　崇尚自由的杜丽娘虽然表面上听从父母、老师的教诲，维持她大家闺秀的身份，但丝毫不减她对后花园的兴趣，一方面"忙"问"花园在哪里"、"可有什么景致"，抑制不住内心的惊喜，但另一方面仍得维持知书达礼的淑女身份沉静地说"原来有这等一个所在"。这里看似前后矛盾的言行，应是其教养、地位所致，展示了情与理冲突的第一个回合。

　　因此，汤显祖特地在《牡丹亭记题辞》的最后提出："嗟夫！人世之事，非人世所可尽。自非通人，恒以理相格耳！第云理之所必无，安知情之所必有邪！"可见，世间一般人总以"理"来衡量看待万事万物，认为任何事都应遵循"理"或"礼"，可是汤显祖特别安排一个梦中私会，与现实生活的被禁锢相对；再安排杜丽娘梦醒之后一病不起、怀春而死，与现实生活中太多女子被不合理的婚姻活活逼死相对。

这种强调"至情"的观点，是为了情，生者可以死，死者可以生，杜丽娘在《闹殇》一出从生而死，《回生》一出死而复生，都是为了突出杜丽娘是世间"有情人"。因此在《闹殇》中，汤显祖借杜丽娘之口说："世间何物似情浓？整一片断魂心痛。"说明杜丽娘为情而"梦其人即病，病即弥连，至手画形容，传于世而后死"。

历久弥新说名句

同样以诘问开头，歌颂"情之动人"的其实不只汤显祖，早在金代元好问亲耳听闻的野雁殉情故事，有所感触，作词《摸鱼儿·雁丘词》，开头："问世间，情为何物？直教人生死相许。"同样说明至情可以让人忘却对死亡的恐惧，直以生死相许来相互对待。

金庸的《神雕侠侣》虽然是武侠小说，但其中主角杨过、小龙女的爱情故事，却让许多读者魂牵梦萦，直当作一部爱情小说来看。《神雕侠侣》就以元好问的《摸鱼儿·雁丘词》破题，以"问世间，情为何物？直教人生死相许"贯串全书，衬托着两人至死不渝的爱情。这个故事的发生背景正是礼教甚严的南宋，师徒相恋的两人，所要对抗的真正力量就是礼教，这与汤显祖《牡丹亭》运用的手法如出一辙——同样通过感情与礼教的冲突显现出情感之深切浓重。

"问世间，情为何物？直教人生死相许"虽然与名句"世间何物似情浓？整一片断魂心痛"如此相似，但元好问《摸鱼儿·雁丘词》却更为人熟知，这与金庸《神雕侠侣》实关系密切。尤其小龙女师姊李莫愁初登场时唱了一次，临死前也当作绝命词再唱了一次，她的人生可以说是围绕着这个问题在打转，可怜的是始终绕不出来，最后将自己困在"被弃"的苦恋当中。元好问的"问世间，情为何物？直教人生死相许"适合当作她一生的基本曲调，名句"世间何物似情浓？整一片断魂心痛"又何尝不适合呢？其实也不只李莫愁，《射雕英雄传》中的瑛姑不也适合吗？

梅子青青小似珠,与我心肠两不殊

名句的诞生

海棠花发[1]燕来初,梅子青青小似珠,与我心肠两不殊[2]。你知无,一半儿含酸一半儿苦。

——清·赵庆·《一半儿·青梅》

完全读懂名句

1. 发:开放、开花。2. 两不殊:没有两样。

语译:海棠花绽放、燕子刚飞回来的季节,那像珍珠般小巧的青梅,正和我的心没什么两样。你知道吗?就是一半是酸溜溜的,一半是苦涩的。

作者背景小常识

赵庆熺(西元1792—1847年),字秋舲,浙江仁和(今杭州）人，生于清高宗乾隆五十六年，卒于清道光二十七年，年五十六岁。道光二年（1822年）进士，中进士后并未立即登馆阁，而居家授徒等待朝廷任命，一等就近二十余年，才授任为陕西延川知县，又因病不克赴任，后改官浙江金华府教授，未及到任便病亡。因怀才不遇，专意于词章之学，尤善于词曲，为清代著名散曲作家。著有《蘅香馆诗稿》、《楚游草》、《香消酒醒词》等书，另外散曲集《香消酒醒曲》一卷。

名句的故事

　　这首曲子表面上是一篇咏物之作，实际上却是借物抒怀，描写男女恋爱时那种青涩酸苦的感受。
　　首句用海棠花开、燕子飞来的画面，点出时序又来到初春时候。在这样的季节里，不由得令主角春心大动，萌生对爱情的遐想与期待。一抬头望见树上结满珍珠般小巧玲珑的青梅，更是触动主角细腻的心事，那一颗颗小小的梅子，正好和自己现在的心情一样啊！接着主角又自言自语似地问那心爱的人知不知道自己的心情是什么？显现主角心中期盼对方能了解、又怕对方不了解的心思，所以问完又自问自答，说自己的心情就和这些青梅一样，一半酸，一半苦。
　　爱情这个课题，是自古多少男女解不开的难题，但它就是有种魔力，即使可能酸苦，却仍吸引着男男女女们前赴后继地投入，至死不渝，无怨无悔。

历久弥新说名句

　　王国维在《人间词话》中提及："一切景语皆情语也。"在文学作品中，描写景色的文字常是为了衬托出作者或主角内心的情感。在这首曲子中，首句写初春的海棠和燕子，其实也就是因为主角春心荡漾，所以对于春天的景物特别敏感、特别注意，也因而当春天来临时，更特别容易触动深藏已久的心事。

　　"一半儿含酸一半儿苦"一句采用了"语意双关"的手法，一方面呈现未熟的梅子非酸即苦的特性，另一方面也点出男女在爱情还未降临时彷徨不安的酸苦。古代对情感的表达向来比较含蓄，因此"双关"在古典诗文中很常出现，像晚唐诗人李商隐《无题》诗的"蜡炬成灰泪始干"，就是蜡泪、眼泪双关。刘禹锡的《竹枝词》："东边日出西边雨，道是无晴却有晴。"诗中就是用"晴"和"情"谐音来达到双关的效果。

退一步乾坤大

贤的是他，愚的是我，争什么！

名句的诞生

南亩耕[1]，东山卧[2]。世态人情经历多，闲将往事思量过。贤的是他，愚的是我，争什么！

——元·关汉卿·《四块玉·闲适》四首之四

完全读懂名句

1. 南亩耕：南边的田亩。因南坡向阳，利于植物生长，故田地多向南开垦。后泛称田亩。典出《诗经·小雅·甫田》："今适南亩，或耘或耔。"《诗经·大雅·大田》："俶载南亩，播厥百谷。" 2. 东山卧：指东晋谢安隐居东山（今浙江省上虞县西南），不肯出仕的故事，后用以比喻隐居不仕。典出《世说新语·排调》。

语译：耕种在南坡的田亩，隐居在东山。经历过世态炎凉、人情冷暖，空闲时将种种往事思量、回顾。贤能的是他，愚笨的是我，有什么好争的呢！

作者背景小常识

  关汉卿（约西元1217—1297年），号己斋、己斋叟，元朝大都（今北平）人，隶籍太医院户。在大都长期从事杂剧创作，是大都杂剧写作组织"玉京书会"中最活跃的代表作家。关汉卿多才多艺，能吟诗演剧，歌舞吹弹。所作杂剧六十余种，现存《窦娥冤》、《救风尘》、《拜月亭》、《单刀会》等十五种，内容以揭露社会黑暗、抨击贪官污吏为主，也有取材自历史故事。剧作结构紧凑，手法多样，语言通俗活泼，人物形象鲜明，艺术成就极高。散曲作品现存小令五十二首，套数十四套，前者以活泼婉丽见长，后者具豪爽淋漓之气。或写离愁别恨，或写景抒情，或记叙爱情，时而悲歌慷慨，时而风流艳冶。语言通俗，既自铸伟词，又擅用口语。

名句的故事

  第一、二句"南亩耕，东山卧"写归隐后的田园生活，而作者归隐山林实为历经世态炎凉、人情冷暖之后才下的决定。隐居后，开始慢慢地将过去经历的红尘俗事一一反省、回顾，经过这样的思量才发现"贤的是他，愚的是我"，有什么好争的！

  因此，名句"贤的是他，愚的是我，争什么"的思想含量非常大，可以想象作者在名利场上经历了尔虞我诈，在人世间沾染了一身是是非非，看尽了黑白颠倒、贤愚不分，于是心灰意冷，终于放下一切，归隐山林；这个"放下"，就是不再"争"了。既然懂得逢迎拍马的人永远是对的，既然真正的贤愚之分没人在乎，那么"争"有什么用呢？争名利？争权位？争输赢？争对错？到底要争什么呢？争得了又如何？能争得了一世吗？还不如"离了利名场，钻入安乐窝"，来得悠闲快活吧！

名句出自关汉卿《四块玉·闲适》四首之四，前一首"之三"其实可以与此曲参照来看："意马收，心猿锁，跳出红尘恶风波。槐阴午梦谁惊破？离了利名场，钻入安乐窝，闲快活。"这是表明要与世间种种烦扰风波隔绝，决心退隐的心情，与"之四"对照，"之三"是退隐前下决心的心情，"之四"则是隐居后对前尘往事的回顾。不过，用词造句虽然不同，但皆指出了人世间的风波险恶，只有"不争"，才是安闲舒适、全身保性之道。

历久弥新说名句

明代前七子之一的康海曾经写过一曲《雁儿落带得胜令》，其中有句话："闲中件件思，暗里般般量。真是个不精不细丑行藏，怪不得没头没脑受灾殃。从今后花底朝朝醉，人间事事忘。"正德三年，李梦阳入狱，康海倾力为他奔走，梦阳因此得救。但正德五年八月，康海反被李梦阳归为专权的宦官刘瑾一党，遭罢官；康海的《雁儿落带得胜令》正是在罢官后所写，抒发自己的怨愤之情。"闲中件件思，暗里般般量"岂不正是关汉卿的"闲将往事思量过"。而他自嘲"真是个不精不细丑行藏，怪不得没头没脑受灾殃"，又与关汉卿"贤的是他，愚的是我，争什么"有异曲同工之妙！只是康海寄情于戏剧乐曲，正是以"花底朝朝醉"来忘记人间诸事；而关汉卿则说"南亩耕，东山卧"，借归隐田园远离争名夺利的现实社会。

马致远《风入松》也有一句："葫芦提一向装呆"，说明其人生态度："装呆"不是真呆，毕竟再聪明有能力又如何？只会招来怨妒祸害，倒不如装呆卖傻。这与名句"贤的是他，愚的是我，争什么"怀有同样的心情。

虽无刎颈交,却有忘机友

名句的诞生

　　黄芦岸白蘋渡口,绿杨隄红蓼[1]滩头。虽无刎颈交[2],却有忘机友[3]。点[4]秋江白鹭沙鸥,傲杀人间万户侯[5]。不识字烟波钓叟。

——元·白朴·《沉醉东风·渔父》

完全读懂名句

　　1. 红蓼:植物名。蓼科蓼属,一年生草本。多生于水边。茎高一尺余,叶呈披针形,夏秋之际开淡绿或淡红色的小花。茎叶味辛辣,可用来调味,全草亦可入药,有解毒、消肿、止痛、止痒等作用。2. 刎颈交:可以同生共死的朋友。典出《史记·廉颇蔺相如列传》:"卒相与欢(欢,友好),为刎颈之交。"3. 忘机友:宁静淡泊、与世无争的朋友。4. 点:一触即起。5. 万户侯:汉朝制度,封侯者食邑有万户,后泛指大官。

　　语译:黄芦布满于岸边,白蘋漫生在渡口;绿色杨柳遍堤上,粉红蓼花盖滩头。虽然没有生死至交,但有忘却机心的朋友;也就是点水于秋江之上的白鹭、沙鸥。烟波江上不识一字的钓鱼老翁,傲气更胜人间的万户侯。

名句的故事

白朴此曲通过对渔夫生活的赞美,抒发自己对宁静恬淡生活的向往之心。小令中的前两句"黄芦岸白蘋渡口,绿杨堤红蓼滩头",描绘了一幅无比美丽的河岸风光,黄芦、白蘋、绿杨、红蓼,色彩缤纷,多姿多彩;而渔夫每天正可以好好欣赏这美丽的河岸风景,徜徉其间。

如果说这与世隔绝的美好生活中有什么遗憾,大概就是缺少了生死与共的知交好友,可是这个遗憾却很容易被补足了,因为渔夫有那些没有心机的朋友;也就是白朴后面将提到的"白鹭沙鸥"。动物不会考虑私利,但人类往往无法去除名利之心,所以白鹭与沙鸥反而是渔夫最好的朋友。

"点秋江白鹭沙鸥"中,"点"形容无拘无束、自由自在的心境,即形容白鹭沙鸥在秋江上自由自在的生活;而白朴寄情于山水,将白鹭、沙鸥当成知音的心情,便跃然纸上了。以白鹭、沙鸥当成知音,白朴并非第一人,唐代刘长卿有诗《负谪后登干越亭作》:"牢落机心尽,惟怜鸥鸟亲",宋代方岳《送史子贯归觐且迎妇也》诗:"久住西湖梦亦佳,鹭朋鸥侣自烟沙",宋代陆游《乌夜啼》词也有:"镜湖西畔秋千顷,鸥鹭共忘机",无不赞扬鸥鹭没有心机，是文人隐居、远离俗世后最好的朋友。

因此，最后白朴大力赞扬渔夫虽然为"不识字烟波钓叟"，但拥有人间难觅得的忘机友，就胜过当朝的高官贵族了；从"傲杀人间万户侯"就足以体会白朴对功名富贵的蔑视态度。

历久弥新说名句

小令题为《渔父》，歌颂渔夫生活，其实这里的渔父并非单纯以捕鱼为生的人，指的是弃绝功名的隐士，而颂扬隐士生活的内容，又是中国古典文学中常见的主题。

在中国文学，最早也最有名的"渔父"应出自《楚辞·渔父》，叙述屈原被放逐后"颜色憔悴，形容枯槁"，见到了渔父，他对渔父说明自己被放逐的原因："举世皆浊我独清，众人皆醉我独醒"，充分表现出自己的悲愤不平；而渔父劝说："圣人不凝滞于物，而能与世推移。世人皆浊，何不淈（淈，搅动）其泥而扬其波？众人皆醉，何不哺其糟而歠（歠，饮）其醨（醨，薄酒）？"（真正的圣人不会拘泥，而能顺应环境。如果人世混浊，何不也搅动泥水随波逐流？如果众人都沉醉未醒，何不也一起畅饮，与世浮沉呢？）见自己说不动屈原，便唱歌离去："沧浪之水清兮，可以濯吾缨；沧浪之水浊兮，可以濯吾足。"虽然屈原不愿同流合污的性格值得赞赏，但渔父言谈、歌词间的哲理似乎较屈原更旷达。这种豁达及智慧便成了中国文学中"渔父"的基调。

处江湖之远的渔父，成了中国文人居庙堂之高外的最佳选择，而歌颂渔父生活的文学作品，就成了常见的主题，如历代文人作《渔歌子》、《渔父词》来表达思想，唐代张志和《渔歌子》："西塞山前白鹭飞，桃花流水鳜鱼肥。青箬笠，绿蓑衣，斜风细雨不须归。"何等潇洒超然！宋代陆游在《鹊桥仙》中自许为渔父："潮生理棹，潮平系缆，潮落浩歌归去。时人错把比严光，我自是无名渔父。"清代王士祯《题秋江独钓图》："一蓑一笠一扁舟，一丈丝纶一寸钩，一曲高歌一樽酒，一人独钓一江秋。"无一不是表达文人对渔父的闲散与旷达的欣羡之情。

孔子说："仁者乐山，智者乐水"，渔夫镇日在河岸间来来去去，与水、与鸥、与鹭打交道，他如何能不闲散、如何能不豁达、如何能不聪明？

千古是非心,一夕渔樵话

名句的诞生

忘忧草[1],含笑花[2],劝君闻早冠宜挂。那里也能言陆贾[3],那里也良谋子牙[4],那里也豪气张华[5]。千古是非心,一夕渔樵话。

——元·白朴·《庆东原》

完全读懂名句

1. 忘忧草:即"萱草",《诗经·卫风·伯兮》:"焉得萱草,言树之背。"传云:"萱草可以忘忧。"《述异记》:"萱草又称忘忧草。"植物名,百合科萱草属,多年生草本。叶细长,自根际丛生。茎顶分枝开花,花形似百合,呈橙红或黄红色。花尚未全开时,可采做菜食。2. 含笑花:植物名。木兰科含笑花属,常绿灌木或小乔木。原产于广东。叶互生,柄有细密毛茸。花瓣黄白色,呈长椭圆状,有香味。除供观赏外,亦可提炼香油。3. 陆贾:汉初楚人,辩才无碍,曾出使南越招降赵陀,官拜大中大夫,著有《新语》。4. 子牙:即姜太公吕尚,辅佐周武王伐纣。

5. 张华：字茂先，西晋方城人。博学能文，武帝时封为广武县侯，著有《博物志》。

语译：看看忘忧草，想想含笑花，劝你趁早离开官场。能言善辩的陆贾去哪了？足智多谋的姜子牙去哪了？豪气干云的张华去哪了？千古历史的是非功过，都成了渔人、樵夫们的晚间的闲聊内容。

名句的故事

《庆东原》一曲提到三位历史人物：陆贾、姜子牙、张华。陆贾曾为汉高祖刘邦出使诸侯各国，也为"马上得天下"的汉高祖总结历史上国家成败的经验教训，即后来所称的《新语》；姜子牙善于用兵，为周文王拜为师，周武王称为"尚父"；张华则力劝晋武帝伐吴，虽然中途一度未有所获，但仍独坚持伐吴必克的信念，果然成功灭吴，使西晋成为自汉末以来的短暂统一时代，开启太康时期的安定富足。然而，汉初重要政治家、外交家的陆贾，帮助武王灭商、奠定周朝有功的姜子牙，及坚持信念、豪气干云的张华最后皆难免一死。

因此，白朴认为：人难免一死，哪怕你能言善辩如陆贾，哪怕你足智多谋如姜子牙，哪怕你豪气干云如张华，迟早都得面对死亡。既然终究一死，又何必在意建功立业、扬名天下呢？争了一世，最后不过也只是成了渔人樵夫闲谈的内容；倒不如早早归隐山林，摆脱凡尘俗事的羁绊，如同渔人樵夫一样，过着与世无争的生活吧！名句"千古是非心，一夕渔樵话"正为说明历史上的英雄好汉其实都只是时间的过客，倒不如多看看"忘忧草，含笑花"，尽情享受生活的美好。

　　白朴曾经被举荐，但坚持不肯为官，后来更是过着放情山水、以诗酒为乐的生活，《庆东原》一曲充分表现出他放旷超脱的思想。

历久弥新说名句

　　类似白朴《庆东原》"千古是非心，一夕渔樵话"所表达的思想，同时代马致远的散套《夜行船·秋思》也有"想秦宫汉阙，都做了衰草牛羊野，不恁么渔樵没话说"。借着秦汉的华丽宫阙及连天衰草的对比，说明哪怕曾经拥有强盛国力，兴建阿房宫、未央宫，最后仍不免面临衰败，这种朝代兴衰变革的无常，最后都只成了渔人樵夫聊天时的故事。

　　而明代文学家杨慎以《临江仙》说秦汉："滚滚长江东逝水，浪花淘尽英雄。是非成败转头空，青山依旧在，几度夕阳红？白发渔樵江渚上，惯看秋月春风。一壶浊酒喜相逢，古今多少事，都付笑谈中。"清初毛宗岗将此词加入《三国演义》中，又借此表达了他对三国英雄豪杰们的慨叹。

　　甚至孔尚任《桃花扇·余韵》一出，直接借着樵子苏昆生、渔翁柳敬亭的对答闲话，铺写为"续四十出"，以《桃花扇》故事后所引发的兴亡感慨为内容；其中《秣陵秋》一曲从陈后主亡国，直唱到明末，有"江山江山，一忙一闲，谁赢谁输，两鬓皆斑"的感叹。这简直是名句"千古是非心，一夕渔樵话"淋漓尽致的发挥，虽然简繁有别，但精神是一致的。

今朝有酒今朝醉,且尽樽前有限杯,回首沧海又尘飞

名句的诞生

今朝有酒今朝醉[1],且[2]尽樽[3]前有限杯,回首沧海[4]又尘飞。日月疾,白发故人稀。

——元·白朴·《阳春曲·知几》四首之二

完全读懂名句

1. 今朝有酒今朝醉:语出唐末诗人罗隐七言绝句《自遣》,全诗作"得即高歌失即休,多愁多恨亦悠悠。今朝有酒今朝醉,明日愁来明日愁。" 2. 且:副词,将要的意思。 3. 樽:酒器。《玉篇·木部》:"樽,酒器也。" 4. 沧海:比喻人事变迁。

语译:趁今天有酒,就该畅饮酣醉,即将饮尽酒瓶前面的这几杯,回顾一生的变迁,如同灰尘一般随风乱飞。日月运行如此疾速,我已满头白发,旧识亲友也愈来愈稀少了。

名句的故事

名句"今朝有酒今朝醉,且尽樽前有限杯,回首沧海又尘飞"出自以《知几》为题的散曲中。《阳春曲·知几》共包括四首小令,此句出自第二首。曲末"日月疾,白发故人稀"写人生短促、世事无常,年老的故人大都去世,带有无限感喟、无限凄凉。这是白朴实际生活的写照:白朴的父亲白华曾是金朝显贵,金末,他的母亲被蒙古军掳获,他则与父亲失散,自幼即饱经丧乱。金亡之后,与遗老们放情山水,以诗酒为乐。因此,名句"今朝有酒今朝醉,且尽樽前有限杯,回首沧海又尘飞",正反映出诗人当时的生活与思想情感。

《易·系辞下》:"子曰:知几其神乎?几者,动之微,吉之先见者也。"也就是说,"知几"是预先察觉出事物将要发生的变化,并予以回避。白朴的《知几》,亦说明了他的人生态度:对现实的不满、对人生的感慨,以至于内心苦闷、不肯做官,只能纵情诗酒,以诗酒自娱忘忧。

历久弥新说名句

《阳春曲·知几》的第一首也很有名:"知荣知辱牢缄口,谁是谁非暗点头,诗书丛里且淹留。闲袖手,贫煞也风流。"曲中表达了白朴对现实的态度,以诗书为乐,对世事冷眼相看,宁可过着清贫的生活，也不愿意与黑暗现实同流合污。尤其是前两句，说明了白朴对于荣、辱、是、非清清楚楚，但不表露出来，只能"牢缄口"、"暗点头"，揭露出元代现实的黑暗、人民思想受到严酷的钳制。

至于白朴的立场，更透过"风流"两字清楚表明：风流是形容人才英俊杰出；自己沉醉于诗书之乐中，对俗事袖手旁观，就算贫困到了极点，也是"风流"俊杰的人才。

配合名句"今朝有酒今朝醉，且尽樽前有限杯"，可见白朴主张的生活是由诗书及酒所构成的，因此第三首曲有"不因酒困因诗困"、"诗酒乐天真"等句子。将一至三首合观，才能得到白朴人生态度的全貌。若再透过第四首曲"张良辞汉全身计，范蠡归湖远害机，乐山乐水总相宜"，更可见白朴为何必须"知荣知辱牢缄口，谁是谁非暗点头"，这是为了效法张良、范蠡"全身"、"远害"，难怪白朴不去做官，除了纵情诗酒，就是恣情于山水之间。四首《阳春曲·知几》一并观之，才真正展露出预先察觉事物将要发生的变化，并予以回避的"知几"意义——为官招祸，不如纵情诗酒山水。

不达时皆笑屈原非,但知音尽说陶潜是

名句的诞生

　　长醉后方¹何碍²,不醒时有甚思³?糟⁴醃⁵两个功名字,醅⁶渰⁷千古兴亡事,麴⁸埋万丈虹霓志⁹。不达时皆笑屈原¹⁰非,但知音尽说陶潜¹¹是。

　　　　　　　　　　——元·白朴·《寄生草·饮》

完全读懂名句

　　1.方:却 2.碍:妨碍,在此指烦心、挂心的事。3.思:思虑、意识,在此指忧虑、烦恼。4.糟:酒糟,谷物酿酒过滤后的残余物质。5.醃:用大量盐或糖保存食物。6.醅:未过滤的浊酒。7.渰:被水掩盖之意,在此指抹消、去除。8.麴:酿酒的酵母。9.虹霓志:指极大的志向与抱负。此处比喻志向像彩虹一样从地下延伸到天上。10.屈原:战国时楚国三闾大夫,爱国诗人,曾劝谏楚怀王联齐抗秦,最终不被采纳。当楚国被秦国所灭,他因此绝望地投汨罗江自尽。11.陶潜:即陶渊明,东晋的大诗人,少年有大志,曾于朝廷任官。晚年弃官归隐,徜徉在喝酒、写诗的世界。

语译:长时间酒醉之后,却还有什么可烦恼呢?在睡梦中,还有什么好忧愁的呢?用酒糟把功名两个字醃起来吧!用浊酒把历史上各个朝代的权力斗争冲掉吧!用酒麹把和天一样高的志气给埋掉吧!困顿时,屈原不愿与世浮沉的行为未免可笑,只有以诗酒自娱的陶渊明,才能称得上是我的知己。

名句的故事

白朴这首曲的开头,明显转用唐朝诗人李白《将进酒》的"但愿长醉不用醒"一句,曲题为《饮》,化用《将进酒》点题,理所当然。而名句"不达时皆笑屈原非,但知音尽说陶潜是"则应该是转用唐代大诗人白居易晚年对屈原和陶潜两人的态度。

白居易曾在与朋友的唱和或咏怀之作中多次提及陶潜和屈原。他对陶潜的态度是:"尝闻陶潜语"(《酬吴七见寄》)、"酒足胜陶潜"(《书事咏怀》)。同时,他也在这类诗中表达了对屈原的否定:"长笑灵均不知命,江蓠丛畔苦悲吟。"(《咏怀》)"独醒从古笑灵均,长醉如今学伯伦。"(《咏家酝十韵》)灵均是屈原的字,伯伦则指东晋"竹林七贤"里纵酒放达的刘伶。从上述这些与饮酒有关的诗作,正可看出白居易对屈原和陶潜两人的评价是"非屈原"而"是陶潜"。有趣的是,相传白朴在家族世系上,是白居易的后人,对于白居易的诗文理当烂熟于胸,进一步继承祖先的想法似也顺理成章。

历久弥新说名句

在白朴这首以《饮》为题的曲子中,屈原和陶潜分别占据天平的两端。屈原是不得志的诗人典型,楚国被灭后,他绝望自杀的行为,在历史上有两极的评价。

西汉末年扬雄对屈原的行为并不认同,他"以为君子得时则大行,不得时则龙蛇,遇不遇命也,何必湛身哉!"(见《汉书·扬雄传》)此外,班固在《离骚序》一文中也评论屈原"露才扬己"、"责数怀王"、"忿怼不容"、"沉江而死",并且说:"谓之兼《诗·风雅》而与日月争光,过矣!"

不过,历史上也不乏肯定屈原的人。西汉的贾谊视屈原为知音。贾谊被贬后曾作《吊屈原赋》自况,其中"鸾凤伏窜兮,鸱枭翱翔"拿凤凰比喻屈原,鸱枭比喻小人,借吊古而伤今,感叹无才德的人竟能位居显赫高位,贤臣反被驱逐。司马迁被汉武帝判宫刑,而后发愤撰写《史记》,其中《屈原贾生列传》甚至把屈原和贾谊两人归在同一篇,也是这种心情的投射。

到了唐代,屈原被广泛歌咏,如诗人戴叔伦就以《三闾庙》表达对屈原的同情:"沅湘流不尽,屈子怨何深?日暮秋风起,萧萧枫树林。"流不尽的江水就如同屈原的悲愤那般绵长不绝,配上萧萧的秋风、似血的残阳与枫红,凄凉的景色更衬出诗人心中哀怨之深。对中国文人来说，陶潜可谓屈原的"改良版"。陶潜曾在朝中任官，但他在东晋灭亡前就已经隐居，并回到田园诗酒的生活。陶潜在南朝梁的《昭明文选》中，就已备受称赞，说他："其文章不群，词采精拔。"苏东坡更把陶潜许为知己，不仅作了百余首的"和陶诗"，还称赞他的诗："似大匠运斤，不见斧凿之痕"。这种对陶诗的高度评价，其实是一种心理投射，为不得意的人生与诗酒生活找一个伟大的典范。

成也萧何，败也萧何，醉了由他

名句的诞生

咸阳[1]百二山河[2]，两字功名，几阵干戈[3]。项废东吴[4]，刘兴西蜀[5]，梦说南柯[6]。韩信[7]功兀的般[8]证果[9]，蒯通[10]言哪里是风魔[11]？成也萧何，败也萧何，醉了由他。

——元·马致远·《蟾宫曲·叹世》

完全读懂名句

1. 咸阳：秦朝首都，代指秦地。2. 百二山河：一说为其险固之势得天独厚，百中取二；一说为可以二挡百；更有一说为百之二倍，即言二百万军力也。虽解说各异，但皆指秦地险固。3. 干戈：干，盾牌；戈，一种平头戟。干戈合称即战争之意。4. 项废东吴：指秦末时，楚项羽败死乌江。东吴，今长江下游安徽东部与江苏一带。5. 刘兴西蜀：指秦末时，汉刘邦兴起于汉中。西蜀，今陕西省南部、湖北省西北部。6. 梦说南柯：人生虚幻，犹如南柯一梦。典出唐人李公佐《南柯太守传》。7. 韩信：

原在项羽麾下，因萧何引荐而成为刘邦阵营之大将，功高震主，被诬以叛乱罪名而亡。8. 兀的般：如此这般。9. 证果：本佛家语，借指果报。10. 蒯通：即蒯彻，称蒯通是因史家避汉武帝刘彻之讳。为韩信谋士，曾力劝韩信背汉自立，韩信不听，而佯狂为巫。11. 风魔：疯癫。

语译：秦朝的地势险要，仍有许多英雄豪杰前赴后继地领兵前来，干戈相向，究其意图，想来也不过是建功立名而已。当年气盖山河的西楚霸王项羽自刎于乌江；从汉中发迹的刘邦开创一代盛世，成也好，败也好，今日看来皆缥缈如南柯一梦。看那为刘邦取天下的名将韩信是何下场吧！不就是被赃以叛乱罪名冤死吗？回想曾劝他自立为王的蒯彻所言，才知绝非癫狂之论！再说那曾力荐他封侯拜将的宰相萧何，最终却也是他献计诬陷韩信致死。与其被这些成败是非所扰，还不如让美酒迷醉自己，任无常的世事自个儿演化去！

名句的故事

楚汉相争的故事流传千古，为人所津津乐道。该时汉王刘邦因得张良、韩信、萧何这"汉初三杰"，而能夺天下、建王朝，但其只能共患难、不能同富贵的狭隘胸襟，终于写下一幕幕兔死狗烹的残酷史实。

军事奇才韩信早年在项羽处不得重用，投奔到刘邦阵营，慧眼识英雄的萧何多次保奏，却不被重视，让韩信一度弃职而走。听闻风声的萧何不及禀奏汉王即追出东门，直到月上树梢才追回他。事后萧何以"国士无双"表明追回韩信之必要，力荐他为大将军，让刘邦得以东出陈仓、定三秦，乃至于袭魏、破代、平赵、下燕、定齐、击楚，打下大好江山。

当大势底定后，深谙刘邦性格的张良有先见之明，早早便辞官保全。但韩信对刘邦却始终怀抱着感恩之情，面对武涉与蒯彻两名辩士的轮番游说，虽有犹豫，终究"不忍背汉"。于是，他先是被刘邦撤军权，由齐王改立为楚王；后刘邦又采陈平之计，将他降为"淮阴侯"；最末，吕后和萧何密谋，杀害韩信于长乐宫，并诛连三族。

韩信受死前曰："吾悔不用蒯通之计，乃为儿女子所诈，岂非天哉！"萧何一人，成就他又毁灭他，世事之变化竟是如此吊诡！莫怪乎聪明如萧何，晚年要自毁清誉，假扮庸俗的贪财之徒，松懈刘邦的警觉，以保全自己的身家性命。

历久弥新说名句

韩信枉死，历来不少文人都曾为他抱屈。明代诗人骆用卿一首《题韩信庙》，被当时诗坛领袖誉为"此题淮阴庙绝唱"："逐鹿中原汉力微，登坛频蹙楚军威。足当蹑后犹分土，心已猜时尚解衣。毕竟封侯符蒯彻，几曾握手到陈豨。英魂漫洒荒山泪，秋草长陵久落晖。"汉王刘邦原本没有足够的实力争夺中土，直到韩信登坛立将才能击败项羽的楚军。实力足以和刘邦、项羽三分天下的韩信，虽已被蒯彻说服至心有犹豫，却仍挂念着刘邦的解衣之情不愿背汉。但被降为淮阴侯一事，终究证明了蒯彻之言为真。之后传言他与叛将陈豨曾握手密谈，哪里有这样的事呢？如今一代英豪的亡魂只能在荒塚内默默流泪，独自品味秋草绵延的苍凉暮色。

退一步乾坤大,饶一着万虑休

名句的诞生

退一步乾坤大,饶¹一着²万虑休。怕狼虎恶图谋³。遇事休开口,逢人只点头。见香饵莫吞钩,高抄⁴起经纶⁵大手。

——元·王实甫·《集贤宾》

完全读懂名句

1. 饶:退让、饶恕。2. 一着:着,下棋。动一子称一着。3. 图谋:策划谋略以达成企图。4. 抄:抄手,两臂在胸前环抱交叉,表示不参预、不卷入某事。5. 经纶:经纶都是丝线,梳理丝线,引申为妥善筹划、治理有序的意思。

语译:与人发生争执,退一步海阔天空,让一子愁烦皆休。小心提防恶人似虎狼等着算计你。遇到事情不要随便发表意见,碰到人时只管微笑点头。见到香饵千万别中计上钩。就算你才能出众,最好还是双手抱胸,别随便干预插手。

名句的故事

　　《集贤宾》全套十一曲,具体地描述王实甫晚年退隐后,儿婚女嫁、衣食不缺的生活,表现他当时的人生态度和闲适情趣。由于关于王实甫的史料不多,故本套曲特别值得重视。表面上,王实甫规劝世人吞声忍让,少管闲事,不因贪小而失大、处处提防遭人算计。其实,这些看似消极退缩的处世原则,显示他过去曾因不懂得"退一步"、"饶一着"而吃过苦头;"遇事"喜欢"开口","逢人"不会"点头",导致祸从口出,因此劝人少管闲事,并暗示他退隐的原因。在当时政治黑暗的时代,仕途凶险,汉人处境格外艰辛,一不小心便可能获罪下狱。纵使王实甫只做过小官,难免有壮志未酬之感,但要保全性命又不愿同流合污,只能毅然归隐以求明哲保身,歌颂田园的乐趣,将怀才不遇的忧闷及针对社会现实的牢骚寄寓在退隐生活之中。

历久弥新说名句

　　人生岂能万事如意?总有与他人意见不同发生争执的时候,若能"退一步"、"饶一着",改变自己的心境及待人接物的态度,不但可使自己心境开阔进而达到"乾坤大"、"万虑休"的境界,结果或许能因此皆大欢喜。谚语说"一争两丑,一让两有",便是这个道理。本句蕴含深刻人生处世哲理又容易朗朗上口,故传诵甚广，除了劝慰他人外，亦可作为座右铭用以提醒自己。

中国古代儿童启蒙书目《增广贤文》中亦收录类似名句"忍一句，息一怒，饶一着，退一步"。清代文人郑板桥《难得糊涂》写道："聪明难，糊涂难，由聪明而转入糊涂更难。放一着，退一步，当下心安，非图后来福报也。"也是劝人不与人争适时退让，以求心安理得无所挂虑。

劝世名句"忍一时风平浪静，退一步海阔天空"则脱化于南北朝傅昭所撰《处世悬镜》的《忍之卷五》："忍一言风平浪静，退一步海阔天空"。

闲来几句渔樵话,困来一枕葫芦架

名句的诞生

白云深处青山下,茅庵草舍无冬夏,闲来几句渔樵话[1],困来一枕葫芦架[2]。你省的也么哥?你省的也么哥?煞强如[3]风波千丈担惊怕。

——元·邓玉宾·《叨叨令·道情》

完全读懂名句

1. 渔樵话:和渔人樵夫闲谈几句。2. 葫芦架:葫芦瓜的棚架。3. 煞强如:胜过。煞:强调语气。

语译:在白云尽头的山脚下,用茅草搭盖几间房舍,悠闲自在地过日子,浑然不觉季节的变化。无事的时候和渔人樵夫闲话几句家常,疲倦了就随意睡倒在葫芦瓜棚架下。你能理解吗?你能明白吗?这样的生活强过在千丈风波中担惊受怕。

名句的故事

　　起首两句描述隐者的居处环境。在白云青山的环绕下，过着不知季节变换的岁月，真有遗世独立之感。接着以"闲来几句渔樵话，困来一枕葫芦架"为人们展现山居恬静自适的生活情调。"渔、樵"常被作为隐居的象征，因为他们远离人群终日与大自然为伍，过着与世无争、淡泊自在的单纯生活。葫芦瓜架是农家周遭常见的景物，表示隐者盖几间茅屋与渔樵为邻，以务农为生，自给自足。无事的时候和渔人樵夫闲话几句家常，疲倦了就随意睡倒在葫芦架下，怡然自得，好不惬意。

　　接着话锋一转，问道："你了解吗？你明白吗？"用问句反复提醒人们切实领悟：这样悠闲自在的生活，远比身不由己地随着宦海的变幻起伏，时时得担惊受怕要好太多了。

　　元代以武力建国也以此治国，在蒙古人统治期间，君主王公只知掠夺财货与土地，高官大吏几乎全为蒙古人垄断，科举的废止断绝了读书人的生路，使读书人被置于"九儒十丐"的卑贱地位。一位无名文人写的《朝天子》说："不读书有权，不识字有钱，不晓事倒有人夸荐。"反映当时政治黑暗、社会混乱的现象。在异族的长期压迫下，读书人满腔入世的理想逐渐转为愤世，终而产生避世的想法。本篇所营造的环境，正是作者心目中的桃花源。

历久弥新说名句

　　此曲以隐居生活的逍遥与官场的险恶作对比，从而劝诫世人要看破红尘，超脱物累。作者亦借由此曲，抒发他面对政治黑暗、仕途波折所产生的归隐之思。

　　邓玉宾在曲中描述隐居生活的逍遥，但对于风波千丈的官场，或许受限于小令字数，并未多所着墨。在他的套曲中，便对宦海风波的险恶状态作了较详尽的叙述。《一枝花》说官场如"蜂衙蚁阵，虎窟龙潭"般险恶，当官就像"连云栈上马去了衔，乱石滩里舟绝了缆。取骊龙颏（颏，下巴）下珠，饮鸩鸟酒中酣"，以马去衔、舟绝缆、取龙珠、饮鸩酒，形容其惊险可怖之状。纵然是战战兢兢地守着职务，也难保如《粉蝶儿》所说："若一朝，犯制条，凶星来照，一霎儿早不知消耗"、"比着他有使命向门前呼召，吓的早吃丕丕的胆战心摇"、"鼎镬斧钺斩身刀，轻轻地犯着，便是天条"，当官的终日惟恐触犯天条，听到召唤就吓得胆战心摇，一旦犯事，斧钺加身性命难保。两首作品都将宦海沉浮的惊惶与悲惨描绘得淋漓尽致。邓玉宾曾官至同知，官场上的遭遇或许是他的切身体会。

无官何患,无钱何惮,休教无德人轻慢

名句的诞生

无官何患,无钱何惮[1],休教无德人轻慢。你便列朝班,铸铜山[2],止不过只为衣和饭,腹内不饥身上暖。官,君莫想。钱,君莫想。

——元·张养浩·《山坡羊》

完全读懂名句

1. 惮:害怕、畏惧。2. 铜山:产铜的矿山,可用来铸铜钱。

语译:没有官职,有什么好忧患的,没有钱财,有什么好担心的;不要让自己因为没有品德,被人看轻了。你即便是列于朝廷之上、坐拥金山铜山,不过是为了穿衣与吃饭。只要不饿到肚子,身上有衣物保暖。高官权位,你不必贪想。金银财宝,你无需奢望。

作者背景小常识

张养浩（约西元 1270—1329 年），字希孟，号云庄，历城（今山东济南）人，自称齐东野人。笃学不辍，年少时就文名远扬。元仁宗时官至中书省参知政事，是元代曲家中少数官至高位者。英宗即位后，辞官归里，过着退隐生活。文宗天历二年（西元 1329 年）关中大旱，出任陕西行御史台中丞，竭力赈灾，到任四个月，卒于任上，居民在曲江池畔立祠祭祀。文宗至顺二年（西元 1331 年），追封滨国公，谥文忠。作品有《三事忠告》、《牧民忠告》、《归田类稿》行世，散曲集有《云庄休居自适小乐府》，简称《云庄乐府》，存小令一百六十一首，散套两套。内容或写山林景物、田园情趣，风格清丽婉约；或叙仕途险恶、官场黑暗，格调旷达俊朗；或抨击社会、关心民情，有浓厚的现实感。为马致远之后的重要作家。

名句的故事

张养浩此曲表达了自己的价值观：宁可"无官"、"无钱"，不可"无德"，而且开头三句便揭示出了主题。"官"、"钱"恰巧是社会上、官场上人们竞相争逐的目标，马致远《夜行船·秋思·离亭宴带歇指煞》形象化地描写这种情况："看密匝匝蚁排兵，乱纷纷蜂酿蜜，急攘攘蝇争血"，将汲汲营营于名利的人们比作"蚁排兵、蜂酿蜜、蝇争血",可是张养浩却表现出不屑一顾的态度,认为"无官、无钱"没什么了不起的,只是不可"无德"而被人看不起。后面仍紧扣着"官"、"钱"而发,"列朝班"即做官,"铸铜山"是为了财富,人人为了这两项奔走钻营,到头来也"止不过只为衣和饭",为的不过就是穿衣吃饭而已,吃饭能吃多少?穿衣能穿几件?不过就是"腹内不饥身上暖"而已。看透这些的张养浩用"止不过只为"来表达他的鄙夷。

因此最后张养浩正面提出自己的看法:"官,君莫想。钱,君莫想。"也回应了开头,只是开头以问句提起,最后以肯定口吻总结;尤其是"莫"字,加强了语气,表现出决绝的情感。

历久弥新说名句

像张养浩这样直言对"官"、"钱"的不屑者,如晋朝王衍"常嫉其妇贪浊,口未尝言钱字",甚至呼钱为"阿堵物",嫌它挡住去路、阻却视线。这与西晋出现一批极力聚敛、大肆挥霍的富豪,产生竞逐富贵的社会风气有关,当时有何曾"食日万钱,犹言无下箸处";和峤因爱钱成痴、成癖,被称为"钱癖";石崇富可敌国,家居生活奢豪,家中厕所比别人家的卧室还华丽。在此情形下,除了王衍不屑谈钱外,鲁褒亦作《钱神论》讽刺之。

鲁褒说"凡世之人,惟钱而已","忿争非钱不胜,幽滞非钱不拔,怨仇非钱不解,令闻非钱不发","官尊名显,皆钱所致",以讽刺的口吻表达钱的神通广大,至于德性、才能,都不是做人的真正需要，只要有钱，要官有官，要名有名。

直到清代蒋攸铦《劝民惜钱歌》也同样深刻地说出了世上众人为"钱"疯狂的情景："人为你昧灭天理，人为你用尽机关，人为你败坏纲常，人为你冷炭生烟，人为你忘却廉耻，人为你无故生端，人为你舍死丧命，人为你平空作颠，人为你天涯遍走，人为你昼夜不眠！钱！人人被你颠连，出言你为首，兴败你为先，成也是你，败也是你，到而今只你机关！你去我不烦，你来我不欢，免被你颠神乱志、废寝忘餐！"

从鲁褒、张养浩至蒋攸铦，无不因人们竞逐名利的丑态而发表自己的观点，可见世人大部分皆为"官"、为"钱"疯狂，否则，哪里需要张养浩等人出来大声疾呼"官，君莫想。钱，君莫想"呢！

算从前错怨天公,甚也有安排我处

名句的诞生

侬¹家鹦鹉洲²边住,是个不识字渔父。浪花中一叶扁舟,睡煞³江南烟雨。觉来时满眼青山,抖擞⁴绿蓑⁵归去。算从前错怨天公,甚也有安排我处。

——元·白贲·《鹦鹉曲》

完全读懂名句

1. 侬:吴语。我,表第一人称。2. 鹦鹉洲:湖北汉阳县西南处,长江中的沙洲,因东汉文士祢衡在此地作《鹦鹉赋》而得名。3. 煞:此处为加强语气用法,如"美煞"。4. 抖擞:抖动,引申有振奋、奋起之意。5. 蓑:即蓑衣,以草编成的雨具。

语译:我是个不识字的渔夫,家住在鹦鹉洲边。平日驾着一条小船在江上飘荡,在江南的霏霏细雨中沉沉睡去。一觉醒来,雨后的碧绿青山尽收眼底,我站起来抖了抖蓑衣,准备驾船归去。想一想,算是我从前错怪了老天爷,原来这天地之间也有我的容身之处。

作者背景小常识

白贲(约1270—1330年),原名征,字于易,后以易经贲卦"白贲无咎"取其"以自然质朴为最好的装饰,反璞归真恢复原本面目,而无所忧惧"之意,改名为贲,字无咎,号素轩。先祖为太原文水人,而后向南移居至钱塘(今浙江杭州)。其父为知名书法家白珽。作品以散曲见长,所作小令《鹦鹉曲》脍炙人口,历来有许多文人唱和。白贲亦擅长作画,所绘花卉古典雅致。

名句的故事

本曲文字浅白,将生活常见的事物融入文句之中,描绘高远疏阔的意境。曲中大量使用口语,造就了"平易通俗"的风格,读来更为直率自然。白贲于首句自托为"不识字渔夫",豪气中带着戏曲"自报家门"的口气,以第一人称的写法,酝酿出真性情的自然流露,笔触快意酣畅,其中更隐含典故寄托深意。

东汉末年名士弥衡恃才傲物,经孔融举荐,为曹操所用,却仍不改其倨傲而屡次得罪曹操。几经辗转,归于江夏太守黄祖麾下,因出言辱骂黄祖而遭处死。《鹦鹉赋》为弥衡传世之作,相传有人献鹦鹉予黄祖之子黄射，黄射命祢衡作赋纪念，祢衡即席为文，以鹦鹉灵鸟却遭剪除羽翼关于笼内，自况其因不愿巴结权贵而怀才不遇。祢衡死后葬于鹦鹉洲，后人也以"鹦鹉洲"借指退隐山林。

因此，白贲以"家住鹦鹉洲"借题发挥，自比祢衡。与其有如笼中鸟无法施展抱负，还不如做个"不识字渔夫"。曲中巧妙运用多种对照：以"不识字"反差强调其才学，凸显讽刺；再来借景写情，以广阔江面对照"一叶扁舟"孑然一身；用浪花的动感对比睡煞的静态，显示在人生风雨之中，处之泰然的从容自若。雨后睡醒"满眼青山"的壮阔，让他兴起"柳暗花明又一村"之感，心境豁然开朗，顿悟从前"错怨天公"，若不放下对功名利禄的执着，又怎能享受超脱世事、置身天地之间的闲适快活。原本自伤身世的愁绪如同乌云散去，令人有种"一吐为快"的感觉，显得明快而自然。

历久弥新说名句

白贲写作风格豪放，从曲中便可看出他豁达自得的人生观。"算从前错怨天公，甚也有安排我处"其实化用自金朝元好问的词作《临江仙·自洛阳往孟津道中作》的下半片："盖世功名将底用，生前错怨天公。浩歌一曲酒千钟，男儿行处是，未要论穷通。"描述男儿畅快痛饮高歌、志在四方，不在意穷困显达，意境豪迈激昂。相较之下，本篇则显得质朴自然，多了几分闲情逸趣。

　　元代后期文学家任昱的小令《清江引·幽居》："小堂不闭野云封，隔岸时闻涧水舂，比邻分得山田种。宦情薄归兴浓，想从前错怨天公。食禄黄虀（虀，咸菜末）瓮，忘忧绿酒钟。未必全穷。"便脱化于本篇名句。曲中描写乡间恬静景色使人内心平静，看淡官场争名夺利之得失，兴起回归田野山林的念头。

　　三篇作品皆以"错怨"点出若汲汲营营追求功名，执念反倒成为心灵的桎梏。其实坦然接受命运安排，回归山野寄情自然，让心灵得到自由，未尝不是一种升华人生追求的方式。

大江东去,长安西去,为功名走遍天涯路

名句的诞生

大江东去,长安西去,为功名走遍天涯路。厌舟车¹,喜琴书²,早³星星鬓影⁴瓜田暮⁵。心待⁶足时名便足。高,高处苦。低,低处苦。

——元·薛昂夫·《山坡羊》

完全读懂名句

1. 厌舟车:厌烦舟车劳顿的羁旅生涯。2. 喜琴书:喜欢弹琴读书。3. 早:已经。4. 星星鬓影:形容两鬓斑白。5. 瓜田暮:在瓜田度过晚年。6. 待:将。

语译:江水滔滔东流入海,车马辘辘西往长安,为追求功名走遍了大江南北。我厌倦了舟车劳顿的羁旅生涯,向往弹琴读书的悠闲生活。已经是两鬓斑白的人,只想守着瓜田安度晚年。心里知足,名声也就满足了。居高位的、有高的苦处。身处低位、

有低的苦处。

作者背景小常识

薛昂夫,生卒年不详,回鹘(今维吾尔族)人,名薛超吾,取第一字为姓,汉姓为马,一字九皋,故也称马昂夫、马九皋。薛昂夫出生于官宦世家,父、祖皆封覃国公。出仕后,曾先后于江西行省(今江西、广东大部分区域)、大都(今北京)、太平路(县治在今广西)、衢州路(县治在今浙江)等地任职,晚年归隐在杭州西皋亭一带,《录鬼簿》将他列入"前辈名公乐章传于世者"。

薛昂夫擅长篆书,享有诗名,经常与虞集、萨都剌等文士相唱和,诗集已经散佚。所作散曲意境阔大,气象豪迈飘逸,词句潇洒流丽,题材以叹世归隐、写景怀古为主,元人赵孟𫖯评其诗、曲:"激越慷慨,流丽闲婉。"《太和正音谱》谓:"薛昂夫之词,如雪窗翠竹。"称许他的曲子格调很高,颇为推崇。现存小令六十五首,散套三套。

名句的故事

名句"大江东去,长安西去,为功名走遍天涯路"是诗人回顾自己半生际遇,为了求取功名而走遍大江南北,所发出的感慨。

"大江东去"引用苏东坡《念奴娇》"大江东去,浪淘尽,千古英雄人物"之意,暗指宦海奔波却功业难成,多少英雄豪杰最终都被长江的浪花淘尽,消逝在时间的洪流中。长安是汉唐的古都,此处用来指元代的大都。追求功名的士子,莫不往京城寻找机会。此处说"长安西去",一方面是因长安道已成为富贵路、青云梯的代名词;一方面隐含无名诗人《叨叨令》:"黄尘万古长安路,折碑三尺邙山墓"之意。邙山是古代王公贵族的墓地。自古多少人奔波在黄尘滚滚的长安路,如今都化为北邙山上的三尺断碑,可见功名的虚幻。

"为功名走遍天涯路",是他游宦大江南北、四处奔波的喟叹。薛昂夫是回鹘人,出生官宦世家,出仕后又身居高位,在蒙古人统治的元代,他的身份属于"上等人"。本来他无意功名,可是一旦步入宦途便身不由己,诏书一下,就得风尘仆仆东奔西驰地去任职履新,这般"为功名走遍天涯路"的生涯,使"厌舟车,喜琴书"的薛昂夫,不禁兴起退隐之思。

历久弥新说名句

薛昂夫为功名走遍天涯路,蓦然回首,才惊觉早已两鬓斑白。"星星"是化用宋代文人晁补之《摸鱼儿》:"满青镜,星星鬓影今如许","瓜田"即引用汉初召平种瓜的典故,表示想弃官归隐。召平,秦时广陵人,封东陵侯,秦朝灭亡后沦落为布衣,因为家里贫穷,便在长安城东门种瓜为生,他所种的瓜汁多味美，在长安颇有名气，人们便称之为"东陵瓜"。在这首《山坡羊》中，作者运用召平的例子，表示只要像召平一样种瓜便能自给自足，又何必苦苦追求高官厚爵。他也对人们不能摆脱名利的羁绊而多所感慨，以切身体验告诉世人："心待足时名便足。高，高处苦。低，低处苦"，不论地位高低都有苦衷，只有知足才能常乐。

名缰利锁令人寝食难安，普天之下芸芸众生莫不为其所困而劳累奔波，《史记·货殖列传》云："天下熙熙，皆为名来，天下攘攘，皆为利往"，据说当年乾隆皇帝下江南，路过镇江，特地上金山寺游览。乾隆见那山脚下江水淘淘、风帆片片，一时兴来，便问老和尚说："你看这江上来来往往，究竟有多少风帆？"老和尚悠然回答："依贫僧所见，古往今来、这江上只有两张帆。"乾隆诧异地问其理由，和尚答道："一张帆为名来，一张帆为利去。"

尽管前人谆谆告诫一切的丰功伟业都只是纸上虚名，后人仍是前赴后继汲汲营营，《红楼梦·好了歌》便说过："世人都晓神仙好，惟有功名忘不了；古今将相在何方？荒塚一堆草没了！"

他得志笑闲人,他失脚闲人笑

名句的诞生

诗情放,剑气[1]豪,英雄不把穷通[2]较。江中斩蛟,云间射雕,席上挥毫。他得志笑闲人,他失脚[3]闲人笑。

——元·张可久·《庆东原·次马致远先辈韵》

完全读懂名句

1. 剑气:宝剑的精光。也可比喻人的才能和气概。2. 穷通:穷困或显达。3. 失脚:失意、受挫。

语译:诗情奔放,气魄豪壮,英雄从来不计较个人际遇的困窘或通达。像是能在江上斩杀蛟龙的周处,一箭射落云中大雕的斛律光,以及在席上运笔写字的李白,他们也都有得志或失意之时。当一个人得志的时候嘲笑别人,当一个人失意的时候便换成别人来嘲笑他了。

名句的故事

张可久《庆东原·次马致远先辈韵》共有九首，此为第五首，其余八首也同样用"他得志笑闲人，他失脚闲人笑"作为结语，每首的主题虽不尽相同，但都意在提醒人们得志时莫笑人，以免他日失意时反遭人们的嘲笑。"次韵"指文人之间以诗词酬答相和，模仿他人来诗的韵字次第作诗回赠，亦称"步韵"。由题目可知此曲是张可久回应元曲大家马致远之作，其尊称马致远"先辈"，可知马的年纪、辈份较张为高。曲中援引了周处、斛律光与李白三人意气风发之例，表明人的时运总有亨通或不济，根本不必去欣羡或看不起他人的穷通际遇。

《晋书·周处传》叙述吴末西晋初人周处，年少放荡不羁，在乡里间恶名昭彰。某日，周处问乡里父老说："现在时局太平，又正值丰收之年，为何大家苦而不乐呢？"父老叹气地回答："三害未除，何乐之有！"周处问道："何谓三害？"父老告诉周处："南山的白额虎，长桥下的蛟龙，还有一害就是周处你自己啊！"周处听了心生悔意，决定先上山杀猛虎，再下水斩蛟龙，接着去寻访当时的贤士陆云。周处问陆云说："我虽有心改过，但已蹉跎了许多岁月，将来恐怕也是一事无成。"陆云对其言："古人最重视'朝闻夕改'，只要你立定大志，便不必担忧没有好名声！"周处从此励志向上，先后为吴国、西晋所重用。

《北齐书·斛律光传》记录北齐臣子斛律光与世宗外出打猎，

发现云间有一大鸟,引弓射之,正好射中大鸟的颈子,落地后才知道是一只大雕。丞相属邢子高见状赞叹地说:"此射雕手也!"斛律光还获得"落雕都督"的封号。另《旧唐书·文苑传·李白传》提到唐玄宗欲创制乐府新词,急召李白入宫,只是李白此时已醉卧在酒店里;等到李白一进宫,带着醉意即席挥毫,竟能下笔成章,受到玄宗的嘉许。

历久弥新说名句

"失脚"除本意不小心跌倒之外,也可引申出失意、受挫败的意思。古来传有一句俗谚:"前人失脚,后人把滑(避免滑跤)。"喻指后人吸取前人失败的经验,谨慎行事,避免重犯一样的错误。

唐人白居易的五言古诗《东南行一百韵》,其中两句写道:"翻身落霄汉,失脚倒泥涂。"大意是一翻身已从天际坠下,一摔跤即倒落泥泞里,借此喻比自己的处境,从顺遂瞬间转为困厄,前后判若云泥。此诗作于唐宪宗元和年间,白居易因上疏言事,得罪权贵,从太子左赞善大夫一职被贬为徒有虚衔无实际职掌的江州司马,他于是写了这首长诗,向好友们抒发遭小人陷害而不得不远离京城的无奈心情。

一生力主抗金的南宋诗人杨万里,其七言古诗《迓(迓,迎接)新守值雨》最末四句:"行路最难仍最恶,平生历尽今更觉。前人失脚后人笑,后人失脚那可料?"过了大半生的年岁,作者

退一步乾坤大

早已看透仕途的艰难与险恶，但在落雨纷飞的当下，仍得冒雨出门迎接新任太守的到来，让他对官场的势利现实又有更深的体认。雨中看见行人跌倒，听闻旁人的笑声，令其不禁想着，那些见人跌倒便讥笑对方的人，能够料到哪一天将轮到自己失足吗？

醉眸俯仰,世事浮沉

名句的诞生

茂林修竹风流¹地,重到古山阴²。壮怀感慨,醉眸俯仰,世事浮沉。惠风归燕,团沙³宿鹭,芳树幽禽。山山水水,诗诗酒酒,古古今今。

——元·徐再思·《人月圆·兰亭⁴》

完全读懂名句

1. 风流:风雅之事。2. 山阴:今浙江绍兴古时称为山阴。指兰亭所在地。3. 团沙:沙堆。4. 兰亭:在今浙江绍兴。魏晋之际,王羲之等人曾于此地聚会。

语译:茂密的树林修长的竹枝,这儿曾是风雅事发生之处,今日重新来到这古时称为山阴的地方。满怀感慨,醉眼蒙眬上下凝望,遥想古今世事的变换。和风中归巢的燕子,沙堆上睡着的白鹭鸶,芳香的树上安静的禽鸟。山水景色依旧,昔人饮酒赋诗的美事，自古流传到今。

名句的故事

　　此篇是作者游览兰亭的怀古之作。东晋书法名家王羲之和一群风流名士，曾在兰亭举行"修禊"的除灾祈福仪式，其中最有名的要算是"曲水流觞"的助兴活动。觞是一种较轻材质制成的小酒杯，可以浮在水面上，"曲水流觞"便是将酒杯放在弯曲水渠的上游，让它随波顺流而下，人们环坐在水渠两旁，酒杯停在谁的面前，就由他取杯饮酒并赋诗一首。

　　徐再思到了兰亭，想起古人饮酒赋诗的风雅韵事，便也喝起酒来。醉眼蒙眬中，想到古往今来世事的变化，感慨兰亭犹在，人物却已全非。篇中以"惠风归燕，团沙宿鹭，芳树幽禽"三句描写周遭景物一片安祥，仿佛时空停格的画面，浑然不觉世事的浮沉变换。以此对映千年的朝代更迭、人事沧桑，更让人兴起无限感叹。

　　最后以"山山水水，诗诗酒酒，古古今今"三个叠字句作结，虽然昔人已远，风流不再，但当年饮酒赋诗的美事，如同这山山水水，自古流传到今。也就是说：人身难长久，只有诗酒文章可以千古流传。

历久弥新说名句

　　酒与文人有不解之缘，有人戏称：一部中国文学史，页页都散发着酒香。文人多嗜酒，因为酒能助兴，能启发文思，而且文人大多不善权变，难免仕途坎坷，他们往往在酒后流露真性情，借酒意抒发胸中块垒，一吐家国忧思，眼醉心醒地感喟古今兴亡、人事变幻。

　　唐代杜甫在其《饮中八仙歌》中，以简炼的语言，赞赏八个同时代爱酒、嗜酒的名士，八仙之中资格最老、年纪最长的是贺知章。据唐代孟棨《本事诗》记载：李白初至京师，与贺知章相识，两人相见恨晚，遂成莫逆之交。贺知章邀李白共饮，但不巧两人都没带酒钱，贺知章便解下当时官员佩带的金龟来换酒，与李白开怀畅饮，一醉方休。《饮中八仙歌》以"知章骑马似乘船，眼花落井水底眠"简短的两句话，便将豪放旷达的诗人栩栩如生地描绘出来。仿佛可见贺知章醉后骑马，前俯后仰，像乘船一样，醉眼昏花地落入井中，干脆就在井底酣睡的洒脱自得之态，传神地表现出诗人坦荡的胸襟。这等俯仰于天地之间、淡然于世事沉浮之外、不为名利羁縻的豁达情怀，更让后人倾慕不已。

朝吟暮醉两相宜,花落花开总不知,虚名嚼破无滋味

名句的诞生

朝吟暮醉两相宜,花落花开总不知,虚名嚼破无滋味。比闲人惹是非,淡家私[1]付与山妻[2]。水碓[3]里春来米,山庄上线[4]了鸡,事事休提。

——元·孙周卿·《水仙子·山居自乐》

完全读懂名句

1. 淡家私:家产稀少,十分贫穷。2. 山妻:对自己妻子的谦称。3. 水碓:以水力舂米的器具。碓,捣米以去除糠皮的用具。4. 线:动词,指以线阉割。

语译:早晨吟咏诗句,晚上畅饮美酒,两者都尽兴适宜。生活悠游自在,浑然不觉何时花落花开。仔细咀嚼,徒有虚名其实没有什么滋味。不过比闲人招惹来更多是非罢了。把稀少的家产

交给妻子去掌管，用水碓舂米，在山庄里阉鸡，其他的事都不需再提起。

作者背景小常识

孙周卿，生卒年均不详，约于元仁宗延佑末年（西元1320年）前后在世。传世作品不多，大多数为小令，多描写隐居山中的悠闲与快乐。

名句的故事

孙周卿作了四首《山居自乐》的小令描写隐逸之趣，这首曲是四首之中的最后一首。在这首曲子中，最值得一提的便是曲中所呈现的"生活态度"。名句一开始就以"朝吟暮醉"点出作者沉醉于吟诗饮酒的逍遥生活。如此一来，他自然对外界的客观事物与时间的推移毫不关心，浑然不觉"花开花落"。这样的生活状态，也与一首唐诗《答人》中描述的"山中无历日，寒尽不知年"有异曲同工之妙。

接下来，作者更直抒胸臆，表示"虚名嚼破无滋味"，俗世所看重的功名利禄，不过是短暂、经不起咀嚼的虚幻，根本不值一提。那么，他重视的是什么呢？"水碓里舂来米，山庄上线了鸡，事事休提"三句可视为作者自身心意的总结：我要过的，是耕读自给、不假外求的生活，偶尔往水碓舂米，于山庄中阉鸡也就够了，何必再提其他事呢？

于平淡中见真淳，往往是最困难的。这首曲所流露出来的"平凡"，正是其精华所在。

历久弥新说名句

在《南史·卷七十六·隐逸传下》中，也有一位满腹诗书的隐士，他就是南朝梁的"山中宰相"陶弘景。

相传陶弘景的母亲因梦到两个手拿香炉的天人来到家中，随后怀孕生下了他。而他也与一般孩童不同，十岁时得到东晋道家名士葛洪的《神仙传》，便昼夜研究、探索，立下养生修道的志向。不到二十岁，就成为诸王侍读，虽然身在高门，仍对功名富贵没有向往，最仰慕弃官归隐的张良，认为他"古贤无比"。后来，他隐居于句曲山修习道家神仙之术。梁武帝延请他出来做官，他只画了两头牛：一头在水草之间自由自在，一头戴着金制的笼头，任人驱策。武帝看了，便知道他的心意，只在国家有大事时派人前去咨询，因而被当时的人称为"山中宰相"。

像这样的隐士，自然也是孙周卿仿效的对象，也难怪他会在另一首《山居自乐》中，提到"数椽茅屋青山下，是山中宰相家"，以不慕荣利的陶弘景自比了。

管甚谁家兴废谁成败,陋巷箪瓢亦乐哉

名句的诞生

青山相待,白云相爱,梦不到紫罗袍共黄金带[1]。一茅斋,野花开,管甚谁家兴废谁成败,陋巷箪瓢亦乐哉[2]!贫,气不改;达,志不改。

——元·宋方壶·《山坡羊·道情》

完全读懂名句

1. 紫罗袍共黄金带:指穿着官服当大官。语出《北齐书·杨愔传》:"愔自尚公主后,衣紫罗袍,金缕大带。"2. 陋巷箪瓢亦乐哉:箪,圆形的盛物小竹器。瓢,以剖半的葫芦制成的舀水容器。指贫穷简单却乐在其中的生活。语出《论语·雍也》:"一箪食,一瓢饮,在陋巷,人不堪其忧,回也不改其乐,贤哉回也。"

语译:我与青山真诚相待,与白云相亲相爱,梦寐以求的从来不是华美官服。住在简单的茅草屋里,四周环绕着充满生气的野花，谁家兴盛或中落了，谁人成功或失败了，根本与我毫不相干。因为就算住在陋巷中箪食瓢饮，我也能自得其乐。贫穷还是通达，终究无损于我的气节与志向。

作者背景小常识

宋方壶，名子正，华亭（今上海市松江区）人，元末散曲家。曾于华亭莺湖辟室，四面皆有镂空花纹的方窗，从早到晚终日明亮，犹如处于洞天一般，故命名为"方壶"，并引以为号。现有小令十三首、套数五套传世，取材相当广泛，为文风格质朴流畅，思想旷达。

名句的故事

宋方壶在此曲中寄情山水，看破功名富贵，表达出安贫乐道的出世思想。开头三句先以色彩绘出第一层的对比，以自然清新的"青"山和"白"云，与光鲜夺目的"紫"罗袍和黄"金"带，强烈对比出他舍富贵、归自然的人生选择。四至六句则展现出第二层次的对比，将画面从远山晴空拉回地面，定格在一个花团锦簇的小茅屋上，对照大院宅邸变动不息的兴废成败，茅斋里简朴的生活反而更能带给人恒常的安宁。原来快乐与贫富间，从来没有直接的关联性！名句"管甚谁家兴废谁成败，陋巷箪瓢亦乐哉"与最末两句"贫，气不改；达，志不改"，则总结性地点出人们在贫富外，真正应该追寻的目标，当是江山难易的志向与气节。只要自己的思想具有一致性，管他外在环境如何变动，快乐都能在心中长存！

历久弥新说名句

虽然宋方壶极力赞扬归隐后的安贫之乐，但事实上，他的快乐并非来自"贫穷"，而是来自他内心的志气。《孟子·滕文公下》里说："富贵不能淫，贫贱不能移，威武不能屈，此之谓大丈夫！"亚圣孟子教诲历代读书人，财富与尊贵动摇不了心意，贫穷和卑贱改变不了节操，权势及武力阻挠不了志向，这样的人才值得被称为大丈夫。因此宋方壶等后代文人，总是极力护卫自己的志节，正所谓"三军可夺帅也，匹夫不可夺志也"（《论语·子罕》），如果连自己的志节都守不住，那就真的是枉读圣贤书了！

生前难入画,死后不留题

名句的诞生

世间能走的不能飞,饶¹你千伶百俐,百伶百俐。闲中解尽其中意,暗地里自恁²解释。倦闲游出塞³临池,临池鱼恐坠,出塞雁惊飞,入园林俗鸟应回避。生前难入画,死后不留题。

——元·钟嗣成·《一枝花·自序丑斋》

完全读懂名句

1. 饶:即使,尽管。2. 恁:如此。3. 塞:国家的边境地区。

语译:世上没有两全其美的事,就好比能走的动物不能飞,管你是如何的事事顺心又聪明伶俐,总还是有所不足。这便是我苦苦思索后得来的解释,好在私底下自我安慰。现在的我完全懒得出门游玩,因为到了池边,鱼见了我恐怕要吓得躲回深池中;到塞外去,天上的鸿雁也会振翅惊逃;若是到庭园森林里,鸟群也会纷纷走避。想来我这丑态,非但在生前没有机会入画,即使是亡故之后,也不会有人留题纪念吧!

作者背景小常识

元人钟继先,字嗣成,自号丑斋,本为大梁(今河南开封)人,后侨居于杭州。早年跟随江浙儒学提举邓文原学习诗文,却屡试不第,也不愿屈居小官,从而步上写作之路。精通音律、交游广泛的钟嗣成,拥有许多元曲家友人,他花了十五年,在至顺元年(西元1330年)完成《录鬼簿》上下二卷,收录四百五十八种杂剧目录与一百五十二位元曲家的事迹,自述是为了让"门第卑微,职位不振,高才博识"者"俱有可录",使得众多元代作家与作品,不至因元朝种族阶级严明而隐没,对曲学传承有极大的贡献。可惜其所著杂剧七种现皆不传,散曲则存有小令五十一首,套数一套,由后人辑编为《丑斋乐府》。明人朱权于《太和正音谱》中说:"钟继先之词,如腾空宝气。"明初后人继其志向作《录鬼簿续编》,传为贾仲明执笔。

名句的故事

钟嗣成貌丑,不仅自号丑斋,还以《一枝花》为首的九支曲子,作了题为"自序丑斋"这组套曲。"生前难入画,死后不留题"两句,即出自第五曲《贺新郎》。钟嗣成如此贬低自己的外貌,但他究竟长得如何呢?在套曲中,他自己形容道:"争奈灰容土貌,缺齿重颏,更兼着细眼单眉,人中短髭鬓稀稀。"或许的确长得不吸引人,但他却极尽所能地夸饰自己的丑,甚至以"沉鱼落雁"来自我反讽。

古时以"沉鱼落雁"描述美人,典出《庄子·齐物论》:"毛嫱、丽姬,人之所美也;鱼见之深入,鸟见之高飞,麋鹿见之决骤,四者孰知天下之正色哉。"其实,庄子描写鱼鸟麋鹿纷纷走避,是因为它们无法分辨美丑,意在表达仅有凡夫俗子才会为美色而痴迷癫狂。不过唐人宋之问在《浣纱篇》中描写春秋时代的美女西施:"鸟惊入松萝,鱼畏沉荷花。"转而形容西施之美让鱼鸟自惭形秽,因而躲避。后人则习以西施"沉鱼"、王昭君"落雁"作为"沉鱼落雁"之个别解释。钟嗣成据此大作文章,描述自己的外貌也可令鱼雁鸟等惊逃躲避,只不过不是因为惊为天人,而是因其丑貌不堪入目!自嘲生前死后都注定要被遗忘的钟嗣成,反以此奇文为自己在书卷中留名,可谓是出奇制胜的绝佳典范了!

历久弥新说名句

钟嗣成因撰写《录鬼簿》,成为对元曲贡献极大的评论家。然而他在《一枝花·自序丑斋》中曾提到:"子为评跋上惹是非。折莫旧友新知,才见了着人笑起。"他因为外貌丑陋被取笑已经是习以为常的了,无奈的是,他评论世事人情时,也招惹是非,惹人笑话,真是个彻彻底底的社会边缘人!

对照西方的经典歌舞剧《歌剧魅影》，主角"魅影"奇丑无比，貌似鬼魅，致使他在音乐等领域的绝世之才，不得展现在世人面前，只能自隐于歌剧院底，任爱恨愤懑滋长。钟嗣成自嘲貌丑而不得志的景况，不正与此有异曲同工之妙吗？

钟嗣成在《录鬼簿》序文中说："嗟乎！余亦鬼也。使已死未死之鬼，作不死之鬼得以传远，余又何幸焉？"他将当代空有才学而不得志者之作记录下来，使他们得以因著作传世而为"不死之鬼"，所幸的是，他也因此化为"不死之鬼"，留名青史，在九泉之下的他，或许可以含笑而终了吧！

功名两字原无命,学神仙又不成,叹吴侬何处归耕

名句的诞生

　　灯前抚剑听鸡声,月下吹箫引凤鸣。功名两字原无命,学神仙又不成,叹吴侬[1]何处归耕。日月闲中过,风波梦里惊,造物[2]无情。

——元·钟嗣成·《水仙子·无题》

完全读懂名句

　　1. 吴侬:吴地之人。在此指作者本人。2. 造物:主宰万物者。

　　语译:我在烛灯下轻抚着剑身,等待鸡鸣后一展抱负;我在月光下卖力吹箫,盼望引来凤凰合鸣,载我一飞成仙。无奈我命中注定与"功名"二字无缘,想修炼成仙又不得道,可叹我这吴地之人,连想归隐山林都还无处可去。日日月月就在我无所事事

的当儿流逝了，然而我的梦境却满是惹人心惊的曲折风波，想睡也不得安宁，造物主对我也太过无情！

名句的故事

在儒家思想的熏陶下，中国文人志在经世济民，钟嗣成也不例外。所以他在此曲中，一开头就援引《晋书·祖逖传》里"闻鸡起舞"的典故："中夜闻荒鸡鸣，蹴琨觉曰：'此非恶声也。'因起舞。"西晋祖逖听到鸡鸣声，即脚踢与他同寝的好友刘琨，勉他一起把握光阴勤奋学习，两人便起床练剑。之后祖逖果然官任豫州刺史，率军收复黄河以南的失土。

然而钟嗣成没有机会像祖逖一般建功立名，于是又举《列仙传》的例子来自嘲。相传春秋时代的萧史善于吹箫，其乐音之美可比凤鸣，因而得到秦穆公的欣赏，将女儿弄玉许配予他。某日，萧史的箫声竟然引来货真价实的凤凰，夫妻二人便乘凤凰飞天而去，位列仙班。

可惜的是，钟嗣成也没办法修炼成仙。既然如此，就效法历代不得志的众多前辈，归隐山林，独善其身吧！但他连找块地来耕种的本钱都没有呢！他的"牢骚"看起来仅是一位失意士子的不满，然而在元朝当代，这样的哀鸣却是汉族文人普遍的心声。可喜的是，纵然觉得岁月虚度，钟嗣成却不曾怠惰，费时十五载写出《录鬼簿》上下二卷，或许这就是反击无情造物的最佳方法吧！

历久弥新说名句

自从汉武帝罢黜百家、独尊儒术之后，儒家思想就在中国深深扎根，深植在世世代代的华人子弟心中。《孟子·尽心上》里说："古之人，得志，泽加于民；不得志，修身见于世。穷则独善其身，达则兼善天下。"这种进可攻、退可守的处事之道，也就此成为中国文化不可或缺的重要思想。

不过在独善其身之时，华人往往融入了自然无为的道家思想，以"无欲"作为修养身心的法则，以"不争"作为待人处事的策略，这种天人合一的境界，让郁郁不得志的士子们得到开脱的管道，深藏在山林田野间的隐士和神仙，也因此成为历代士子们在升官晋爵之外的主要退路。

急流中勇退是豪杰，不因循苟且

名句的诞生

憎苍蝇竞血，恶黑蚁争穴，急流中勇退是豪杰，不因循苟且。叹乌衣[1]一旦非王谢，怕青山两岸分吴越[2]，厌红尘[3]万丈混龙蛇[4]，老先生去也。

——元·汪元亨·《醉太平·警世》

完全读懂名句

1. 乌衣：巷名，位于今南京市秦淮河西边，东晋时代乃王导、谢安两大贵族府第所在。2. 吴越：指春秋末期互相争霸的吴越两国。3. 红尘：即人世。佛家语。4. 混龙蛇：指闲愚不分，善恶莫辨。《佛印语录》："凡圣同居，龙蛇混杂。"

语译：官场百态，犹如苍蝇竞相噬血的模样，令人痛恨不已；又像黑蚁互相争夺巢穴的行径，让人厌恶至极。当船行至急流时就见机勇退，明哲保身，才是真正的豪杰！绝对不要毫无原则地留恋权势。可叹的是，往日因王谢两家而极其繁盛的乌衣巷，早已人事全非；可怕的是，青山两岸的仇敌仍旧对立，犹如当年互相征战的吴越两国；讨厌的是，混沌不清的世间偏要将贤愚好坏混为一炉，我这老朽之躯还是赶紧归隐而去！

作者背景小常识

汪元亨，字协贞，号云林，别号临川佚老，生卒年不详，元末明初饶州（今江西波阳县）人。元顺帝至正年间曾经当过浙江省掾，官至尚书，后归隐于常熟（今江苏省常熟县）。汪元亨与曲家贾仲明相交于吴门，贾仲明在《录鬼簿续编》中记载：汪元亨著有杂剧《仁宗认母》、《斑竹记》、《桃源洞》三本和南戏《父子梦栾城驿》，以及《归田录》百篇。然而其杂剧现皆不存，今本《雍熙乐府》有其小令百首，应即所谓《归田录》，内容多在吟咏归田隐居的生活，也有憎恶黑暗社会的作品，卢前《饮虹簃丛书》将之刻入，题名《小隐余音》，风格豪放。另有套数一篇。

名句的故事

此曲是汪元亨二十首《醉太平·警世》里的第二首，可说是他决心归隐山林的"独立宣言"。

汪元亨一开头即以对苍蝇和黑蚁的"憎"与"恶"，强烈表达对官场中汲汲营营的小人嘴脸之反感，也因为这股反动之情，而道出了"退"的目标。急流勇退后，不用与令人憎恶的苍蝇、黑蚁之辈同流合污，当可晋升"豪杰"之列，一句"不因循苟且"紧接在后，更呈现出其毅然决然引退的魄力。

汪元亨又以"叹"、"怕"、"厌"描绘出一幅生动的官场纪实。在官场打滚盛衰无常，今日集三千宠爱于一身，明日却可能招惹灭族之祸，此可叹者也；难以置身事外的党派斗争、政敌林立，仿佛不斗个你死我活就不罢休，此可怕者也；贤愚不分，忠奸难辨，此可厌者也。

曾经官至尚书的汪元亨，没有附庸风雅地描写山林美景，以表达向往归隐之乐；而是以充满情绪性的数个字眼，写出自己对虚伪官场的厌恶，格外显得真实而震撼，最后一句"老先生去也"更是以身作则、亲身示范，警世之效可谓是掷地有声！

历久弥新说名句

唐朝诗人刘禹锡的名作《乌衣巷》细细刻画了人间的无常："朱雀桥边野草花，乌衣巷口夕阳斜。旧时王谢堂前燕，飞入寻常百姓家。"从前的繁华已逝，如今只剩迈入黄昏、杂草丛生的断垣残壁；而名家大户的子孙也犹如分飞的燕子一般，化做默默无名的寻常百姓。"叹乌衣一旦非王谢"一句，应当便是由此诗化育而来。

既然荣华富贵渺如云烟，汪元亨认定"急流勇退"才是豪杰之道。在春秋吴越争霸的历史中，就隐藏了一位懂得"急流勇退"的真豪杰——范蠡。赵孟𫖯在《题范蠡五湖》里即以欣羡的口吻与范蠡对话："功名自古是危机，谁似先生早拂衣；好向五湖寻一舸，霜黄木叶雁初飞。"面对功名这亘古不变的诱人圈套，有几人能像范蠡一样说放就放？范蠡搭船游遍五湖四海，犹如秋雁一般自由来去，真是让人有说不出的羡慕！只是"相逢都道休官好，林下何曾见一人。"（《东林寺酬韦丹刺史》）愿意放下权势的人，真的是寥寥可数啊！

事要知机,交须知己,诗遇知音

名句的诞生

自休官遁迹山林,喜气洋洋,生意津津[1]。事要知机,交须知己,诗遇知音。桑绕宅供山妻织纴,水投竿[2]遣稚子敲针[3]。泽畔行吟,涤尽尘襟。闲看浮云,出岫[4]无心。

——元·汪元亨·《折桂令·归隐》

完全读懂名句

1. 津津:满溢的样子。2. 投竿:钓鱼。3. 敲针:将针敲弯制成鱼钩。4. 岫:山洞。

语译:自从我辞官退隐于山林,心中便洋溢着喜悦之情,过着生气勃勃的日子。这是因为我进退之间掌握了正确的时机,交往的皆是知我甚深的好友,吟诗时也全是志同道合的友人。我的住处周围种满了桑树,以供妻子养蚕取丝织成丝绸;我则往水中甩竿享受钓鱼之乐,让我年幼的孩子帮忙制作鱼钩。当我在水池旁一边漫步一边吟诗时，原本郁积在胸中的尘世纷扰一洗而尽。就让我继续悠闲地坐看浮云，自山间漫不经心地飘向天际吧！

名句的故事

汪元亨的许多作品皆在描写隐退后的生活，此曲即其作品《折桂令·归隐》二十首里的倒数第二首。从此曲中，我们得以一窥汪元亨的居处样貌与家庭成员。其住所不但在山林之间，还被桑树环绕，附近亦有可供野钓的水流，想来汪元亨对退隐生活早有规划。而他们一家老小，分别以自己的方式享受山居生活，这般和乐融融的景象，令人读之不禁感到万分欣羡！汪元亨在政界打滚多年后所养成的高深智慧，或许就在于进退得宜，适时离开勾心斗角的官场，并精挑细选可以交心与吟诗的知己、知音，才得以在晚年齐享与家人、友人、大自然同乐之福，学习他的处世哲学并加以实践，必能为我们修来不少福分吧！

历久弥新说名句

汪元亨偕妻子归隐山林，诗圣杜甫也曾经历类似的生活："老妻画纸为棋局，稚子敲针作钓钩。多病所需唯药物，微躯此外更何求？"（《江村》）让老迈的妻子在纸上画棋盘以堪对弈，派年幼的孩子制作钓钩，看似悠闲自在的生活，却是杜甫为了躲避战乱而选择的安家之道，虽然享受这样的天伦之乐是他最终极的愿望，但此时的他却被病体所累，必须仰赖药物以维系生命。两相对照之下，汪元亨是不是幸运多了呢？

而汪元亨所描写的"闲看浮云，出岫无心"，则脱胎之东晋田园诗人陶渊明的名作《归去来辞》："云无心以出岫，鸟倦飞而知还。"白云漫不经心地从山间飘出，鸟儿飞累了也懂得回巢，暗喻自己辞官归隐，就仿佛是白云在冥冥中注定要脱离暗无天日的洞穴，飘向蓝天的怀抱重获自由；又像是鸟儿在镇日忙碌后返巢一般，是再自然不过的事情。陶渊明想远离黑暗官场的渴望，完全是来自心灵深处的呼唤，也难怪憎恶官场的汪元亨要在此援引他的词句了！

仔细评驳，富贵由人，贫贱也
咱欢乐，不饮从他酒价高

名句的诞生

点检¹英豪，无奈秋霜洒鬓毛。才说你文章妙，又说你胸襟傲。嗏²，众口怎能调³。仔细评驳⁴，富贵由人，贫贱也咱欢乐，不饮从他酒价高。

——明·王九思·《驻云飞·偶书》

完全读懂名句

1. 点检：检查。2. 嗏：为感叹词。3. 调：协调。4. 评驳：思考、评论。

语译：自诩为英雄豪杰的我，如今在镜前细细端详自己的面貌，才无奈地发现两鬓发白，英姿早已不复当年。之前人们赞许我写的文章妙笔生花，不一会儿却又改口批评我太过高傲自负，唉！众人的评论，又哪里会有公允的一天？仔细想想，荣华富贵就留给他人去追寻吧！我虽身处贫贱也能享有欢笑，管那美酒价格如何高涨，我已决心不再饮用了。

作者背景小常识

王九思（西元1468—1551年），字敬夫，号渼陂，一号碧山，又号紫阁山人，陕西鄠县人，明朝拟古派文学家，名列"前七子"。王九思出身书香之家，天资聪颖，一表人才，于明孝宗弘治九年（西元1496年）考中进士，曾任翰林院检讨、吏部郎中。武宗时宦官刘瑾乱政，王九思因与刘瑾为陕西关中小同乡而名列瑾党，先被降为寿州同知，后又被迫辞官归乡。著有诗文集《渼陂集》、《续集》，杂剧《杜子美沽酒游春》、《中山狼院本》两种，散曲集《碧山乐府》、《碧山拾遗》、《碧山续稿》，俱收入卢前《饮虹簃所刻曲》。明文学家李开先评王九思："编戏今丽曲，善作古雄文。振鬣长鸣骥，能空万马群。"又说他："诗文苍古，而词曲则新奇，不只守元人之家法，而且得元人之心法矣。脍炙人口，洋溢人耳。"可说是对王九思的诗文、杂剧、散曲最全面的评价。

名句的故事

王九思年轻时热衷功名，却被乱政的宦官刘瑾牵连，失去从政的机会。本曲描述他对功名利禄已然看破的心境，大约就是他被迫辞官归乡后的心声。曲子开头，王九思先评论自己的外形，已不再是当年英姿焕发的青年才俊，被岁月人事折磨得老态毕露，除了无奈之外，更待何言？撇开原就会随岁月凋谢的容颜，谈谈内在的才学吧！又怎知人们已不再像从前那般称道他的才学，只一窝蜂地指责他过于自傲，或许是为了迎合权贵，又或许是见不得人好，总而言之，见风转舵的舆论是无法还他公道的！于是，王九思从此远离政坛，专心致力于文学创作与戏曲推广。他摒弃当代只追求形式典雅的流行文体，提倡复古的文字运动；并从头学习音乐，投身剧曲创作。再也不受"名利"的美酒所诱惑的王九思，或许没有富贵荣华可供当代人欣羡，但他却为自己在中国文学史上取得一席之地，这就是他"贫贱也咱欢乐"的原因吧！

历久弥新说名句

在中国历史上，像王九思一样在宦海浮沉的文人所在多有，因之和他有类似感叹的诗文更是俯拾皆是。南宋爱国诗人陆游尝言："功名本是无凭事，不及寒江日两潮。"（《舟中感怀》）功名富贵是如此地虚幻不实，每日涨潮和退潮的寒江，还比它来得有规律多了！对于人们一时的评论，清朝的赵翼则如此譬喻："矮人看戏何曾见？都是随人说短长。"（《论诗》）多数人在进行评论时，都好比矮人看戏一般，他人鼓掌叫好时随声附和，嘘声四起时一同谩骂，若将这类评论放在心上，对于文艺创作者自是有害无益的。所以，虚幻的功名富贵也好，人们不公的评论也好，都不要放在心上了，让自己在贫贱的生活中找回自我吧！不妨参考南北朝鲍照的自我安慰之词："自古圣贤皆贫贱，何况我辈孤且直。"（《拟行路难》）古代的圣贤不都是既贫且贱吗？更何况是我们这种出身卑微又秉性刚直的人，还是乖乖安于贫贱吧！清朝吴伟业更说："误尽平生是一官。"（《自欺》）人生有得必有失，王九思若官场得意，在"前七子"里就大概不会有他的名号了，所以王九思没有被官名误尽一生，或许才是一种福气！

免终朝报晓,直睡到日头高

名句的诞生

　　平生淡薄,鸡儿不见,童子休焦[1]。家家都有闲锅灶,任意烹炮[2]。煮汤的贴他三枚火烧[3],穿[4]炒的助他一把胡椒。倒省了我开东道[5],免终朝报晓,直睡到日头高。

　　——明·王磐·《满庭芳·失鸡》

完全读懂名句

　　1. 休焦:不用着急。2. 炮:同"炮",烧烤。3. 火烧:一种圆形烤饼。4. 穿:通"汆",一种烹调的方法,将食物放入滚水中略为烫一下即取出。5. 开东道:指做主人设宴请客。

　　语译:我一辈子不跟人计较,家里的鸡不见了,小童仆先别着急。反正家家户户都有锅子炉灶,随便给谁煮了、烤了吃也没关系。如果他要煮汤,我就贴补他三个烧饼;若是他要拿来快炒,那就再送他一把胡椒。这反而省下我做东请客的力气。少了鸡也好，不怕早上被鸡鸣吵醒，可以一直睡到太阳爬到树梢。

作者背景小常识

王磐，字鸿渐，号西楼，明朝高邮人（今江苏高邮县）。《万历扬州府志》形容他："有隽才，好读书，洒落不凡。"他虽出身仕宦家族却不应举，终日纵情于山水诗画之间。王磐擅长音律，度曲清洒，出口皆合格调，每经传诵，人们皆慕其名，为当代甚受欢迎的名士。《散曲丛刊》收有《王西楼乐府》一卷，存小令六十五首，套数九套。

名句的故事

这首趣味横生的散曲是王磐平时的生活写照，表现出一派天真自然的旷达风度。家畜在古代农家是很重要的资产，尤其鸡鸭一类的动物，更是只有逢年过节或重要客人到访时才会宰杀，以飨宾客。这首散曲描写王磐的鸡不见了，他却反而劝僮仆不要着急，甚至还逆向操作，说谁要烹调的还送烧饼和胡椒。展现出一种自由旷达的心境。不过，王磐在后面三句说："倒省了我开东道，免终朝报晓，直睡到日头高"实际上或许暗藏玄机。"倒省得我开东道"一句，显示王磐是一个不爱交游而喜好自在生活的人。此外，《诗经》："风雨如晦，鸡鸣不已"被用来形容君子处于乱世，也能够当时代的良心。王磐说"免终朝报晓"，或许也暗暗讽刺那些只知道德节操却不知明哲保身的人。"直睡到日头高"也多少象征着他对外在环境的漠不关心,但这种漠视究竟是有意还是无心,是值得探讨的地方。

历久弥新说名句

　　自在与旷达,不论在古代或现代都是最难达到的境界。孔子说:"七十而从心所欲,不逾矩。"连圣人都要到晚年,才能达到这样的境界,可见其难。但王磐的旷达显然与儒家有别。儒家的旷达是入世的,王磐却偏向漠不关心的出世情怀。他以旁观者的角度来观看这个事件。在他看来,失鸡不但是一件有趣的事,还帮他省了许多麻烦。事实上失鸡的主人翁是他,他却反过头来安慰僮仆;失去了鸡,本来要请客,结果可能因此失礼;可能每天都要依赖雄鸡报晓的,如今也顿失依靠。王磐却像是叙述一件别人发生的趣事一样,以诙谐幽默的语气写下这首曲子。他这种超脱的胸襟犹如《老子》中的"见素抱朴,少私寡欲",外在表现纯真,内心则保持质朴,绝少私心欲望,莫怪乎能成为引领风骚的一代名士。

人生聚散皆如此,莫论兴和废。
富贵似浮云,世事如儿戏

名句的诞生

人生聚散[1]皆如此,莫论兴和废[2]。富贵似浮云[3],世事如儿戏,唯愿普天下做夫妻都是咱共你。

——明·梁辰鱼·《浣纱记》第四十五出

完全读懂名句

1. 聚散:相聚、分离。2. 兴和废:兴盛和衰败。3. 富贵似浮云:富贵像浮云一样,令人难以预料。

语译:人与人相聚、分离都是如此,更别说兴盛和衰败了。富贵就像是天上的云朵一样,变化莫测,世事也像儿童嬉戏一般,轻率任性,我只希望全天下夫妻,都能够像我、你一样相守到老。

作者背景小常识

梁辰鱼（约西元 1521—1594 年），字伯龙，号少白、仇池外史，明代江苏昆山人。精通音律，曾与当时音乐家魏良辅合作，改良江苏昆山地区的声腔（即昆腔），因曲调弦律清柔婉折、流丽悠远，犹如"水磨"一般，故有"水磨调"之称。著有《红线女》、《红绡记》及《浣纱记》等，其中《浣纱记》是以昆山水磨调演唱的第一个剧本。

剧曲的故事

《浣纱记》全剧共四十五出，故事叙述：

春秋时代，吴越两国争霸纷扰之际，范蠡在溪边遇见浣纱少女西施，两人一见钟情，以一缕纱作为定情信物，相约共渡此生。然而天不从人愿，吴王夫差为报父仇，举兵攻打越国，将越王勾践围困于会稽山。为了退敌，勾践听从范蠡、文种两位大夫的建议，以美女、金钱贿赂敌军大臣伯嚭，并带着妻子、范蠡到吴国服劳役。为求取夫差的信任，勾践尽褪华服，日夜辛劳，甚至吴王卧病期间，不避恶臭亲尝粪便，终使夫差独排众议，放其返回家园。

返国后，大夫文种向勾践献策：以女色消磨吴王意志，离间吴国君臣，以为复仇雪耻。范蠡遂举荐恋人西施，并亲送往吴国，分别之际，将纱一分为二，以待他年完聚。为完成复国之任，西施诱使夫差镇日荒淫逸乐，疏懒国事，太子、伍子胥等大臣加以劝阻，反招惹来杀身之祸。

眼见众志成城，复国之势成熟，勾践亲自率军攻打吴国，生擒太子，穷途末路的夫差后悔莫及，自刎身亡。大业完成后，范蠡带着西施泛舟而去，过着与世无争的生活。

名句的故事

勾践利用吴国大臣伯嚭的贪财好色，进行复国计划。但夫差落败后，伯嚭投奔越国，不仅未受到勾践的重用，反而还遭来杀身之祸。范蠡见微知著，明白鸟尽弓藏、兔死狗烹的道理，婉谢勾践的分封厚赏，毅然决然地带着西施隐居。临行前，范蠡试图说服文种，表示勾践是一个"可与共患难"，却不是一个"可与共安乐"的人，劝他莫要恋栈名位，最好早点离去。但文种不能明白，终招来杀身之祸。

对照文种的下场，戏剧结尾《泛湖》一节，范蠡与西施驾着一叶扁舟，互诉款款深情，高唱"人生聚散皆如此，莫论兴和废。富贵如浮云，世事如儿戏"，将世间不可逆料的荣辱、兴废，全抛诸脑后，未尝不是一个好选择。

历久弥新说名句

最早提出"富贵似浮云"的是至圣先师孔子,当时在周游列国的他正好抵达政变后的卫国,大夫孔悝以金钱利诱他,希望他能为赶走父亲继位的卫公正名,孔子认为有理想、抱负的君子人,不会用不正当的手段,获取锦衣玉食、富贵显赫,于是义正词严地拒绝:"不义而富且贵,于我如浮云"(《论语·述而》),即便因此必须"饭疏食饮水,曲肱而枕之",也甘之如饴,因为这种怡然自得,是再多的金钱也买不到的。

宋末也有一位视富贵、功名如浮云的人,他的名字叫文天祥。元军大举进攻宋都城时,文天祥不仅捐助家产,甚至还招募、组织义军与之对抗,最后还因此身陷囹圄。元世祖欲以高官显位招降,但他不肯就范,还严词拒绝:"国家灭亡,我只求速死。"从容就义后,在他的衣带中,发现了他用生命践履的信条:"读圣贤书,所学何事?而今而后,庶几无愧。"

每个人对人生意义的看法不同,有人追求心安理得、慷慨赴义,也有人征逐名利、享受富贵荣华,无论你想要的生活是什么,只要问心无愧,功名利禄,不就像天上的浮云吗!

良辰美景奈何天

人生有几？念良辰美景，一梦初过

名句的诞生

绿叶阴浓，遍池塘水阁，偏趁凉多。海榴[1]初绽，妖艳喷香罗[2]。老燕携雏弄语，有高柳鸣蝉相和。骤雨过，珍珠乱糁[3]，打遍新荷。人生有几，念良辰美景，一梦初过，穷通前定，何用苦张罗？命友邀宾玩赏，对芳樽[4]浅酌低歌。且酩酊[5]，任他两轮日月，来往如梭。

——金·元好问·《骤雨打新荷》

完全读懂名句

1. 海榴：即石榴，古代诗文中多指石榴花。2. 香罗：质地轻软的丝织品。3. 糁：洒落四散的意思，此处指骤雨初歇，荷叶上雨珠滚动、散开的样子。4. 芳樽：精致的酒杯，亦借指美酒。5. 酩酊：醉醺醺的样子。

语译：绿荫浓密，池塘中的亭台楼阁在茂密的树荫遮蔽下，阵阵凉风袭来，格外凉快。石榴花才刚绽放，姿态妖娆艳丽，浓郁的香气熏染在行人的绫罗衣裳上，步步生香。燕子归巢，雏燕叽叽喳喳此起彼落地叫着，和柳树上鸣蝉的嘹亮叫声互相唱和。一阵骤雨打在朵朵荷叶上，晶莹雨珠仿佛珍珠一般在荷叶上滚动流转。人生岁月能有多长？往日种种良辰美景，仿佛梦一场。如果人的一生穷困或显达皆由上天命定，那又何必操劳费心？不如邀请宾客朋友赏玩风景，对饮美酒，酬和诗歌，暂且喝个酩酊大醉，任凭它日月起落，光阴如梭。

作者背景小常识

元好问（西元1190—1257年），字裕之，号遗山，山西省忻县人，为金末元初重要文学家。七岁能诗，有神童之称，他才华洋溢，诗文词曲皆擅长。文学风格继承唐宋八大家之韩柳，其词堪称金代之冠，可与两宋名家媲美，散曲作品不多，但影响元代散曲发展甚深。

随着金朝由盛转衰，元朝灭金而代之，身为金臣、肩负社会责任的元好问，目睹国破家亡、经历逃难颠沛流离，比起一般人更有深切之痛。金亡后他拒绝出仕，遭蒙古人软禁于聊城。忧国忧民的他，致力保存金代文学文化，著有丧乱诗，以诗存史，期盼世人记取历史教训；辑有《中州集》集结金朝君臣诗词作品，以"中州"名集，则寓有以金为正统的深意。其《论诗绝句三十首》在文学批评史上颇具地位。著有《遗山集》、《续夷坚志》等等。

名句的故事

前两句以视觉、听觉、嗅觉三种感官摹写初夏情景,真是"有声有色"。树荫荷叶渐层晕染的一片碧绿,点缀着嫣红的石榴花,画面写意恬适。鸟语蝉鸣相唱和,增添活泼的气氛。"骤雨过"、"打遍新荷",以"过"凸显"骤"雨匆匆,以"打"强调雨势之大,荷叶上滚动的水珠,让画面更添动感。

本曲创作于元朝初年,此时历经颠沛流离的元好问,好不容易安顿下来,如此美景当前,却使得他感触良多,他怀念故国,但对于大环境无能为力。在蒙古人统治之下,无法有所作为,让他不由得在后两句消极地感叹"人生有几?念良辰美景,一梦初过"。人的命运犹如朝代盛衰兴亡一般,似乎冥冥中早已注定,既然如此又何必苦心安排,不如顺应天命,与友人"对芳樽浅酌低歌",暂时把国仇家恨现实民生疾苦抛在脑后,忘却时光流转,惜取眼前欢乐。

历久弥新说名句

不管人事变迁、朝代兴衰,万物仍照时节生生不息,难免令人心生感触。晚唐诗人韦庄就曾作《金陵图》一诗,感叹定都金陵的六朝转眼消逝,如今空余不变的春景:"江雨霏霏江草齐,六朝如梦鸟空啼。无情最是台城柳,依旧烟笼十里堤。"又到了春天，草木欣欣向荣，六朝的兴亡轮替仿佛如梦，空留鸟儿啼鸣。柳树依旧，人事已非，此情此景，自然触发诗人的无限感怀。

李白在《春夜宴从弟桃李园序》中写道："夫天地者，万物之逆旅也；光阴者，百代之过客也。而浮生若梦，为欢几何。"正说明人生就是在悠悠光阴里作客一遭，得失荣辱不过就是一场梦。仔细思量，人生里欢乐的时光又有多久呢？

面对有限的人生，李白把握光阴及时行乐，而北宋词人晏殊也在词作《清平乐》中说道："暮去朝来即老，人生不饮何为。"时光流逝是这样无情，不如就举杯一饮而尽，让微醺的酒意冲淡感伤的惆怅吧！

天若有情天亦老,且休教、少年知道

名句的诞生

酒可红双颊,愁能白二毛¹,对樽前、尽可开怀抱。天若有情天亦老,且休教、少年知道。

——元·姚燧·《寿阳曲》

完全读懂名句

1. 二毛:黑白两色相杂的头发。

语译:饮酒可以使人双颊发红,忧愁却能使人须发如霜。还是拿起酒杯尽情开怀畅饮吧!苍天如果有情,他也会憔悴衰老,但是这些事暂时还不能让少年们知道。

名句的故事

此曲首先提到酒可使人忘忧,忧愁使人衰老,点明自己要拿起酒杯开怀畅饮，正是要借酒浇愁。下一句"天若有情天亦老"说明愁从何来；原句出自唐代诗人李贺《金铜仙人辞汉歌》："衰兰送客咸阳道，天若有情天亦老。"是说秋天的时分在咸阳道送别，如果苍天有情，也会因为哀伤而衰老。此处直接引用的这七个字，正是全文关键，说明这酒、这愁，为的都是"情"字恼人，有情使人忧伤，有情使人衰老。

以下语气一转，说"且休教、少年知道"，什么事不能让少年们知道？作者没有明说，或许是不能让少年知道酒能开怀解忧，以免他们耽溺于杯中物而无法自拔？或许是不能让少年知道爱情的魔力，以免他们跃跃欲试，以致情关难过，深陷苦海而憔悴衰老？或许是不能让少年知道我正为情苦恼而愁白二毛、借酒浇愁，以免他们讪笑？是耶？非耶？留给读者许多想象空间，增添了意在言外的兴味。

不论苍天是否会因为有情而衰老，普天下的有情人都相信爱情能胜过天长地久、地老天荒，唐代诗人白居易有感于唐明皇与杨贵妃生死不渝的爱情，写下长篇的《长恨歌》，最末一句便说："天长地久有时尽，此恨绵绵无绝期。"纵然天地有时而尽，只有人们的情意永远没有断绝的时期——这正是爱情的魔力！

历久弥新说名句

自唐代李贺写下"天若有情天亦老"的名句后，文人雅士纷纷以此为上联，苦思对句，却一直没有佳作。直到两百年后，北宋文人石曼卿才在赠友联中对出下句"月如无恨月长圆",声律相当,对仗工整,两句融为一体,至今犹被视为千古绝唱。

"天若有情天亦老"平铺直述,但极其深刻地替为情所苦的世人道尽无奈与感慨,历来为许多诗人直接或间接引用。北宋文学大家欧阳修便于词作《减字木兰花》感伤地说:"伤怀离抱,天若有情天亦老。此意如何,细似轻丝渺似波。"离别使人伤怀,老天倘若有情意,也会因悲伤而衰老。这样的离情别意却像轻丝般细微、像水波般缥缈,恍恍惚惚难以捉摸,深情幽恨令人读之怅惘。

在这首《寿阳曲》中,姚燧虽然殷殷说道"酒可红双颊"、"对樽前,尽可开怀抱"、"天若有情天亦老"这等风流事儿"且休教、少年知道",但当知情得趣的心绪随着年华老去,他也写过另一首《寿阳曲》追忆曾经风流倜傥的少年时光:"红颜褪,绿鬓凋,酒席上渐疏了欢笑。风流近来都忘了,谁信道也曾年少?"谁相信这欢笑远去、无情无绪的垂暮老人也曾红颜俊朗、风流年少?字里行间流露出怅然若失的心情,不知诗人是否也曾想到:"天若有情天亦老,不用教,少年都知道!"

百岁光阴一梦蝶,重回首往事堪嗟

名句的诞生

百岁光阴一梦蝶[1],重回首往事堪嗟。今日春来,明朝花谢,急罚盏[2]夜阑[3]灯灭[4]。

——元·马致远·《夜行船·秋思》

完全读懂名句

1. 梦蝶:此典故乃出自《庄子·齐物论》之"庄周梦蝶"。指人生百年短暂虚渺,犹如庄周一梦化身为蝶。2. 罚盏:古时饮酒行令,不如令者即有罚酒之举。此以罚盏借指饮酒之意。3. 夜阑:犹言夜深。4. 灯灭:暗喻人之寿命将尽。

语译:人生百年的光阴,虚幻短暂犹如庄子一梦翩然成蝶。重新回想前尘往事,只换得慨叹连连!春去春来,花开花谢,时光的流转也不过如今天到明日一般,转眼即逝,还是趁着今夜灯熄终宴之前,再多喝几杯美酒吧!

名句的故事

　　散曲除了小令以外，还有"套曲"，乃合同一宫调中数曲牌相连贯而成，又称"套数"、"散套"。"百岁光阴"等句即出自马致远的套曲《夜行船·秋思》开头一支，先表达出人生如梦的体悟，进而点出全套的要旨——及时行乐，意境幽凉又不失洒脱，具体展现马致远的豪放风格。此套曲古人评价极高，明文学批评家王世贞《曲藻》即赞曰："马致远百岁光阴，放逸宏丽，而不离本色，押韵尤妙……元人称为第一，真不虚也。"

　　此曲中，人生漫长的百岁年华，只消马致远大笔一挥，瞬间凝聚成庄周的片憩一梦，在梦中羽化成蝶的庄周，振翅翩舞，完全忘却自己原是名为庄周的人类，片刻后才在梦中恍然忆起自己的姓名与身份，进而引发出究竟是"庄周梦蝴蝶"还是"蝴蝶梦庄周"的玄妙哲思。在人生如梦、梦如人生的体悟下，一幕幕的往事尽管历历在目，又岂知它们究竟为真实存在的历史事件，还是仅为梦中的过眼云烟？思量至此，也难怪只能以叹息声收结。

　　或许眼前的繁荣景致正如春花般娇艳美绝，但一个眨眼便化为明日黄花，《红楼梦》中娇弱的林黛玉一思及此，就感伤至极地掘塚葬花，那么豪迈大气的马致远又如何呢？自是举杯畅饮，快活当下了！

历久弥新说名句

　　历来骚客文人,在感怀人生之际,不免都要举杯消愁。三国时代的一代枭雄曹操在《短歌行》中便写道:"对酒当歌,人生几何?譬如朝露,去日苦多。"眼见光阴如朝露般蒸逝,让纵横天下、自信满满的曹操也不禁感慨,只好对酒高歌,借以忘却此苦。

　　与马致远一样以豪放著称的李白,谈到饮酒自也不遑多让!他在著名的诗篇《将进酒》中大声疾呼:"人生得意须尽欢,莫使金樽空对月。"人寿几何,把握当下及时行乐,才不至愧对眼前的美酒与皎月。若是一时约不着酒伴,李白也要来个:"举杯邀明月,对影成三人。"《月下独酌》让明月与影子陪伴自己饮酒寻欢,彻底展现他无酒不欢的"谪仙人"本性。

　　岁月不饶人,看来不管是呼风唤雨的英雄豪杰,还是超凡入仙的一代文豪,都难免得借酒遣怀,任人生大梦一觉而醒!

落花水香茅舍晚,断桥头卖鱼人散

名句的诞生

夕阳下、酒旆[1] 闲[2],两三航[3] 未曾着岸[4]。落花水香茅舍晚,断桥头卖鱼人散。

——元·马致远·《落梅风·远浦归帆》

完全读懂名句

1. 酒旆:即酒旗,古时酒店之标帜。2. 闲:闲闲,摇动的样子。3. 航:指帆船。4. 着岸:靠岸。

语译:在落日余晖的映照下,迎风摇曳的酒旗,似乎在召唤出航的帆船们靠岸歇息,河道上只见三三两两的归船向岸边驶来,尚未靠岸。在这暮春时节,水面上的落花幽香阵阵,村中茅舍炊烟袅袅,断桥头上的卖鱼人家纷纷收市,结束这充实而美好的一天。

名句的故事

相传北宋画家宋迪绘潇湘风景平远山水八幅，使潇湘八景成为历代文士称颂不绝的传世美景。据此，马致远分别谱写八首小令，此即潇湘八景组曲之一。在此曲中，马致远将渔舟唱晚的和谐景象，一笔一画地勾勒出来，先渲染出"夕阳"的金黄光芒，让酒旗、归帆、落花、茅舍、鱼贩等构图元素，全沐浴在暮光之下，定格成令人回味无穷的湘水暮景。只见那酒旗与落花似动未动，归帆与卖鱼人似静非静，动静交错之间，清新如画，却又栩栩如生、如在眼前，使人犹如身在画中，沉浸在那渔村晚照的氛围里，迎着风闻酒香、品花香，人文与自然水乳交融，一派和谐的律动，仿佛可以持续到天荒地老。马致远的清丽风格，短短数语便一展无遗！

历久弥新说名句

北宋沈括于《梦溪笔谈·书画》中说道："度支员外郎宋迪工画，尤善为平远山水，其得意者有平沙落雁、远浦归帆、山市晴岚、江天暮雪、洞庭秋月、潇湘夜雨、烟寺晚钟、渔村夕照，谓之八景，好事者多传之。"在脍炙人口的潇湘八景问世后，历代画家、文学家都喜爱以此八景作为创作题材，其盛名甚至远播至日、韩等国，对东方艺术影响之深远不可斗量。

且看元人陈旅的诗作《题陈氏潇湘八景图》，如马致远一般为八景各题一诗，其中《远浦归帆》诗为："南浦草仍碧，高楼日易斜，归帆傍水庙，箫鼓下神鸦。"南方水岸上的青草碧绿依旧，挂在高楼旁的夕阳不一会儿就西沉了，归航的帆船点点散布在河岸上的寺庙周围，在这鼓箫和鸣的惬意晚景中，庙前祭品供养的乌鸦群也纷纷归巢休憩。有别于马致远的渔家风情，描绘出带有宗教色彩宁静安详的河岸暮色，另有一番风味。

自古以来，"远浦归帆"一景的具体位置众说纷纭，推估约在湖南湘阴县城江边一带，如今当地兴建的"远浦楼"等建物，牌匾题字处处可见思古情怀。想来不论历经多少年月，纵使确切位置无人知晓，潇湘八景已成为古今华人心目中最魂牵梦萦的终极美景。

也曾麦场上拾谷穗,也曾树稍上摘青梨

名句的诞生

俺两个也曾麦场上拾谷穗,也曾树梢上摘青梨,也曾倒骑牛背品[1]腔笛,也曾偷的生瓜来连皮吃。

——元·张国宾·《薛仁贵》第三折

完全读懂名句

1. 品:吹奏。

语译:我们两个人,也曾经一起在打麦场上捡拾谷穗,也曾经一起爬到树上摘取青梨,也曾一起倒骑在牛背上吹着牧牛笛,也曾经一起偷取田里的生瓜连着瓜皮直接啃来吃。

作者背景小常识

张国宾,一名国宝,元代大都(今北京)人。生卒年不详,活动时期约在元朝大德年间（西元1297—1307年）。所作杂剧有《相国寺公孙合汗衫》、《薛仁贵衣锦还乡》、《罗李郎大闹相国寺》、《歌大风高祖还乡》、《严子陵垂钓七里滩》，后两部今已亡佚。

剧曲的故事

《薛仁贵》一剧共四折一楔子，全名为《薛仁贵衣锦还乡》，叙述唐代大将军薛仁贵从离乡投军到建功立业、衣锦还乡的过程。

薛仁贵自小爱刺枪弄棒，不愿在家务农，听说绛州出榜招募义军，因而离乡投军。从军后，薛仁贵奋勇击退由摩利支率领的高丽军，功劳却被总管张士贵侵占，幸赖军师徐茂功及兵部尚书杜如海主持正义，才让他讨回公道。时光流转，不觉已征战十年。薛仁贵极为思念父母。徐茂功得知后，因而报请圣上，让仁贵衣锦还乡。返乡途中，他向乡人打探家中状况，才得知父母过着贫困的生活，且因思念爱子每天以泪洗面。最后薛仁贵一家终于团聚，徐茂功再持圣旨封赏其全家。

名句的故事

本篇名句出自第三折，在这一折中，作者透过薛仁贵家乡的儿时友人伴哥之口，侧面描写薛仁贵荣归故乡的威势，唬得他

"战战兢兢，慌慌张张。只待要哭哭啼啼"。伴哥与仁贵原本"也曾麦场上拾谷穗，也曾树稍上摘青梨，也曾倒骑牛背品腔笛，也曾偷的生瓜来连皮吃"，如今阔别多年后再聚首，却已是相见不相识了。从伴哥口中，也描绘出乡里中人对薛仁贵的印象。薛仁贵离家投军后，十年间音讯全无，也不知死生吉凶，对于乡人而言，他们只看到薛家二老在独子离家后穷困憔悴，日夜翘首盼望爱子平安归来，因此，乡人们自然认为薛仁贵不孝，而且是个"不长进的东西"。所以薛仁贵的衣锦荣归，固然是他十年征战、辛苦立下无数功劳积累而成，但乡人的眼中，其实也正是薛家二老的牺牲奉献，用思念爱子的泪水换来的。

历久弥新说名句

中国自古以来就有安土重迁的观念，游子离乡打拼，总是期盼有朝一日能够功成名就、衣锦还乡；纵使在外不顺遂、不得志，年老时也总希望能够"落叶归根"。若不幸客死异地，也希望骨骸能够归葬故乡。"衣锦还乡"是所有成功者的愿望，秦末西楚霸王项羽进入咸阳后，放弃以关中为根据地，坚持率军东归，原因就在于他说："富贵不归故乡，如衣绣夜行，谁知之者！"（《史记·项羽本纪》）但这个决定，也成为日后楚汉相争、项羽败给汉高祖刘邦的原因之一。

万朵彩云生海上,一轮皓月映波中

名句的诞生

清宵无梦,引着这小精灵,闲伴我游踪。恰离了澄澄碧海,遥望那耿耿长空。你看那万朵彩云生海上,一轮皓月映波中。觑[1]了那人间凤阙,怎比我水国龙宫?清湛湛、洞天福地[2]任逍遥,碧悠悠、那愁他浴凫[3]飞雁争喧哄。似俺这闺情深远,直恁般好信难通!

——元·李好古·《张生煮海》第一折

完全读懂名句

1. 觑:看。2. 洞天福地:神仙所住的地方。3. 凫:野鸭。

语译:夜晚睡不着,带着我的小侍女,陪伴我到处游荡。才刚离开了碧绿色的大海,遥望着光明宁静的天空。你会看到成千上万朵的云霞在海面上出没,一轮皎洁的明月映照在水波之中。我看那人世间的宫殿,怎么比得上我那水底的龙宫?那清澈光明、深青碧绿的仙境让我自由自在，哪里需担心要和水中野鸭或天上飞雁比赛嘈杂哄闹。像我这样幽居深远的海底，我的心情也这样难以让人知晓。

作者背景小常识

李好古，元代保定人，生卒年不详。李好古为元代杂剧作家，著有杂剧三部，现仅存《沙门岛张生煮海》。

剧曲的故事

《张生煮海》一剧共分四折，全名为《沙门岛张生煮海》，叙述潮州书生张羽寓居石佛寺，清夜抚琴，招来东海龙王三女琼莲，两人互生爱慕之情，约定中秋之夜相会。然而张生担心龙王阻挠，便用仙姑赐予的宝物：银锅一只，金钱一文，铁勺一把煮海水，使大海翻腾，急得龙王找石佛寺的长老前去向张生求情，表示愿意将女儿许配给张生。张生于是赴龙宫与琼莲相会，两人终成眷属，随后南华仙人现身，说两人本是瑶池的金童玉女，动了凡心被贬下凡，并带两人重返仙境。

名句的故事

"万朵彩云生海上，一轮皓月映波中"，这二句是东海龙王三女琼莲清夜到海上散心所看到的景色。

琼莲想要散心而来到海上,看着成千上万朵的云霞放射出斑斓色彩,一轮明亮的满月高挂天空,月影投映在水波中。如此壮阔美丽的景色,照理说应该会让看的人心情舒畅,但此时的琼莲心中反而开心不起来。明末理学家王夫之在《姜斋诗话》中说:"以乐景写哀,以哀景写乐,一倍增其哀乐。"所以《牡丹亭》中的杜丽娘在春日游园,看见姹紫嫣红的春景而自伤。琼莲久居深海,一片春心无处寄托,趁着夜晚到海上散心,看见海面上的美景,不免想到这样的景色竟无知心人可一同陪伴欣赏,更触动心事,增添心中的孤寂。

也就是因为琼莲的心境在此时是如此脆弱,所以她被张生的琴声所吸引,进而见到张生后,便一见钟情,将满腔的春情全部寄托,并许下终身之约。

历久弥新说名句

《礼记·昏义》说:"昏礼者,将合二姓之好。"说明婚姻主要是结合两个不同的家庭,因此,古代十分讲求"门当户对",认为婚姻必须透过父母之命、媒妁之言,所以扼杀了许多青年男女的恋情。

像张生这样勇于争取甚至积极向龙王挑战,最后赢得幸福的,在古代极为少见。例如著名的"梁山伯与祝英台"故事,就是因为两人的恋情不被父母接受,祝英台还被强迫许配给马文才，最后以梁山伯病死、祝英台殉情的悲剧收场。

另外，像唐代陈玄祐的传奇小说《离魂记》中的张倩娘，就因与王宙的恋情不受父亲重视，竟然以灵魂出窍、追寻情人赴京来表达对爱情的执着；还有元杂剧名家白朴的《墙头马上》，女主角李千金也因为和裴少俊的爱情得不到父亲的认可，选择以私奔的方式追求真爱。至于民初的客籍作家钟理和也因和钟台妹的同姓婚姻不被接受，选择私奔到大陆，如此案例不胜枚举，更不用说因家人反对而被迫分离的，更是不可胜数。

云来山更佳,云去山如画

名句的诞生

  云来山更佳,云去山如画。山因云晦明[1],云共山高下。 倚杖立云沙[2],回首见山家。野鹿眠山草,山猿戏野花。云霞,我爱山无价。看时行踏[3],云山也爱咱。

——元·张养浩·《雁儿落兼得胜令》

完全读懂名句

  1. 晦明:昏暗与晴朗。2. 云沙:茫茫云海,就像平坦的沙滩一样。3. 行踏:往来、走动,这里指边走边看。

  语译:云雾缭绕的山色更添情趣,晴朗无云的山景如同画境。群山因为云雾的来去,有时昏暗,有时明朗。云雾随着山峦的形势,有时在山顶上,有时在山腰下。 拄着木杖站在像是平坦沙滩的云海当中,回头看见山居的屋舍人家。野鹿睡在山间的草地上,猿猴摘着野花游戏。云霞啊!我喜爱无价的山景,选择好时光登山漫游，云山也喜欢我呢。

名句的故事

张养浩曾两度出仕，第一次因"疏时政万余言"为"当国者不能容"，于是隐于家乡，第二次亦因直言疏谏，虽侥幸免于责难，但伴君如伴虎，执意归乡。此首《雁儿落兼得胜令》当作于第二次归隐后，为前后六首之二。

《雁儿落兼得胜令》为带过曲，结合了《雁儿落》与《得胜令》两首曲子。前四句《雁儿落》客观写景：山虽然不动，任云来云去，但山不因云来而增一分色彩，也不因云去而减一分颜色；云可使山色产生明晦变化，又可与山一同高高下下。后八句《得胜令》将主观情感融入景物之中，物我合一。作者在山中倚杖、回首，所见除了云海、人家外，更有"野鹿眠山草，山猿戏野花"。"野鹿"、"山猿"是客观书写，但"眠山草"及"戏野花"是作者带着情感的目光所体会到的景致，因此发出感叹，直接表达感情："云霞，我爱山无价。看时行踏，云山也爱咱。"说明作者爱山，是因为山中的云霞；山也爱作者，是由于作者在山中悠闲欣赏美景。两句呈现出与李白《独坐敬亭山》"相看两不厌，唯有敬亭山"、辛弃疾《贺新郎》"我见青山多妩媚，料青山见我亦如是"同样的情致，用语却更为平实亲切，充分展现了曲作平易自然的语言特色。

历久弥新说名句

名句"云来山更佳,云去山如画"写云之动,变幻莫测,也写山之静,屹立不改;云虽然变幻多端,引人瞩目,但山任凭云如何飘动,仍然不改本色。一般而言,隐居山林者多写山,如陶渊明《饮酒》:"山气日夕佳,飞鸟相与还。"但仍不如张养浩这两句将山及云写得如此生动,尤其是云的动态描写,为山增色,也为这两句增色。

张养浩写云写得如此出色,与张养浩号云庄、隐居于云庄别墅合看,可见张养浩对于云的特别喜好。他在曲作《胡十八》中写到:"自隐居,谢尘俗。云共烟,也欢愉。万山青绕一茅庐,恰便似画图中间裹着老夫,对着这无限景,怎下的又做官去。"隐居后不与凡尘俗客来往,镇日与自己为伴的只有自由自在、无拘无束的云烟,生活在群山环抱的屋子里,每天看到的景色美得如诗如画,在此情此景之中,怎么可能再次出来做官呢?从张养浩笔下云的特色,可知他所向往的就是这种自在生活,因此自称为"类狂夫"——不拘小节、我行我素之人。

诗句欲成时,满地云撩乱

名句的诞生

鹤立花边玉,莺啼树杪[1]弦,喜沙鸥也解相留恋。一个冲开锦川[2],一个啼残翠烟[3],一个飞上青天。诗句欲成时,满地云撩乱。

——元·张养浩·《庆东原》

完全读懂名句

1. 树杪:树枝的末端。2. 冲开锦川:指白鹤在河川上飞舞,划开碧绿的河面。3. 啼残翠烟:指黄莺在绿荫翠烟中鸣啼。

语译:白鹤立在鲜花旁边洁白如美玉,黄莺在树梢上啼鸣有如美妙的和弦,沙鸥也知道彼此眷恋,真令人欢喜。白鹤在河川上飞舞,划开碧绿的河面,黄莺啼声响彻袅袅的云烟,沙鸥飞上青天。当诗句写成时,只见满地撩乱的云烟。

名句的故事

张养浩这支曲子谈到了三种动物:白鹤、黄莺、沙鸥,白鹤常常代表着长寿的神仙或清高的隐士,不论哪一种都与凡尘俗世隔绝,"鹤立花边玉"、"冲开锦川"都是形容它的洁白高傲。黄莺的特色是宛转的啼声,"莺啼树杪弦"、"啼残翠烟"皆与其悦耳动听的啼声有关。沙鸥则着眼于其悠闲自在,并以自由飞翔、无拘无束比喻隐居者自在的生活情调,"飞上青天"既强调了自由飞翔的性格,"喜沙鸥也解相留恋"又呼应"鸥鹭忘机"之语:没有心机之人,鸥鸟也愿意和他亲近,否则张养浩喜爱沙鸥,沙鸥未必与他"相留恋"。

这三种动物都是农村常见的鸟类,它们的姿态也都是寻常可见,但张养浩却为此引发内心的喜悦,将它们一一写入曲中。这些表面上看似写景状物,但同时也在写张养浩的心态——在恬淡安适的大自然中,只有无心机的鸟儿们与自己作伴,远离官场的黑暗龌龊。因此,面对此情此景,张养浩从心底发出一声感叹:"诗句欲成时,满地云撩乱",这是他陶醉于自然环境而产生的狂放自傲的忘我之情。

历久弥新说名句

与"白鹤"最亲近的大概就是北宋诗人林和靖了,他长期隐居西湖旁的孤山上,淡泊名利,安于贫穷,不做官也不结婚,享受独自隐居的宁静生活,只在山上种了许多梅树,在湖边养了两只白鹤,与梅花、仙鹤作伴,因而有了"梅妻鹤子"之说。将白鹤当成儿子,还不亲近吗?于是"白鹤"也就用来形容像林和靖那样的高人雅士。

唐代于敖在《闻莺》一诗中说:"玉绳河汉晓纵横,万籁潜收莺独鸣。能将百啭清心骨,宁止闲窗梦不成。"莺声宛转可以使人心宁神定,因此诗人宁可为黄莺啼声扰得不得入睡,也愿意闲听莺啼。

沙鸥没有机心,也喜爱与没有机心之人来往,典故出自《列子·黄帝》:有个渔人非常喜欢鸥鸟,每次出海都与鸥鸟一块儿嬉戏玩耍,常有上百只的鸥鸟在他的身边。有一天,他的父亲对他说:"我听说那些鸥鸟都愿意与你游玩,你明天就捉几只带回家给我玩。"第二天渔人到海上,鸥鸟却只远远地飞在他的头顶,再也不飞到他的身边了。清代纪昀在《阅微草堂笔记》中提到"海客无心,则白鸥可狎"表示在海边的人如果没有捕捉海鸥的意思,也可以和海鸥一起游戏,同样也用了这个典故。

因此,张养浩《庆东原》曲子以大部分的篇幅特别写这三种鸟类,有其独特的目的,并非任意随机写入的。

扑头飞柳花,与人添鬓华

名句的诞生

瘦马驮[1]诗天一涯,倦鸟呼愁村几家。扑头[2]飞柳花,与[3]人添鬓华[4]。

——元·乔吉·《凭阑人·金陵道中》

完全读懂名句

1. 驮:牲畜背上背着。2. 扑头:迎面扑来。3. 与:替。4. 鬓华:两鬓的白发。

语译:消瘦的马儿背着诗囊走遍了天涯,疲倦的飞鸟悲愁的鸣叫着,荒郊路上零零落落有几户人家。柳絮迎面扑到我的头上,替人双鬓平添了多少白发。

名句的故事

此曲是描写作者前往金陵途中所见的景物与内心的感触,借景喻情,用朴素的笔调表达倦于飘泊的心情。

起首二句"瘦马驮诗天一涯,倦鸟呼愁村几家"用"瘦马"、"倦鸟"的具体意象,使全篇一开始便笼罩一股萧条困顿的意味。"瘦马驮诗",而不说驮人或载物,刻画出主人是个别无长物、浪迹天涯的潦倒诗人。"倦鸟呼愁"用拟人化的写法,诗人在愁思萦绕之中,眼中看去,连归巢的鸟儿都带着愁意,反映他羁旅中疲惫的身心。

"扑头飞柳花,与人添鬓华"把镜头从周边景物拉回到主人翁身上。白色的柳絮迎面扑到诗人的头脸上,不但为落魄的旅人增加几分狼狈景象,也让他深深叹息双鬓又平添了多少白发。这白发是虚写也是实写,柳絮附着在双鬓形成的白发是虚,但诗人感叹年华老去所增添的白发,却是无法抹去的岁月痕迹。

柳絮随风飞舞、飘浮不定的特性,给人悲凉的感觉,因此在诗词里常成为无情飘零的象征。此处"扑头飞柳花"除了景物的描述,还有意象上的意义,隐含逆旅漂泊的春愁和老大无成的感伤,平淡的叙述却带着深沉的情感,仿佛还能听到诗人长长的叹息。

历久弥新说名句

暮春时节,"扑头飞柳花"徒增鬓间白发的景象,似在提醒人们韶华易逝、青春不再的无奈,使人胆寒心惊。因此唐代诗人雍裕之的《柳絮》便云:"无风才到地,有风还满空。缘渠偏似雪，莫近鬓毛生"，因为柳絮色白似雪，便希望随风漫天飞舞的柳絮，可不要飞近我的双鬓来，以免增添我鬓间的白发。明写的是似雪的柳絮，隐喻的是人们对"华发不生、青春永驻"的期望。

柳絮也常比喻漂泊不定的人生。唐代蜀中名妓薛涛，原本出身书香门第，却命运多舛，沦落风尘。她以《柳絮》一诗表达了自己的情思和哀怨："二月杨花轻复微，春风摇荡惹人衣。他家本是无情物，一任南飞又北飞。""杨花"指的就是柳絮，诗人感叹自己的命运就像柳絮般轻微，随着春风吹拂四处飘荡，无法享有安定的生活。"他家本是无情物"说得云淡风轻，却充满无奈与悲凉。全诗借柳絮南飞北飞的特性，抒发身世飘零的感伤。

唐代张祜的《杨花》有着几分俏皮和风趣："散乱随风处处匀，庭前几日雪花新。无端惹着潘郎鬓，惊杀绿窗红粉人。"雪花般的柳絮落在俊美如潘安的男子头上，使得喜爱潘郎的粉丝们大吃一惊，还以为潘郎一下子华发丛生，突然衰老了。简短数语，不但点出柳絮的特性，还具有丰富的故事性，让人耳目一新。

莺莺燕燕春春,花花柳柳真真

名句的诞生

莺莺燕燕[1]春春,花花柳柳[2]真真,事事风风韵韵[3]。娇娇嫩嫩,停停当当[4]人人[5]。

——元·乔吉·《天净沙·即事[6]》

完全读懂名句

1. 莺莺燕燕:比喻天真活泼的少女。2. 花花柳柳:比喻艳丽的女郎如花柳般娇媚。3. 风风韵韵:形容妇女的风情韵味。4. 停停当当:妥妥当当,恰到好处。形容体态、动作的优美。5. 人人:称所爱的人。6. 即事:就眼前事物或景物题咏。

语译:像春天的莺莺燕燕一样活泼可爱,在花花柳柳的衬托下如同画中的仙女一般,她的动作举止充满风情韵味,体态娇柔装扮优美,一切都妥妥当当,恰到好处,真是可爱的俏佳人。

作者背景小常识

乔吉（西元1280—1345年），一作乔吉甫，字梦符，号笙鹤翁，又号惺惺道人，原籍太原，后流寓杭州。他仪容俊美，擅长词章，但一生无意仕进，过着贫困的生活，中年以后落魄江湖，以纵情诗酒、笑谈风月来消磨一生，自称"不应举江湖状元"，但内心实有怀才未遇的隐痛。

乔吉是元曲大家，杂剧、散曲创作皆有成就，散曲与张可久齐名。他的曲风典雅清丽，又能保留初期散曲质朴通俗的特点，注重字句的锤炼和音调的和美。他主张散曲要"凤头、猪肚、豹尾"，作品开头要像凤头那样美丽，内容要像猪肚般丰富，结尾要像豹尾一样有力，是元代曲学的重要理论之一。

《全元散曲》收小令二〇九首，套数十一套。杂剧今仅存《扬州梦》、《两世姻缘》、《金钱记》三种。

名句的故事

诗词中常将同一个字或词反复使用来加强感人的力量，其中最有名的叠字应属宋代女词人李清照《声声慢》："寻寻觅觅，冷冷清清，凄凄惨惨戚戚"的十四个叠字，将徬徨、寂寞、悲伤的三重意境层层推进，把诉之不尽的愁苦委委婉婉地表达出来。但整首都用叠字的并不多见，历来传诵最广的就属乔吉这首《天净沙》。

起首二句"莺莺燕燕春春，花花柳柳真真"都是双关语，既是写景也是写人。春天的莺声燕语、花红柳绿，使篇幅中充满声、色之美，接着描写美人不论体态、举止都有十分的风流韵致，样样得宜。此曲声调轻盈，用词鲜妍，在美好春景的衬托下，我们仿佛也能看见那巧笑倩兮、美目盼兮，充满春天气息的美丽俏佳人。此曲将全部二十八个字都做成叠字，通篇没有明确的动词，以自然通俗的口语尽述眼前动人的景物，描绘出一幅春色美人图。妙语天成，没有雕琢的痕迹，读来别有趣味。

历久弥新说名句

莺、燕是活跃在春天的鸟类，花、柳为春天生长的植物，"莺歌燕舞、花红柳绿"是典型的春天景象。唐代诗人杜牧《为人题赠》："绿树莺莺语，平江燕燕飞"就描述了树上莺语、江上燕飞的春景。宋代女词人朱淑真《谒金门·春半》："好是风和日暖，输与莺莺燕燕"则感叹自己在明媚的春光中竟比不上莺燕的欢乐。

因为莺善鸣，燕善舞，也常用来比喻歌姬或舞女。宋代诗人张先姬妾众多，到了八十五岁还要再买小妾，他的忘年交苏东坡听到这件事，便写了一首《张子野年八十五尚闻买妾述古令作诗》（陈襄，字述古，是张先和苏东坡二人的朋友）调侃他，其中有一句"诗人老去莺莺在，公子归来燕燕忙"，诗人、公子都是指张先，句中将他身旁姬妾环绕的景象表现得活灵活现，此处的"莺莺燕燕"可不是指天空中飞翔的小鸟，而是能歌善舞的美女。

近年周星驰拍的一部诙谐电影《唐伯虎点秋香》，剧中的唐伯虎有许多趣味对答，其中有一联长对："莺莺燕燕翠翠红红处处融融洽洽，雨雨风风花花叶叶年年暮暮朝朝"，原文出自何处，引起大家热烈讨论。史书上的唐伯虎从未写过此对，此联的原始出处已经不可考，或许是以"莺莺燕燕春春，花花柳柳真真"为基础，经过许多文人雅士的巧思妙想，逐字逐句地添加进去，成为大家饶有兴味的话题。

春若有情春更苦,暗里韶光度

名句的诞生

有意送春归,无计留春住。明年又着¹来,何似休归去?桃花也解愁,点点飘红玉。目断楚天²遥,不见春归路。 春若有情春更苦,暗里韶光³度。夕阳山外山,春水渡傍渡,不知那搭儿⁴是春住处?

——元·薛昂夫·《楚天遥过清江引》

完全读懂名句

1. 着:教、使。2. 楚天:南方的天空。3. 韶光:美好的春光。4. 那搭儿:哪里。

语译:满怀离情送春天回去,因为没有办法把春天留住。既然春天明年还会回来,不如今年就别回去了。桃花也懂得为春天归去而忧愁,飘落满地的红色花瓣。望尽遥远的天际,也看不见春天归去的道路。 春天若是有情,必然会更加痛苦,因为不知不觉中，美好的春光已悄悄地消逝了。夕阳笼罩的青山外还有重重叠叠的山，春水流向的渡头之外还有无数的渡口，不知道哪里才是春天停留的地方？

名句的故事

本曲是一首"带过曲"，《楚天遥过清江引》便包含《楚天遥》及《清江引》二曲。《楚天遥》共八句，写送春的无奈与悲愁。《清江引》共五句，写春归后的情思。

"春若有情春更苦"是"清江引"的首句，与李贺《金铜仙人辞汉歌》"天若有情天亦老"的表现手法相似，作者将自我的情感投射在景物身上，想象春天如果也有感情，必然会像我一样为美好春光的悄然消逝而悲伤痛苦。"暗里韶光度"指季节的春天，也暗喻人生的春天，作者将景色鲜妍的春光与生命中那一段最美好的时光产生联想，韶光是在不知不觉间逝去的，人生也是如此，等发觉年华流逝，便已老之将至矣。他一方面为惜春而伤春，一方面也为自己消逝的岁月而感伤，春天去了明年还会再回来，但人们一去不复返的青春呢？

末三句问春归何处，以"夕阳山外山，春水渡傍渡"的悠长意境，说明春光已渐行渐远，而诗人的愁绪也随着春天的脚步无限绵长，最后以一个没有答案的问句作结，言有尽而意无穷，增加了曲子的深度与广度。

历久弥新说名句

惜春伤春是诗词中常见的主题,而"不知那搭儿是春住处"、"春归何处"也是伤春词中常见的问句,但通常多是设问没有作答,因为无人能解。倒是几位有心人曾经试着为大家找出答案。

宋代黄庭坚在《清平乐》的下半片写道:"春无踪迹谁知,除非问取黄鹂。百啭无人能解,因风飞过蔷薇。"词人寻找春天的踪迹,希望黄鹂鸟能告知春天的讯息,黄鹂鸟不住地啼叫着,只是人们却无法理解鸟儿的话语。一阵风吹来,黄鹂鸟飞过蔷薇花架那儿去了。黄鹂鸟是否想告诉我们答案呢?

春天到哪去了?唐代诗人王驾的《春晴》有着更有趣的联想:"雨前初见花间蕊,雨后全无叶底花。蜂蝶纷纷过墙去,却疑春色在邻家。"只是一场雨,春天转眼不见,诗人看到蜜蜂、蝴蝶往邻墙飞,怀疑它跑到隔壁家去了。突发妙想,趣味横生。

山光如淀,湖光如练,一步一个生绡面

名句的诞生

山光如淀[1],湖光如练[2],一步一个生绡面[3]。叩[4]逋仙[5],访坡仙[6]。拣西施[7]好处都游遍,管甚月明归路远。船,休放[8]转;杯,休放浅。

——元·薛昂夫·《山坡羊·西湖杂咏·春》

完全读懂名句

1. 淀:蓝色的染料。2. 练:白色的熟绢。3. 生绡:没有漂煮过的丝织品。古人用来作画,所以也指画卷。4. 叩:访问。5. 逋仙:林逋,字君复,卒谥"和靖先生",北宋诗人。6. 坡仙:苏轼,字子瞻,号东坡居士,北宋诗人。7. 西施:指西湖。8. 放:放任。

语译:山色像蓝靛般青翠,湖面有如白绢般光洁,每走一步,都如同观赏一幅美丽的山水画。到孤山访问林和靖,再上苏堤去寻觅苏东坡,要把西湖的美景一一都游遍。管它明月已高高升起而归路还很遥远。船儿继续向前行吧,不要回头;对此美景开怀畅饮,杯中的酒可不能斟少了。

名句的故事

薛昂夫有四首《山坡羊》分别咏西湖的春、夏、秋、冬,此曲是歌咏春景。

起首三句描写山光水色,以"淀"、"练"的具象字眼,将山水色彩突显得更为鲜明,"一步一个生绡面"赞美西湖风景名胜比比皆是,人游历其中仿佛穿梭在一幅幅美丽的山水图画之中。此三句平白如话,却简练而又形象地将湖山风光描写得生动而具体。

元人周德清《中原音韵·作词十法》中说明曲子的用语,应当"造语必俊,用字必熟,太文则迂,不文则俗"。用语要美,不用冷僻字,太文诌诌的显得迂腐,太不文雅又显得粗俗。此处使用"如淀"、"如练"、"一步一个"、"生绡面"等词语,就具有周氏所谓"文而不文,俗而不俗"的特点,充分表现曲的本色。周德清在《正宫·塞鸿秋·浔阳即景》也有类似的用法:"长江万里白如练,淮山数点青如淀"。

"西湖"之称,始于唐代,以此湖在钱塘县城之西,因此得名。西湖之美使人流连忘返,唐代白居易也认为西湖风光美丽如画,他的《春题湖上》起首便说:"湖上春来似画图,乱峰围绕水平铺。"末联更道："未能抛得杭州去，一半勾留是此湖。"道尽诗人对西湖美景的眷恋。到了宋朝，苏东坡《饮湖上初晴后雨》咏之曰："水光潋滟晴偏好，山色空蒙雨亦奇。欲把西湖比西子，淡妆浓抹总相宜。"将美景与古代美人西施连结在一起，为西湖平添无限风情。也因此，西湖又多了个"西子湖"的美称。

历久弥新说名句

西湖除了景色宜人，更有诸多历史胜迹点缀其间，使西湖具有独特的魅力。曲中提到的逋仙、坡仙便是两位极具故事性的可爱人物。

逋仙，即北宋时的著名诗人林逋。本性孤高自好，终生不出仕，也不娶妻，隐居在西湖孤山，二十年不入城市。只在自家宅地遍种梅花，蓄养白鹤，人称为"梅妻鹤子"。

沈括《梦溪笔谈》说：林逋畜养了两只鹤，放它们飞入云霄，在天空盘旋许久后又会自行飞入笼中。林逋时常驾着小船，遍游西湖诸寺，如果有客人来访，童子应门请客人入坐后，就打开笼门把鹤放出来。过一阵子，林逋看到天空飞翔的白鹤，就会驾着小船返家了。

坡仙就是北宋大文豪苏东坡。苏东坡曾经两度到杭州做官，写下不少歌咏西湖景物的诗篇。当他第二次出任杭州知州时，见到西湖因杂草淤塞而面临湮废的边缘，影响到杭州百姓的生计，便对西湖进行大规模的疏浚，并把疏浚出来的淤泥，在湖中筑成一条沟通南北的长堤，堤上遍植杨柳和各种花草，使西湖更增妩媚。人们为了纪念这位造福百姓的父母官，便把这条长堤称为苏公堤，简称苏堤。关于苏东坡与苏堤，现代诗人郁达夫曾有诗云："楼外楼头雨如酥，淡妆西子比西湖。江山也要文人捧，堤柳而今尚姓苏。"起首二句化用前人咏西湖的名句，饶有意味。

九日明朝酒香,一年好景橙黄

名句的诞生

乾坤[1]俯仰,贤愚醉醒,今古兴亡。剑花[2]寒夜坐归心壮,又是他乡。九日[3]明朝酒香,一年好景橙黄。龙山[4]上,西风树响,吹老鬓毛霜。

——元·张可久·《满庭芳·客中九日》

完全读懂名句

1. 乾坤:本为《易经》中的两个卦名。此借指天地。2. 剑花:剑光。3. 九日:农历九月九日重阳节。4. 龙山:位在今湖北省江陵县西北。

语译:俯仰天地,贤人清醒,愚人迷醉,自古至今,兴盛败亡交替不已。人居异乡,在寒冷的夜里舞着剑,满怀都是归乡的心念。明日就是九九重阳节,到处都闻得到酒的醇香,一年最美的景致,便是深秋橙黄橘绿的时候。我登上龙山,只听见秋风吹打树叶的声响，把人吹得年老，耳旁两颊都已长出白色的鬓发！

作者背景小常识

张可久（约西元1280—1352年左右），一说名久可，号小山，庆原（今浙江宁波）人。一生官运不遂，过了四十岁始谋得一份小吏的职务，之后时官时隐，到了七十多岁时，仍为了生计接下幕僚工作。由于仕途坎坷，迫使其不得不为了生活劳苦奔走、流离四方，足迹踏遍江南各地，所积累下的见闻与阅历，都成了他描写自然风景、言情咏物的丰富题材。

元代戏曲评论家钟嗣成在记载戏曲作家生平与创作的《录鬼簿》中，把张可久列入"方今才人相知者"一类。明太祖朱元璋之子朱权，其在戏曲理论专著《太和正音谱》称誉张可久"如瑶天笙鹤，其词清而且丽，华而不艳，有不食烟火气，真可谓不羁之材"。张可久毕生专攻散曲，尤擅小令，著有《今乐府》、《吴盐》、《苏堤渔唱》、《新乐府》等，后人将他的作品合编成《小山乐府》，共收录小令八百余首、套曲九首，并公认其为元代散曲"清丽派"的代表作家。

名句的故事

按照中国的习俗，农历九月九日为重阳节，本是应与家人相聚一起，亲友们结伴登高、畅饮菊花酒，并在头上插茱萸以驱邪的节日，但张可久此时却是客居他乡，过着沉郁、不得志的日子。此曲先是感叹古今人事的兴亡，总是不停地交替循环，从不曾见过永远的盛时；其后说明人在异乡过节，纵使应景地喝着醇酒，眼前尽是秋日美丽景色，然当他站在高山上，被萧瑟的秋风吹袭一身时，也只能情不自禁地感伤生命正在逐年老去。

曲中"一年好景橙黄"之句，实脱化自北宋苏轼的七言绝句《赠刘景文》，诗云："荷尽已无擎雨盖，菊残犹有傲霜枝。一年好景君须记，最是橙黄橘绿时。"意思是夏日的荷叶枯尽后，秋天的菊花也已凋落，只见菊花的枝干仍不畏寒冷地傲然挺立着；希望您能牢记每年深秋时分，那段橙子变黄、橘子呈绿的美好景致。这是北宋哲宗元祐五年（西元1090年）人在杭州担任知州的苏轼，写给两浙兵马都监刘景文的一首勉励诗，其借花木之耐寒与形成的天然美景，意在赞许好友刘景文的坚毅风骨与高洁品格。

历久弥新说名句

张可久《满庭芳·客中九日》末三句为："龙山上，西风树响，吹老鬓毛霜。"他很可能并未亲自登临这座位在湖北的龙山，而是借东晋名士孟嘉在龙山落帽的典故，强调自己作客在外、登高远眺的思乡情绪。

据《晋书·孟嘉传》记载，孟嘉在征西大将军桓温身边担任参事期间，倍受桓温重用。某一年的重阳节，桓温宴请左右随从登上龙山饮酒，突然一阵风把孟嘉的官帽吹落，但孟嘉却毫无知觉；桓温见状，暗示众人不准说话，静静在旁观察孟嘉的举止，只见孟嘉始终保持雍容潇洒的神情。过了许久，孟嘉准备如厕，桓温才命人将帽子归还，并要部下孙盛作诗嘲笑此事；孟嘉回来看见孙盛写的诗，立即也作了一首文词优美的诗酬答，让在场人士惊叹不已。其后"孟嘉落帽"便成了称许一个人气度宽宏、态度洒脱的代名词；至于"落帽"也与九九重阳从此结下不解之缘。

古来文人在过重阳节时，不免有感而发，文学史上也因而留下不少诗文佳作。如东晋陶渊明《己酉岁九月九日》前四句："靡靡秋已夕，凄凄风露交。蔓草不复荣，园木空自凋。"又如唐人王维《九月九日忆山东兄弟》末两句："遥知兄弟登高处，遍插茱萸少一人。"以及李白《九日龙山饮》："九日龙山饮，黄花笑逐臣（被贬谪放逐的臣子）。醉看风落帽，舞爱月留人。"

此外，张可久另有一首曲牌不同、题目相同的《四块玉·客中九日》："落帽风，登高酒。人远天涯碧云秋，雨荒（形容久旱不雨）篱下黄花瘦。愁又愁，楼上楼，九月九。"此与《满庭芳·客中九日》一样，都是在重阳登高的当下，抒发游子离乡背土的羁愁。

十年一觉扬州梦,春水如空

名句的诞生

揾¹啼红²,杏花消息雨声中³。十年一觉扬州梦⁴,春水如空。雁波寒写去踪,离愁重,南浦⁵行云⁶送。冰弦玉柱⁷,弹怨东风。

——元·倪瓒·《殿前欢》

完全读懂名句

1. 揾:轻按、压拭的动作。2. 啼红:因杜鹃花红似血,故相传杜鹃鸟啼血化做花红。3. 杏花消息雨声中:引用南宋诗人陈与义《怀天经智老因访之》:"客子光阴诗卷里,杏花消息雨声中。"此处用以比喻时光荏苒,春天即将到来。4. 十年一觉扬州梦:引用唐代诗人杜牧《遣怀》:"十年一觉扬州梦,赢得青楼薄幸名。"比喻虚度光阴岁月后突然醒悟。5. 南浦:水岸之南,泛指送别之地。6. 行云:飘动的云朵,借指所思念的人。7. 玉柱:筝瑟等乐器上用以撑起琴弦、方便调音的雁柱。

语译：掩耳不听杜鹃啼叫，但在春雨滋润下绽放的粉嫩杏花带来春天的消息。惊觉过去美好的岁月已然消逝，恰如一去不回的春水般转眼成空。春暖花开，天空中北归的雁群更加深了离愁，我站在送别之地思念着你，阵阵筝瑟声听来都像在埋怨着春风。

作者背景小常识

倪瓒（西元1306—1374年），字元镇，号云林，又号荆蛮民、沧浪漫士等，江苏无锡人。喜好诗文，为元末山水画的代表画家之一，早年学习五代山水画家董源的画法，而后自成一格。画风幽寂疏淡，笔法看似简单，却浑然天成，流露出苍凉之感，与黄公望、吴镇、王蒙等四位画家合称为元四家。

名句的故事

本曲倪瓒借由杏花、春水、雁归、行云、杜鹃啼叫、雨声、琴声等丰富的视觉、听觉印象，层层交叠传达出其怀旧思人、伤春怨别之情。

倪瓒四十岁以前过着吟诗作画的富裕生活。元末社会动乱，他散尽家财，归隐山林，起先钻研佛学，后入全真教。曲中引用杜牧《遣怀》的诗句"十年一觉扬州梦"，抒发往昔如梦的感叹。所思念的人像雁群北归一般远去，他依旧徘徊在这送别之地，阵阵琴声听在心头都是哀愁，久久挥拂不去。

"浦"意指河岸、水边。南浦一词最早出现在屈原《九歌·河伯》："子交手兮东行，送美人兮南浦。"大意是说："你我牵着手依依不舍地向东走，我站在南边的水岸目送着你远去。"情境优美，意蕴深长，从此，后人便沿用"南浦"来借称江水边的送别之地。

天上的浮云随风飘动，因此李白《久别离》："东风兮东风，为我吹行云使西来。"便以"行云"的意象借指所思念的人，盼望东风能将所思念的人带回来，就像吹动云朵一般。

"南浦"、"行云"沿用甚广后，成为指涉特定事物或情感的具体意象，因此常出现在伤别、思人的诗文之中。

历久弥新说名句

倪瓒在本句巧妙使用"用典"的写作手法，正是刘勰《文心雕龙》所谓的"据事以类义，援古以证今"，倪瓒借用前人的名句，发挥个人才情加以改写，赋予文句新的生命。

唐代扬州极其繁华，加上社会风气开放，青楼酒馆十分兴盛。杜牧因在朝廷受到排挤，于是应淮南节度使牛僧孺之聘，至扬州任节度使掌书记。到了扬州，为了排解郁闷，便常出入青楼纵情笙歌。后来杜牧重获重用，回忆起当年在扬州放纵的生活，而写下这首《遣怀》："落魄江湖载酒行，楚腰纤细掌中轻。十年一觉扬州梦，赢得青楼薄幸名。"

提到"春水",最为人所知的便是李煜《虞美人》的"问君能有几多愁?恰似一江春水向东流"。曾身为皇帝的李煜,在国破家亡后沦为受尽屈辱的阶下囚,追忆起往日金碧辉煌的帝王生活,将他的愁苦譬喻为春日高涨的滚滚江水,无止尽地向东流去。不同于李煜,深受佛家、道家思想影响甚深的倪瓒写下"春水如空",正说明了他晚年的人生态度,回忆起早年富裕闲适的风雅生活,对比晚年淡泊的山林岁月,而体悟人生悲欢离合,最后都是转眼成空。

元末山水画着重在透过绘画抒发情怀而非写实,故又称文人画。倪瓒萧条淡泊的画风同时反映在他的文学创作中,这首散曲中有着丰富的视觉意象及深远的人生体悟,亦可看成一幅淡雅萧疏的山水画作。

一江秋水淡寒烟,水影明如练,眼底离愁数行雁

名句的诞生

一江秋水[1]淡[2]寒烟,水影明如练[3],眼底离愁数行雁。雪晴天,绿萍红蓼[4]参差见。吴歌[5]荡桨,一声哀怨,惊起白鸥眠。

——元·倪瓒·《小桃红》

完全读懂名句

1. 秋水:秋天江水、湖面的景致。2. 淡:水面波光荡漾的样子。3. 练:洁白的丝绢。4. 蓼:草本植物名,多生于水边,夏秋之际开淡红色的小花。茎叶味辛辣,可用以调味或入药。5. 吴歌:春秋时吴国位处于今日江苏。吴歌,指江苏地方歌谣。

语译:秋日江面上水波荡漾、云雾缭绕,天空倒影在水面就像丝绢一般洁白,我目送着你远去的方向,离愁渐远渐深,只见天边雁群飞过。晴朗的天空下,云朵洁白如雪,碧绿浮萍、淡红

蓼花错落有致、高低起伏生长在江畔。划着船，我低低地哼唱着歌谣，忍不住哀怨地长叹一声，却惊扰了酣眠的白鸥，展翅高飞而去。

名句的故事

　　身为画家的倪瓒，写作犹如构图，寥寥数语便勾勒出具体画面，读来就像欣赏一幅美丽的山水画。前两句，静态描写远景，以水面为画面中心大片留白，由远至近描绘意境幽远的秋日景色。天边飞过的雁群使他想起所思念的人，感觉自己犹如孤雁落单，心里愁绪万千。后两句描写近景，以自然环境中鲜明的色彩，映衬其内心的寂寥。"眼底离愁数行雁"和"惊起白鸥眠"，虽皆为动态描写，亦因远近距离不同而给人不同的感受。雁群飞行因距离遥远而融合于远景之中，心中的愁绪也随之不断绵延，颇似李白《送孟浩然之广陵》："孤帆远影碧山尽，唯见长江天际流"的意境。"惊起白鸥眠"，则以"惊起"具体点出，近处酣睡的白鸥，因受惊扰突然振翅高飞而去，空留倪瓒哀怨的叹息声。

历久弥新说名句

　　江水由于季节、环境的不同呈现多种形态，其昼夜不歇、滚滚流逝，并且象征地理阻隔等特性，皆能启发自古文人雅士各种丰富的灵感联想。《论语·子罕》："子在川上曰：'逝者如斯夫！不舍昼夜。'"孔子以观察江水昼夜不停地流，想到天地万物四时变迁俱皆如此。《诗经·蒹葭》中"蒹葭苍苍，白露为霜，所谓伊人，在水一方"，秋水，又加上了秋天的萧瑟。

雁又称"鸿雁"，是群居性候鸟，随季节集体迁徙北归南回，若落单失群则称为"孤鸿"，每当雁群北归，触发游子自比为孤鸿"独在异乡为异客"的思乡、思群之情。"鸿雁"亦为书信的代称，相传汉武帝时苏武出使匈奴，遭单于流放北海牧羊十九年，而后汉使节谎称昭帝狩猎时，射下鸿雁脚上有帛书写明苏武流放北海，匈奴单于才放苏武返国。

杜甫《天末怀李白》"鸿雁几时到，江湖秋水多"，和本句同样写到"秋水"、"雁"，但韵味不同。大意是：秋日江河水流湍急、风波也多，不知道何时才能收到你的消息？杜甫挂念李白流放夜郎途中安危的焦急心情，可见一斑。

光阴估值，估值钱多少？

名句的诞生

　　数过清明春老，花到荼蘼事了¹，光阴估值，估值钱多少？望酒标² 先拼³ 典翠袍，三更⁴ 尚道，尚道归家早。花压重门⁵ 带月敲，滔滔，滔滔醉一宵；萧萧⁶，萧萧已二毛。

　　——明·唐寅·《山坡羊》

完全读懂名句

　　1. 荼蘼：植物名，夏初开花，可酿酒，又作"酴醾"。2. 拼：不惜一切地。3. 标：旗帜。酒标即指古代酒店门前酒旗。4. 三更：古代一夜分为五更，每更两小时；三更为晚上十一时至隔日凌晨一时。5. 重门：层层门户。6. 萧萧：凄清、寂寥之意；此处可形容头发花白稀疏的样子。

　　语译：节气过了清明，春色已暮；初夏时分荼蘼花开后，美好的花季也即将到了尽头。如果时间能够估算价值，又能值多少钱呢？抬头一望，眼前正是酒店的旗帜，不如不惜一切，典押华美衣袍换酒钱，开怀痛饮直到三更，还说此时回家太早。月夜里，花影映照在重重门户上，就着月色敲敲家门，唉！就如此深深地沉醉一晚吧，转瞬间我也鬓发稀疏年华已老。

作者背景小常识

　　唐寅（西元1470—1523年），字伯虎，又字子畏，苏州阊门（今江苏）人，明代诗画家。年少时即展现过人才气，爱好喝酒、率性不羁；二十九岁高中乡试第一名，次年赴京会试，却受科举舞弊连累而入狱。唐寅自此纵情山水、寄情诗酒，其诗文书画在当时皆有很高的评价。晚年好佛学，取《金刚经》偈语"一切有为法，如梦、幻、泡、影，如露亦如电，应作如是观"，自号"六如居士"，著《六如居士集》。

　　电影《唐伯虎点秋香》中，唐寅有九位妻子，还有与秋香的三笑姻缘，这些都是杜撰的故事。事实上，唐寅后半生以卖画维持生计，生活贫苦；因在画作中有枚"江南第一风流才子"之印，加上明清戏曲的影响，才附会出后人对其风流事迹的想象。

名句的故事

　　荼蘼因春末夏初开花，有春日将尽、花季告结之意；"花到荼蘼事了"语出宋人王琪《春暮游小园》一诗："一从梅粉褪残妆，涂抹新红上海棠。开到荼蘼花事了，丝丝天棘出莓墙。"描写暮春到初夏的游园景致，梅花、海棠先后绽放，等到荼蘼花开，春天的赏花盛事也告终了。

《山坡羊》开头即借荼蘼花开感叹美好时光不再，整首曲的情感一波三折，气氛从触景伤春、感叹韶光流逝；转为纵酒遣兴、买醉忘忧，一副及时行乐之态；最后回首过往，对于年华不再唏嘘不已。唐寅少时即负盛名，才华横溢；不难想象在其而立之年，功名遭革黜后，满腹文才无处发挥，以诗画自娱又难以温饱。望见荼蘼花开，惊觉时光流逝匆匆，不由得发出"光阴估值、估值钱多少"的感慨。

此曲也化用唐宋诗词名句，"花压重门带月敲"即结合宋代女词人李清照《小重山》"花影压重门，疏帘铺淡月，好黄昏"，以及唐代诗人贾岛《题李凝幽居》"鸟宿池边树，僧敲月下门"之句。作者巧妙地借着花影、月光与叩门动作，铺陈出视觉、听觉（敲门声）与嗅觉（花香）感官相和的情境；在万籁俱寂的夜里，营造出动静相融的景象。

历久弥新说名句

荼蘼花的意象在清代曹雪芹《红楼梦》第六十三回"寿怡红群芳开夜宴"中更发挥得淋漓尽致。贾宝玉是红楼梦的男主角，其生日当晚，在自家怡红院中摆起酒宴，邀集大观园中的姑娘们一起玩"占花名儿"（为宴席上饮酒助兴的游戏，以骰子与象牙签为道具,签上文字是饮酒规定)。小婢麝月抽出的花名签子上,画着一枝荼蘼花,题着"韶华盛极"四字,下边写着一句旧诗"开到荼蘼春事了";一旁酒令写道:"在席各饮三杯送春。"麝月不懂诗文,问此签含义,但宝玉却愁眉将签藏了说:"咱们且喝酒。"

"韶华胜极"指美好时光正盛,但荼蘼花开,有着春光将尽之意,诗中不但有"春事了"之句,酒令上还有与"送春"之语,隐含着好景不再的结局;宝玉也感到不吉利,所以忙把签藏了起来,只叫大家喝酒。曹雪芹善用以花喻人手法,暗喻群芳零落时刻不远了;最后贾府家势果然由盛转衰,红楼金钗们各自嫁人或病亡,验证了三春过后诸芳尽的命运。

攘攘皑皑，颠倒把乾坤碍，分明将造化埋

名句的诞生

乱飘来燕塞[1]边，密洒向程门[2]外。恰飞还梁苑[3]去，又舞过灞桥[4]来。攘攘皑皑[5]，颠倒把乾坤碍，分明将造化[6]埋。荡磨的红日无光，隈逼的青山失色。

——明·王磐·《一枝花·久雪》

完全读懂名句

1. 燕塞：燕为周朝的诸侯国之一，约在今河北北部与辽宁南部。此以燕塞泛指北方边境。2. 程门：宋代杨时、游酢前去见其师程颐，遇到大雪。当时程颐正好坐着闭目养神，两人于是侍立一旁，待程颐醒了才向老师告辞，门外已雪深一尺。此即"程门立雪"之典故。3. 梁苑：西汉梁孝王刘武所建之园囿，南朝宋诗人谢惠连《雪赋》中记载，梁孝王在兔园宴请宾客赏雪吟诗，故后人又称梁苑为"兔园"、"雪苑"。4. 灞桥：位于长安东坝水上。唐代郑綮曾说："诗思在灞桥风雪中驴子上。"此后"灞桥风

雪"即常被诗人引用。5. 攘攘皑皑：攘攘，纷乱。皑皑，洁白。6. 造化：大自然。

语译：久下不停的雪胡乱飘往北方边境，绵密地洒向程颐弟子侍立多时的门外。刚飞往刘武的梁苑，又飞向郑綮寻思诗句的灞桥上。纷乱而洁白的久雪，反过来阻碍世界的运转，摆明了要掩埋世间万物。将太阳的光芒消磨殆尽，把青山屈逼至失去颜色。

名句的故事

本篇出自王磐《久雪》套曲中的第一支曲子。古来文学家咏雪之作，总是在歌颂雪的无瑕纯洁或丰年吉兆，然而这组曲子却如同张守中所言："久雪之词，刺阴邪也。"他将久下不停的雪，描写成骇人的邪恶势力，铺天盖地席卷而来。此曲首四句即连引四个典故，让久雪"乱飘"、"密洒"，既"飞"且"舞"，天地四方都毫不放过，全笼罩在这片雪色之中。接着又立即以两组叠字写其颜色状态，埋怨它掩埋了天地万物。从头至此，一气呵成，成功地把整个世界冰封成白茫茫一片。但这样的黑暗势力，王磐还嫌不足，非要让高挂天边的火红太阳也遭它的势力毁损，再也散发不出光与热力；硕大厚重的青山也奈何不了它，也被屈逼至失去颜色。可见得王磐不单要写这股邪恶势力的无远弗届，还要写它的威力无穷！这看似纯净却邪恶至极的邪恶势力究竟是什么呢？或许就是王磐避之唯恐不及的高官权贵吧！

历久弥新说名句

　　王磐除了以久雪喻人间的邪恶势力外，他的讽刺曲《朝天子·咏喇叭》也相当著名："喇叭、唢呐，曲儿小，腔儿大。官船来往乱如麻，全仗你抬身价。军听了军愁，民听了民怕，哪去辨什么真共假。眼见的吹翻了这家，吹伤了那家，只吹的水尽鹅飞罢。"在正德年间，随皇帝南下的宦官一路作威作福，为非作歹，王磐便借喇叭、唢呐之特性，讽刺狐假虎威的宦官，由于此曲切合百姓的心声，一时间广为流传，至今仍为人所乐道。

明月中天,照见长江万里船

名句的诞生

明月中天,照见长江万里船,月光如水,江水无波,色与天连。垂杨两岸静无烟¹,沙禽²几处惊相唤。丝缆³停牵,乘风直达银河⁴畔!

——明·杨慎·《驻马听·和王舜卿舟行之咏》

完全读懂名句

1. 烟:烟雾云气。2. 沙禽:沙洲上的禽鸟。3. 丝缆:拉船前进的绳子。4. 银河:夜空中密集如带的星群,又称"天河"。传说牛郎、织女正是隔着银河两地相思。

语译:明月高挂夜空,照着万里长江水上的船只,月光温柔如水,江面平静无波,水色深邃,恰与夜色相连。江畔两岸杨柳低垂,四下恬静,甚至不见一丝云烟干扰,唯沙洲上打盹的禽鸟被月光惊醒,在那儿彼此叫唤。放手吧!舍去拉船的绳子,就这么乘风而去,或许能够直达天际,访游天外的银河呢!

名句的故事

此曲为"和韵"之作,友人王舜卿写了泛舟夜行的曲子,作者再以相同曲调与韵部的韵字创作,与之唱和,共作四首,此为其三,写月下舟行幽景。

杨慎跳脱"人望月"的视角,改从明月的角度俯瞰人间,设想月光映照万里江船的宽阔场面,心境随之豁然开朗。当夜江流不见波澜,天地阒寂无声,令人心情恬静。倒是江畔的禽鸟也不知是被月儿惊醒,还是被船桨声打扰,偶然引发小小骚动,活络了周遭的静谧与诗人的心思,让舟中的杨慎不由得想要抛弃约束舟船的丝缆,一如卸去世俗羁绊,就这么远离尘嚣,遨游天外的美丽境界,一路从现实航向天马行空的幻境,任由想象追寻驰骋。杨慎与王舜卿的"诗文唱和"是文人特有的互动雅兴,自古各朝都有文人唱和的佳谈。唐朝元稹、白居易因贬谪而两地相隔,仍以书信往返和诗近百首;王维与好友裴迪隐居,作《辋川集》往来唱和二十首;宋代苏轼除与弟苏辙和诗过百首,更与六百多年前的晋朝文人陶渊明"跨时空"唱和,作"和陶诗"一百二十四首,以表达仰慕之情。透过美丽诗文,骚人墨客取得超脱时空限制的沟通管道。

历久弥新说名句

　　明月亘古不移而世乱无常，天上人间千古映照，尤惹人兴叹。佛家禅宗《嘉泰普灯录》卷十八以"千江有水千江月"说解佛法——佛性可在世间万物彰显展现，犹如同一轮明月可在千江水上映出千江月影，为"月照人间"的意象赋予更深刻的哲思。

　　文人以其敏感情思俯仰人世，执着而孤单地坚守理想，遭遇困顿之时，望月兴怀，难免生发从此远去、遁逃尘世的念头。宋代大文豪苏轼就在《水调歌头》里写下："我欲乘风归去，又恐琼楼玉宇、高处不胜寒。"挂着皎皎明月的天上，会是纯然美好的理想境界吗？那极高之处，会不会因缺少人情温度而令人寂寞、苦寒不已呢？寥寥数句已透露他在人间仕途与世外隐逸抉择上的矛盾挣扎。一代诗仙李白无所顾虑，酒兴一来便下豪语："俱怀逸兴壮思飞，欲上青天揽明月"，更为奔放洒脱！与之相隔近八百年的杨慎也不遑多让，不只梦想"乘风归去"，还清楚勾勒出"天际银河"的访游目的地，仿佛这超脱遁逃之旅诚然可以成真！

> 原来姹紫嫣红开遍,似这般都付
> 与断井颓垣。 良辰美景奈何天,
> 赏心乐事谁家院!

名句的诞生

原来姹紫嫣红开遍,似这般都付与断井颓垣[1]。良辰美景奈何天,赏心乐事谁家院!恁般景致,我老爷和奶奶再不提起。(合)朝飞暮卷,云霞翠轩;雨丝风片,烟波画船,锦屏人[2]忒看的这韶光贱!(贴)是[3]花都放了,那牡丹还早。

——明·汤显祖·《牡丹亭》第十出

完全读懂名句

1. 断井颓垣:断折的井栏与倒塌的墙。形容荒凉残败、无人居住的景象。2. 锦屏人:深闺中人。3. 是:凡是、所有的。

语译:(杜丽娘)原来这里早已开遍了花色鲜艳的花,然而没人欣赏,白白地浪费,只留下一片荒凉残败的景象。无奈美好的时节及景物难以同时兼具，使内心快乐安适之事又在哪一家院落？这般景致，我父母都不曾提起过。不论是在家可欣赏到的美景，又或是外面可以看到的美丽春景，深闺之人皆无法体会，这未免太辜负了这大好春光。（春香）这园子里花可都开过了（也凋谢了），唯独这牡丹离花谢还早得很呢！

名句的故事

　　第十出《惊梦》其实包括"游园"及"惊梦"两部分，此句出自杜丽娘与春香"游园"时所唱的第一支曲子，生动地将杜丽娘所见、所想，表达出来。杜丽娘生长在一个"手不许把秋千索拿，脚不许把花园路踏"的家庭中，"游园"是挣脱礼教束缚的越轨行为。在"游园"的过程中，杜丽娘先被一片绚烂的春色所吸引，可是举目四望，花园却呈现一片荒凉残败的景象，无人料理也无人欣赏的姹紫嫣红，岂不太辜负了美丽的春光？因此杜丽娘失去了游园的兴致了，心情颓丧地回到闺房。

　　这次"游园"是杜丽娘第一次走进后花园，第一次看见真正的春天，也同时发现自己的青春和春天一样美丽；而名句"原来姹紫嫣红开遍，似这般都付与断井颓垣。良辰美景奈何天，赏心乐事谁家院"，杜丽娘所惋惜的不是三月春天将尽，而是眼看自己的青春瞬即逝去，却无能为力，不能自主。因此"游园"归来，矜持稳重的大家闺秀杜丽娘才勇敢说出对门当户对婚姻的不满："则为俺生小婵娟，拣名门一例、一例里神仙眷。甚良缘，把青春抛的远。"

在名句的出处《皂罗袍》曲文的最后,春香提到这园子里的花可都开过了,也凋谢了,唯独这牡丹离花谢还早得很呢!杜丽娘接着唱《好姐姐》一曲:"遍青山啼红了杜鹃,荼蘼外烟丝醉软。春香呵,牡丹虽好,他春归怎占的先!"古人认为小寒、大寒、立春、雨水、惊蛰、春分、清明、谷雨等八个节气中,每五天有一种花开,总计有二十四种花依序开放,即所谓"二十四番花信风"。牡丹是第二十二种、荼蘼是第二十三种,所以牡丹、荼蘼开得正好,表示最多再过十天就到了立夏,春天即将过完;因此杜丽娘才会说:牡丹虽然目前开得正好,但春天比牡丹更早离去。

也因此,杜丽娘想起自己的青春稍纵即逝,而她却无能为力,不能自主,故而失去游园的兴致。

历久弥新说名句

曹雪芹在《红楼梦》第二十三回"西厢记妙词通戏语　牡丹亭艳曲警芳心"中写道:林黛玉经过梨香院,听墙内十二个女孩子在演习戏文,原本并不留心,但听到两句曲文十分缠绵,便停下脚步,那两句便是《牡丹亭》的"原来姹紫嫣红开遍,似这般都付与断井颓垣。良辰美景奈何天,赏心乐事谁家院"。等到第四十回"史太君两宴大观园　金鸳鸯三宣牙牌令"时,林黛玉怕罚酒,脱口说出"良辰美景奈何天"。然而,在当时《牡丹亭》

这些戏曲被视为"淫词艳曲",大家闺秀是不能读的,就像是《西厢记》,连贾宝玉都得偷偷摸摸地看;林黛玉脱口而出,一室的夫人少爷小姐丫鬟应该无人发觉才是,没想到宝钗听了,却"回头看着她",可见这"不能读"的《牡丹亭》,薛宝钗也耳熟能详。如果说林黛玉是听梨香院的十二个女孩子演习戏文而得,不知薛宝钗又从何而知?不论如何,都可以见得"原来姹紫嫣红开遍,似这般都付与断井颓垣。良辰美景奈何天,赏心乐事谁家院",果真有名。

白先勇曾描述自己曾对"游园"中《皂罗袍》印象深刻,而名句"原来姹紫嫣红开遍,似这般都付与断井颓垣。良辰美景奈何天,赏心乐事谁家院",正是《皂罗袍》曲文的开头。或许因此也埋下了白先勇打造"青春版《牡丹亭》"的根由。

最是春光易得消,才过元宵,又过花朝

名句的诞生

(小旦上)最是春光[1]易得消,才过元宵,又过花朝[2]。(旦上)芳菲[3]时至不相饶,才放山桃,又放庭蕉。

——清·李渔·《风筝误》第八出

完全读懂名句

1. 春光:春天明媚的景色,此处春光意指美好的时光。 2. 花朝:相传为百花生日,节日期间,人们结伴踏青,姑娘们剪五色彩纸粘在花枝上,称为"赏红"。因南北气候不同一般北方以农历二月十五为花朝,而南方则是二月十二日,又称为"花神节"。3. 芳菲:有香味的花草,此指春天。

语译:(柳氏)愈是欢畅的时光流逝得愈快,印象里才刚庆祝完元宵灯会,如今花神节也过了。(淑娟)花草到了绽放的时节,任凭想尽办法也无法阻止它们开花,山桃花才刚开完,现在庭院的芭蕉也要开放了。

作者背景小常识

李渔（西元 1610—1680 年），初名仙侣，后改名渔；字谪凡、号笠翁，生于浙江兰溪，其后随父迁往江苏知皋，中年定居于南京，称其居所为芥子园，卒于杭州。李渔出身富裕，擅长古诗文，曾考取秀才（博士弟子员）但未出仕。清兵入关后，因家道中落，除创作戏曲外，并自组家庭戏班，于达官贵人府邸献艺演出，后又开设芥子园书铺，刻印图书并出版其著作贩售。李渔戏曲创作丰富，内容多以爱情婚姻为主，其创作戏曲见于《笠翁传奇十种》，以《风筝误》为代表作，而他在戏曲理论方面的杰出成就最为后世所称道。

剧曲的故事

茂陵书生韩琦仲双亲早逝，家道中落，幸亏其父好友戚辅臣将他抚养成人。琦仲与辅臣之子友先一起长大，但两人大相径庭：友先貌丑，成日游手好闲；琦仲俊美多才，学富五车。时近清明时节，友先想放风筝，命仆人央琦仲于风筝上作画，但因没有颜料，琦仲便题诗代替。不料风筝落于詹武承府，被詹二小姐淑娟拾起，并于其上和诗一首。戚家奴仆索回风筝，因友先正睡着大觉，便将风筝交给琦仲保管。琦仲见到淑娟诗句，顿生爱慕之情,又在风筝上题诗一首,刻意将风筝投入詹府盼再叙诗缘。岂料风筝却落入大小姐爱娟院里,爱娟冒充淑娟邀韩琦仲过府幽会,琦仲假冒友先之名赴约,却被丑陋粗鲁的爱娟吓得落荒而逃。其后琦仲考取状元,戚辅臣提议与詹府结亲,欲将淑娟婚配琦仲;爱娟婚配友先,两对新人同日成亲。洞房花烛夜之际,种种误会闹得鸡飞狗跳,最后真相大白,两对欢喜冤家破涕为笑,成就良缘。

名句的故事

清明为二十四节气之一,因"气清景明,万物皆显"而得名,时间约在春分后的十五日,正是农历二三月之交,春天即将进入尾声的时候。除了扫墓之外,民间也有放风筝的习俗,以期将晦气放上蓝天,为自己带来好运。

本篇名句出自第八出,一开始就描述友先趁着快到清明,应景地放起风筝,没想到风筝就这么被吹到邻居詹武承的府上。当时詹二小姐淑娟与母亲柳氏在庭院之中,柳氏想起新年时与夫君詹武承举杯共饮,尔后武承前往川广平乱,一晃眼元宵、花神节都过了,清明将至,仍不见良人返家,不由得唱出"最是春光易得消,才过元宵,又过花朝",感慨时光飞逝。

淑娟听了母亲的叹息,也不禁有感而发:"芳菲时至不相饶,才放山桃,又放庭蕉。"显然脱化自宋代词人蒋捷《一剪梅·舟过吴江》的"流光容易把人抛,红了樱桃,绿了芭蕉"。只是蒋捷描述的是游子客愁，李渔却巧妙地将之化为闺中女儿情思，读来毫无斧凿痕迹，足见其功力。

历久弥新说名句

《风筝误》是李渔经典喜剧作品，全剧三十出。故事将典型才子佳人恋爱故事，加上丑角插科打诨的情节，题材讨喜，趣味性十足，因而深受欢迎。

京剧大师梅兰芳就曾依此剧"双生双旦、二美二丑"的特色，改编为作品《凤还巢》，并将故事背景移至明朝末年。故事叙述侍郎程浦育有二女，夫人生女雪雁，貌丑；侧室之女雪娥才貌俱全。程浦告老还乡，偶遇故友之子穆居易，便萌生将雪娥许配于居易的念头。夫人却私下打算以雪雁顶替，趁居易前来拜寿并留宿时，命雪雁冒名私会。居易见雪雁举止不端，连夜离开。此时垂涎雪娥已久的皇族朱焕然得知居易逃婚，借机冒名至程家迎娶，夫人便以雪雁代嫁。在洞房中，两人才发现双方都是冒名顶替，但已无法挽回。其后，地方盗贼作乱，程浦平定盗贼，接雪娥至军中，得知居易亦在此从军，便重提婚配之事，遭到推辞。在元帅执意撮合下，居易只得成婚。而后真相大白，居易大喜，雪娥却倍感委屈，在居易一再赔罪之下，终于破涕为笑。其后朱焕然因避难，携程夫人、雪雁投奔军营，一家团聚。

香箔笑卷青荷柄，我醉欲眠君又醒

名句的诞生

　　昏鸦初定，凉蝉都静，丝丝鱼尾残霞剩。渚烟[1]冷，露华凝，香筒[2]笑卷青荷柄，我醉欲眠君又醒。筝，帘内声。灯，花外影。

——清·朱彝尊·《山坡羊·饮池上》

完全读懂名句

　　1. 渚烟：水中的小洲上飘荡着烟雾。2. 香筒：指细长如竹管尚未展开的荷叶。

　　语译：黄昏的鸦噪刚刚安定，蝉声也都静下来了，天空只剩下鱼尾般一丝丝的残霞。洲渚上的烟霭带着寒意，露珠儿都凝结起来，尚未展开的荷叶带着笑意卷在青色的叶柄上方。我已喝醉想睡，你又醒来了。筝，从帘内传来琤琮之声。灯，映照着窗外蒙眬的花影。

作者背景小常识

朱彝尊（西元1629—1709年），字锡鬯，号竹垞，晚年又号小长芦钓鱼师、金风亭长，明末清初浙江秀水（今嘉兴县）人。彝尊读书过目成诵，博通经史，擅长诗词古文，又精于金石考证之学，是一个典型的学者型文人。曾长期游幕四方，五十岁时方以布衣举博学鸿词科，授翰林院检讨，入直南书房，曾参与纂修《明史》，归乡后潜心著述。《清史稿·朱彝尊传》称："当时王士禛工诗；汪琬工文；毛奇龄工考据；独彝尊兼有众长。"诗与王士禛齐名，当时称"南朱北王"；词推崇姜夔、张炎，为浙西词派的创始者；曲风清丽雅正与张可久相近。著述甚丰，有《经义考》三百卷、《日下旧闻》四十二卷、《明诗综》一百卷、《词综》三十八卷、《明词综》十二卷、《曝书亭集》八十卷等。

名句的故事

作者与友人共饮于池上，曲中对周遭景物和醉酒的情形作了细致的描述。起首的昏字点出饮酒的时间是在薄暮时分，鸦噪、蝉鸣都安静下来了，天空只剩下鱼尾般一丝丝的残霞，洲渚上暮霭升起、露华中沁透微微的寒意，池中尚未展开的荷叶带着笑意卷在青色的叶柄上方。迤逦写来，从听觉的"静"，视觉的"霞"、"青"，触觉的"冷"到嗅觉的"香"，具体地描绘出美丽如图画般的景物，渲染出四周幽静淡雅的氛围。

"香筒笑卷青荷柄"，此句把笔触从远景的描述拉向眼前的近景，从景物拉回到人的本身，"笑卷"是拟人的写法，在作者愉悦的心情下，连卷曲在叶柄上的叶芽儿都是带着笑意的。接下句"我醉欲眠君又醒"点出主题的"饮"，作者已因酒醉昏昏欲睡，而共饮的那人可又醒来了，酒逢知己千杯少，彼此就这样醉醉醒醒地随意喝着吧！带着酒后的率性也显现宾主之间怡然自得的神情。

末句以帘内传来若有似无的筝声，灯下映出窗外朦蒙眬眬的花影作结，不但带出有声有色的美感，而且生动地表现醉眼迷离的神态。

历久弥新说名句

酒与诗常有不解之缘，许多文人雅士都有"我醉欲眠"的经验，最能看出其人的真性情。据《南史·陶潜传》记载，陶渊明不解音律，但有一张无弦琴，每次喝酒，就取琴抚弄一番以寄寓其意。有人来访，不论身份贵贱，有酒必请大家一起喝，渊明若先醉了，便告诉客人说："我醉欲眠卿可去。"可见诗人毫无做作的率真。

唐代"诗仙"李白的饮酒诗也脍炙人口，其《山中与幽人对酌》："两人对酌山花开，一杯一杯复一杯。我醉欲眠卿且去，明朝有意抱琴来。"在盛开的山花前与隐居的高士对饮，"一杯一杯复一杯"平铺直述却极传神,在酒力不支时便如陶渊明般,直接说"我醉欲眠卿且去",如果有意续谈,明天再来吧!此诗平淡有味,写得坦率真挚又痛快淋漓。

清人王晫仿照《世说新语》体例写的《今世说》,记载清初文士、达官显要的逸闻趣事。其中有一则关于朱彝尊的叙写,大意是朱锡鬯诗才隽逸,但性好饮酒,曾与高念祖同船往京都,每日黄昏船一靠岸,朱锡鬯就不见了,等到高念祖在酒馆中找到他,他已经醉倒在酒垆下了。因为爱酒,懂得酒中三昧,才能栩栩如生地写出醉酒的生活情趣吧!

一行白雁清秋,数声渔笛蘋洲,几点昏鸦断柳

名句的诞生

一行白雁清秋,数声渔笛蘋洲[1],几点昏鸦断柳。夕阳时候,曝衣人[2]在高楼。

——清·朱彝尊·《天净沙》

完全读懂名句

1. 蘋洲:开满白色蘋花的小洲渚。2. 曝衣人:晒衣的人。

语译:一行白雁飞过清冷的秋空,从开满白色蘋花的小洲渚传来数声渔人的笛声,几点昏鸦栖息在断折的柳树上。夕阳时候,晒衣人在高楼。

名句的故事

起首三句描写秋日黄昏萧瑟的景象,充满秋的况味。

一行雁群划过清冷的秋空，带来南归的讯息，让羁旅在外的游子，兴起雁归人未归的惆怅。从满布白蘋的沙洲传来数声悠扬的渔笛，更徒增伤感。

"几点昏鸦断柳"化用马致远《天净沙》"枯藤老树昏鸦"的意境。在衰败萧条的断柳上栖息着几只昏鸦，昏鸦的"昏"字除了点出黄昏时分，一方面也形容老鸦无精打采的疲惫神态，看在作者眼里更添孤寂之感。

"一行白雁"是眼中所见，"数声渔笛"是耳中所闻，再加上"几点昏鸦"，营造出一派寂寥凄清的景象，流露着客中思乡的情感。句句写景而句句含情。

末二句明确地点出时间。夕阳时候，高楼上有人正在收拾曝晒的衣物，这是寻常人家景象，让长期飘泊的作者想到同样在浣衣、曝衣的家人，思绪从眼前景物飘向遥远的家乡，引出蕴藏在心底的怀人之想，余味无穷。

历久弥新说名句

曲中提到的"曝衣"就是晒衣服，《太平御览》卷三十一引《四民月令》说："七月七日曝经书及衣裳，习俗然也。"可见旧时有七月七日曝衣的习俗。因为此日大约在立秋前后，炎热的夏日就要过去，秋天即将来临，人们利用烈日的余威曝晒衣物，准备收拾起单衣让冬衣陆续登场。唐代诗人沈佺期的《七夕曝衣篇》就记述宫中七夕曝衣的情形："宫中扰扰曝衣楼，天上娥娥红粉席。曝衣何许曛半黄，宫中彩女提玉箱。"描写宫女赶着在烈日下曝晒衣物，提着衣箱忙碌的奔走在曝衣楼的情形。朱氏此曲，时序上没有点明七夕，所称"曝衣"虽非指特定曝衣日，但也应是该日前后的初秋时分。

　　《天净沙》是元曲中最流行的曲牌之一，它的句法简短整齐，而且都是双数句，两字一顿，音节流畅，宜于营造言有尽而意无穷的韵味。朱氏是浙西词派的创始者，论词推崇宋代姜夔、张炎，填曲则师法元人乔吉、张可久，近人龙榆生《中国韵文史》说他"专尚清空骚雅"、"自成其'词人之曲'"。

　　朱氏作曲如填词，同样讲究声律，崇尚清秀雅正的风格。这首《天净沙》以周遭凄清的景象，点染游子思乡的情感，清新秀丽、用词典雅，便颇具张可久的风味。

眼看他起朱楼,眼看他宴宾客,眼看他楼塌了

名句的诞生

俺曾见金陵玉殿莺啼晓,秦淮[1]水榭[2]花开早,谁知道容易冰消。眼看他起朱楼[3],眼看他宴宾客,眼看他楼塌了。这青苔碧瓦堆,俺曾睡风流觉,将五十年兴亡看饱。那乌衣巷[4]不姓王,莫愁湖[5]鬼夜哭,凤凰台[6]栖枭鸟[7]。残山梦最真,旧境丢难掉,不信这舆图[8]换稿[9]。诌[10]一套哀江南[11],放悲声唱到老。

——清·孔尚任·《桃花扇》续四十出《余韵》

完全读懂名句

1. 秦淮:即秦淮河,源于江苏省溧水县东北,西北流经南京城,横贯城中,西出三山水门注入长江。旧时南京的歌楼舞馆,并列两岸,画舫游艇纷集其间,风称金陵胜地。2. 水榭:临水的楼台或建于水上的楼台,可供人游憩。3. 朱楼:彩绘华丽的红漆

阁楼。形容富贵人家华美精巧的屋宇。4. 乌衣巷：地名。位于今南京市东南。东晋时王导、谢安诸贵族多居此，故世称王、谢子弟为"乌衣郎"。5. 莫愁湖：湖泊名。在南京城西水西门外，清时号称金陵第一名胜。6. 凤凰台：相传刘宋元嘉间有异鸟集于山，当时被看作凤凰，遂筑此台。其故址在今南京市南。唐代李白有《登金陵凤凰台》。7. 枭鸟：猫头鹰的别名。8. 舆图：地图。9. 藁：同"稿"，模样。10. 诌：编造。11. 哀江南：文章名。北周庾信哀悼梁亡而作。信以梁人留仕北周，多思乡之情，故为赋以致意。梁都为昔时楚地，因此本《楚辞·招魂》："魂兮归来哀江南"一句为赋名。全篇作品文情哀感，为世传诵。

语译：我曾看过金陵的宫殿中，黄莺在拂晓啼叫，秦淮河的临水楼台旁，花朵在早晨绽开，谁知道像冰块一般容易融化消失。眼看着金陵城中盖起彩绘华丽的红漆阁楼，眼看着城中的居民宴请宾客，生活优裕，眼看着金陵城中的高楼因战火而倒塌。只剩下这些布满青色的苔藓的断垣残瓦。我曾在此自在快活地玩乐休憩，看透了五十年的兴盛衰亡。那乌衣巷中早已不再是王姓的居民，莫愁湖晚上会传来鬼魂的哭声，凤凰台栖息的不是凤凰而是鸱枭一类的恶鸟。山河残破不是梦，是最真切的现实，旧时情境难以抛却，不愿相信这地图已经换了模样。不如学庾信作《哀江南》表现对故国的思念，编造一套传奇剧曲，可以尽情放声歌唱，发泄心中的悲伤一直到老。

作者背景小常识

孔尚任（西元1648—1718年），字聘之，又字季重，号东塘，又号岸堂，自号云亭山人。孔尚任是孔贞璠之子，孔子第六十四代孙，出生于山东曲阜。早年考取秀才，后来避乱随父在曲阜北石门山中读书。康熙皇帝南巡，路过曲阜，到孔庙祭祀孔子，经人举荐，由孔尚任在御前讲经，受到康熙赏识，被任命为"国子监博士"。后随工部侍郎到淮阳，疏浚黄河入海口，期间他结识了一些明代遗民，到扬州参拜史可法衣冠塚，到南京登燕子矶，游秦淮河，过明故宫，拜明孝陵，到栖霞山白云庵拜访道士张瑶星，了解许多南明的情况，为他的作品《桃花扇》搜集了许多素材。回京后，与顾天石合写剧本《小忽雷》上演，当时北京戏曲演出非常盛行。其后迁任户部主事，又升户部广东员外郎。康熙三十八年（西元1699年），《桃花扇》脱稿，演出立即轰动。并受到康熙的重视，康熙从中吸取末代王朝的教训，经常阅读这部剧本。孔尚任声名大振，与洪升并称为"南洪北孔"。不过，孔尚任在剧本中流露出怀念前明王朝的心情，表扬了史可法等明朝忠臣，讽刺了投降清朝的叛将，引起康熙不快，最后还是被罢官，晚年隐居在家乡石门山，直至终老。

剧曲的故事

《桃花扇》是清代传奇的代表作品,共四十四出,写明末复社文人侯方域题诗宫扇赠秦淮名妓李香君,二人相恋。阮大铖欲结交侯方域,遭到香君的怒斥,李自成攻陷北京后,马、阮在南京迎立福王,迫害复社文人,并欲嫁香君为田仰之妾,香君不从,以头撞地,血染方域所赠宫扇,有如桃花点点。清军攻陷南京后,香君与方域皆在栖霞山白云庵相遇,一同撕破桃花扇出家。

名句的故事

《桃花扇》通过侯方域、李香君的悲欢离合,描写了南明灭亡的历史悲剧,反映出作者对南明覆亡的兴亡之恨;其中,将李香君塑造为对爱情坚贞、对权奸坚持反抗的可贵女子,同时借着一名秦淮歌妓的气节,反衬了马士英、阮大铖之徒的祸国及无耻。

名句"眼看他起朱楼,眼看他宴宾客,眼看他楼塌了"出自《余韵》一出的曲子《离亭宴带歇指煞》,谈的是李香君的教曲师傅苏昆生最后做了樵子,侯方域的好友、说书人柳敬亭做了渔夫,两人饮酒闲谈,各唱一套曲抒发亡国之痛。这支曲就是苏昆生所唱《哀江南》散套中的一曲,前半段"俺曾见金陵玉殿莺啼晓"到"凤凰台栖枭鸟",透露出面对历史兴衰的无常之感。《红楼梦》第一回也有类似的感叹:"陋室空堂,当年笏满床,衰草枯杨,曾为歌舞场。"而结尾的"残山梦最真,旧境丢难掉,不信这舆图换稿。诌一套哀江南,放悲声唱到老",点明痛悼南明灭亡,抒发亡国悲苦之情,这也是全曲的主旨。

历久弥新说名句

《桃花扇》以明末文人侯方域与秦淮歌妓李香君的爱情故事为线索铺写而成,根据侯方域所写的《李姬传》,叙述侯方域于崇祯十二年前往南京参加省试,辗转邂逅李香君于南京;侯方域的豪迈与才气、李香君的聪慧与侠义性格,使彼此产生了相惜之感。在《李姬传》中,侯方域以自己的亲身经历,刻画出李香君的守节持重,她绝不同流合污的心志及大无畏的精神成为中国女性形象上的一大骄傲。

由于《李姬传》紧扣李香君对魏氏余党厌恶至极的政治态度,叙事井然,人物形象鲜活,使得清代孔尚任将此传当成情节依据,写下侯方域与李香君爱情故事的名作——《桃花扇》传奇。不过《李姬传》只写到两个人惜别分手,没有再往下写;而孔尚任写《桃花扇》,则着重描述李、侯的不渝爱情,结尾写到清军南下,南京失陷,侯方域与香君先后于栖霞山避难,在白云庵相遇,最后出家避世,与历史上侯方域应清顺治三年乡试的事实,颇有差距。

名句"眼看他起朱楼,眼看他宴宾客,眼看他楼塌了"是这首曲子中最著名的句子,每当凭眺昔日遗迹时,许多作家都会引用这句话来表达当年的帝王卿相、英雄美人,而今安在?过去的繁华空余断井颓垣!如著名的言情小说家琼瑶女士就在《一帘幽梦》中改名句为"不见他起高楼,不见他宴宾客,却见他楼塌了"及"可怜他起高楼,可怜他宴宾客,可怜他楼塌了"。

溪深溪浅随春笑,窗明窗暗疑人到,钟初钟绝带诗敲

名句的诞生

掩筼[1]笆野桥,护莎[2]砌田坳[3]。梅花雪拥阁如巢,供吾侪[4]睡饱。溪深溪浅随春笑,窗明窗暗疑人到,钟初钟绝带诗敲,剩香吟[5]半瓢。

——清·厉鹗·《醉太平·看梅宿西溪山庄》

完全读懂名句

1. 筼:粗大的竹子。2. 莎:指莎草,多年生草本植物,茎高叶细长质硬,顶端有穗。3. 坳:地势低洼、凹陷之处。4. 吾侪:我们,指同辈、同类的人。5. 香吟:吟酿意指值得细细品味的佳酿,亦为一种酿酒方式,此处借代为美酒。

语译:高大的竹子像是篱笆遮掩住不知名的小桥,莎草沿着田坳生长高低起伏。白色梅花在庭园中肆意绽放,片片花瓣有如

霭霭白雪层层覆盖着楼阁，像我这样来赏梅的游客，窝在温暖的楼阁里面睡得极饱。随着春天来临的脚步，远处西溪的溪水逐渐变深，纸窗明暗仿佛人影，我还以为有客人到了。我随着钟声的节奏一边吟唱诗词推敲、斟酌字句，一边饮酒，不知不觉喝到只剩下美酒半瓢。

作者背景小常识

厉鹗（约西元1692—1752年），字太鸿，号樊榭，浙江杭州人。他年幼丧父，家境贫寒，全靠其兄卖烟草度日。虽然生活困顿，仍刻苦自学。他个性孤僻，独独爱好旅行，故其作品多题咏风景名胜。厉鹗虽曾中举，但对于做官却没有太大的兴趣，其诗名远播后，与众多文人例如杭世骏、全祖望等人交好，结成邗江吟社。晚年贫病交迫，多靠友人资助，其《宋诗纪事》和《辽史拾遗》深获好评。厉鹗堪称是浙西词派的集大成者，内容多以山水为主，风格清丽，并著有《樊榭山房集》。

名句的故事

厉鹗生长于杭州，其山水风光、四时景物皆是厉鹗取材描绘的对象，尤其是西湖、西溪一带风光，都曾出现于厉鹗作品之中，本曲即为一例。厉鹗作品另一特色是摒弃理学家说理、取材于经典之特色，回归田园自然，以洗炼精妙的文字，描绘景物细中见深，即事抒写，辞浅而寓意隽永。因此同样是描写杭州风景，厉鹗不像苏轼写得开阔潇洒，而是擅长于刻画平凡景物，赋予意境。

灵峰、孤山和西溪是自古以来杭州三大赏梅胜地。每年一月底至二月中旬的春节期间为梅花花期，厉鹗于此时节至西溪赏梅，梅花虽好，却只能独自赏景饮酒吟诵，"疑人到"一词点出其孤单，备显寂寥。本篇名句以三种意象层递暗示光阴日复一日、年复一年，溪水消长表示季节的递嬗，窗明窗暗表示日出日落，而钟声则指示时刻每分每秒的流逝，"溪深溪浅"、"窗明窗暗"、"钟初钟绝"句式整齐，读来如行云流水，一气呵成。

历久弥新说名句

从厉鹗所编撰之《宋诗纪事》、《南宋杂事诗》中，可其熟知宋代历史及文学典故。由名句中亦可看出其文句深受宋代文学家影响，常套用前人词句，将之脱胎换骨赋予新意，故亦有人称其作品为"词人之曲"。

在南宋文人吴自牧介绍临安风貌的《梦粱录》中，曾写到其他文人咏梅诗句"雪疏雪密花添伴，溪浅溪深树写真"，厉鹗将此句转化为"溪深溪浅随春笑"十分切合情景。"窗明窗暗疑人到"则脱化自宋代词人张元干的《蝶恋花》："窗暗窗明昏又晓。百岁光阴，老去难重少。"纸窗明暗，日出日落，光阴就这么一天天流逝。厉鹗改以"疑人到"三字，更衬出自身的形单影只。

"钟初钟绝带诗敲"一句，皆化用自唐代诗人贾岛的作品。贾岛在《送朱可久归越中》写道"石头城下泊，北固暝钟初"，在《黄子陂上韩吏部》另写道："钟绝滴残雨，萤多无近邻。"厉鹗因而写成"钟初钟绝"。"带诗敲"则是用典，指的是贾岛与韩愈的故事。相传贾岛在写《题李凝幽居》一诗时，因过于专注思考"鸟宿池边树，僧敲月下门"这句诗是"僧敲"或是"僧推"好，在路上反复吟诵，而冲撞了韩愈的官轿。韩愈问明缘由，提出他的见解，认为拜访主人幽静住所，若用"推"字，则略显唐突擅闯，故应该用"敲"以示拜访，所以用"敲"字更贴切，后人便用"推敲"意指斟酌字句。

读书人一声长叹

地也,你不分好歹何为地?
天也,你错勘贤愚枉做天!

名句的诞生

有日月朝暮悬[1],有鬼神掌着生死权。天地也只合[2]把清浊分辨,可怎生[3]错看了盗跖[4]颜渊[5]:为善的受贫穷更命短,造恶的享富贵又寿延。天地也,做得个怕硬欺软,却原来也这般顺水推船。地也,你不分好歹何为地?天也,你错勘[6]贤愚枉做天!哎!只落得两泪涟涟[7]。

——元·关汉卿·《窦娥冤》第三折

完全读懂名句

1. 悬:挂。2. 只合:只该、只当。3. 怎生:如何、怎样。4. 盗跖:相传为古代的大盗,生性暴虐,横行天下。后用以形容残暴的人。5. 颜渊:即颜回,字子渊,春秋鲁人,孔子弟子。天资明睿,贫而好学,于弟子中最贤,孔子称其"不迁怒,不贰过"。后世称为"复圣",列于孔门德行科。亦作"颜子渊"、"颜渊"。在此将盗跖、颜渊用作坏人与好人的代称。6. 勘:察看、考核。7. 涟涟:哭泣流泪的样子。

语译:这世界早晚有太阳、月亮悬挂在天上,冥冥中有鬼神掌管着生死大权。天地也只需分辨是非黑白,可是怎么会误认了好人坏人:作好事的既贫穷又命短,作坏事的享受富贵又长寿。天地啊,做事也欺善怕恶,原来也是这般顺水推舟地让富人欺压穷人。地啊,你不分好坏怎能当地?天啊,你考核错善恶枉费当天!唉!我只能哭泣流泪,莫可奈何。

剧曲的故事

《窦娥冤》全名《感天动地窦娥冤》,是关汉卿的代表作,也是中国戏曲中难得一见的悲剧。全剧通过窦娥一生的悲惨遭遇,反映了当时社会上千千万万被压迫的人民,控诉了社会的黑暗。清代王国维说它"列之于世界大悲剧中,亦无愧色也"。

窦娥自幼死了母亲,父亲窦天章是个穷秀才,因要上京赶考,没有路费,借了寡妇蔡婆的高利贷二十两银子,无法还债,就把窦娥半抵半送地给了蔡家做童养媳。十年后,窦娥嫁作蔡家媳妇,不到两年,丈夫就死了。窦娥与婆婆守寡在家同住。有个流氓张驴儿与父亲张老头一起欺负蔡家婆媳,蔡婆为保命答应嫁给张老头,张驴儿要窦娥嫁给他,窦娥却坚决不肯,他因此设计陷害窦娥。趁着蔡寡妇生病，窦娥做羊肚汤给婆婆喝，张驴儿在汤里放毒，要毒死蔡寡妇后，逼窦娥成亲。没想到蔡寡妇不想喝汤，张老头却将汤喝了，一命呜呼。张驴儿毒死了父亲，却把杀人的罪名推到窦娥身上，告到衙门。贪官受了张驴儿的银两，就用酷刑逼窦娥招供，但窦娥打死也不肯招，知府改打蔡寡妇，果然，窦娥心疼婆婆，含冤招了。窦娥被判了死罪。后来，窦娥的父亲窦天章做了很大的官，去楚州考察民情时，夜里窦娥出现，求父亲主持公道。窦天章为冤死的窦娥平反，将张驴儿判死罪。

名句的故事

名句出自《滚绣球》这支曲子，这是窦娥被冤枉处斩前恨极怨天的唱词。天地，指的是统治者、整个社会的秩序，因此窦娥怨天骂地就是对当时社会秩序的控诉，包含着窦娥以生命为代价换来的认识，是对整个社会的抗议和愤怒。窦娥对社会现实的清醒认识及顽强反抗，在当时社会小市民阶级已经非常难得，但关汉卿没让窦娥的精神仅停留在痛斥天地鬼神的境界，而是进一步将窦娥人生悲剧的意义升华到一个新的高度，提高到"感天动地"的悲剧境界中，成为一种支配天地的力量。

因为在此之后紧接着的，就是在斩首过程中窦娥所立下的誓言：若她真的冤枉，砍头后一要没半点热血落地，都飞在白练上；二要在燠热的六月天降三尺瑞雪，遮掩她的尸骸；三要楚州大旱三年。这些果然都应验了，正好表达出平民老百姓求助无门、只得苦极呼天的情景。

这三桩誓愿是全剧最令人动容的部分,也是最嘹亮的战歌,因此,这出戏又名《六月雪》。而从《滚绣球》的曲词中,我们发现窦娥虽然是社会底层的女子,但她仍然认识贫富、善恶的区别,体会到天地神灵竟然不曾显灵、枉为天地,使得善良却贫穷的百姓有苦难言、有冤难伸。

历久弥新说名句

窦娥在行刑前唱了《滚绣球》,唱出名句:"地也,你不分好歹何为地?天也,你错勘贤愚枉做天!"这种呼天喊地的表现,正说明了窦娥心里苦极、怨极、恨极。同样苦极呼天的,还有屈原的《天问》,因被放逐而对整个世界、信仰产生动摇及质疑,因而连续发出一百七十二个问题,这种连续的提问,正是司马迁所说的"苦极呼天,人穷反本"的意思。同样地,名句"地也,你不分好歹何为地?天也,你错勘贤愚枉做天",又何尝不是关汉卿借窦娥之口倾吐个人愁思呢?

不是闲人闲不得，及至得了闲时又闲不成

名句的诞生

钉靴雨伞为活计，偷寒送暖[1]作营生[2]。不是闲人闲不得，及至得了闲时又闲不成。自家张小闲的便是。平生做不的买卖[3]，只是与歌者姐姐每叫些人[4]，两头往来，传消寄信都是我。

——元·关汉卿·《救风尘》第三折

完全读懂名句

1. 偷寒送暖：暗中拉拢男女感情。2. 营生：借以谋生的工作。3. 做不的买卖：做不了买卖。4. 与歌者姐姐每叫些人：帮唱歌的姐姐们叫些客人。每，相当于"们"。

语译：虽然替人修补鞋子、雨伞，是我平常的工作，但实际上，撮合别人的感情，则是我谋生的方法。我不是闲人，所以无法闲下来，等到可以轻松休闲的时候，却又闲不成。我是张小闲，平日里做不了什么买卖，只是帮歌者姐姐跑跑腿，传递讯息

给王公贵族。

剧曲的故事

《救风尘》全名为《赵盼儿风月救风尘》，内容叙述歌妓赵盼儿结拜妹妹宋引章，因受到郑州富贵公子周舍的哄骗，与书生安秀实解除婚约，改嫁周舍。但引章一嫁进周家，就被打了"五十杀威棒"，饱受生活虐待的她写信向老鸨妈妈求救。老鸨妈妈六神无主地向盼儿求助，为救引章，盼儿决定假意对周舍表达爱慕之情，并自备娶亲所需的羊酒、花红等财物，表明坚决要嫁的心愿。喜新厌旧、奸诈狡猾的周舍，在盼儿的蛊惑设计下，终于点头写休书。

盼儿带引章离开郑州，途中她向引章借休书，再趁机掉包后交还。不久，周舍追上，谎称只有四个手指印不符合规定，引章慌忙拿出休书察看，不料竟被周舍抢去撕毁。引章泪眼婆娑，不知如何是好，盼儿镇静地道出：所撕碎的休书，是假的，周舍一怒状告官府。他以为官官相护，一定可以占到便宜，没想到盼儿力陈安秀实才是引章的丈夫，而羊酒、花红均是自己的物品，加上安秀实击鼓喊冤，使周舍无法辩白，于是郑州太守李公弼听判：杖责周舍六十，宋引章还嫁安秀实为妻。

名句的故事

　　第二折,引章母亲向盼儿求助,盼儿随即定下计策、梳妆打扮,准备引诱周舍,她说自己:"云鬟蝉鬓妆梳就,还再穿上些锦绣衣服。珊瑚钩、芙蓉扣,扭捏的身子儿别样娇柔",足见她对己之外貌、身材、打扮都很有自信,但她是否能骗过那"纵横花街柳巷"的周舍,顺利救出引章呢?且看关汉卿如何进一步说服观众。

　　第三折,他安排了一个名为张小闲的角色,并让小闲有一个得以阅历美女的兼差工作,借由他的眼睛告诉观众:盼儿具有足以魅惑人的美貌,甚至就连自己都为之"酥倒"。终于,美丽不再只是自吹自擂,在有人证的情况下,观众被说服了,进而期待这场尔虞我诈的争斗。只是张小闲是谁?为什么会和赵盼儿在一起?当然得由他自己说分明,于是有了这段自报家门的出场词。

历久弥新说名句

　　所谓"闲人",系指轻松悠闲、没事情做的人。但《救风尘》里的"张小闲",可一点也不清闲,除了"钉靴雨伞"这项正职外,他更有忙不完的传消递讯。无怪乎,他说自己"闲不得",也"闲不成"。另外,《红楼梦》第五十六回,王熙凤卧病在床,王夫人要李纨、探春暂时协理贾府事务,后又请薛宝钗帮忙照看，三人讨论如何撙节用度时，宝钗谦称自己"原是个闲人，便是个街坊邻居，也要帮着些，何况是亲姨娘托我"，可知宝钗也是一个"闲不得"的人。

现代人的忙碌也是不遑多让。举凡银行、餐厅、结婚……都有"得来速"服务，只是忙碌的日子，总让人忘了停下脚步，看一看生活、听一听内心的声音。一本名为《牵一只蜗牛去散步》的童书，内容叙述：主角希望蜗牛走快一点，于是他拼命往前拉扯，但对蜗牛来说，怎么快，也快不了！最后，主角负气跟在蜗牛后，没想到他竟闻到了阵阵的花香、感受到徐徐的微风、听到唧唧的虫鸣……证严法师曾说："闲人无乐趣，忙人无是非"，陷溺在利益的征逐中，生活必然空洞无趣，若能以"事忙而心闲"的态度去面对，生命将自有另一番况味。

藏之则鬼神遁迹，出之则魑魅潜踪

名句的诞生

这剑按天地之灵，金火之精，阴阳之气，日月之形；藏之则鬼神遁迹[1]，出之则魑魅[2]潜踪[3]；喜则恋鞘沉沉而不动，怒则跃匣铮铮[4]而有声。

——元·关汉卿·《单刀会》第四折

完全读懂名句

1. 遁迹：消失无踪。2. 魑魅：山林中害人的精怪。3. 潜踪：隐匿行踪。4. 铮铮：指金属碰撞发出的声音。

语译：这把剑禀受天地阴阳的灵气、日月金火的精华而形成；敛藏时，鬼神消失无踪；出鞘时，魑魅隐匿行踪；高兴时，安静地待在剑鞘中；生气时，跃出剑匣，发出金属碰撞的声音。

剧曲的故事

《单刀会》全名为《关大王独赴单刀会》，内容叙述三国时，东吴大夫鲁肃为迫使关羽交出荆州，自以为是地想了三条计策（第一计利用孙、刘结婚酒宴，"以礼索取荆州"。第二计是软禁、胁迫关羽就范，使其默然归还。第三计则是以关羽作为人质，逼还荆州），并向老臣乔公、贤士司马徽请益，希望能够得到支持，不料竟遭到两人的反对，一意孤行的鲁肃不听劝阻，仍按原计划进行，指派将领黄文递送邀请函。

关羽接获请帖，明知其中必有埋伏，但仍向黄文表示："你先回去，我随后便来也。"关平担心父亲安危，极力劝阻，但关羽以"我是三国英雄汉云长，端的是豪气有三千丈"拒绝，带着周仓赴单刀会。宴席上，二人一来一往，言辞交锋，关羽智勇双全，力战舌灿莲花的鲁肃，使他不敢发动埋伏好的将士，得以安然返回荆州。

名句的故事

关汉卿借鲁肃与乔公、司马徽的对话，勾勒出关羽器宇不凡的英雄形貌，第三折他"明知山有虎，偏向虎山行"的决定，表面上是在情理之中，但实际上却使读者更期待后续情节，将会如何发展？于是，第四折开场，我们看到关羽战功彪炳的另外一面,面对滔滔流逝的江水,感叹在那无情的战火中,多少英雄豪杰灰飞烟灭,仁者的襟怀、悲天悯人的心情,一览无遗。接着,在宴席上,关羽以一句"你知'以德报德,以直报怨'么?"反客为主,揭橥了这场言语争锋的序幕。鲁肃先赞美刘备具有仁义礼智的德性,再批驳其缺乏诚信的行为。关羽闻知他意有所指,气得连剑鞘都发出铮铮的声音,负气仗义地说:"这剑戒,头一遭诛了文丑,第二遭斩了蔡阳,鲁肃呵,莫不第三遭到你也",并以荆州乃是"汉家基业"怒斥鲁肃。其后,宝剑再度出现响声,关羽借力使力,谓此神兵"藏之则鬼神遁迹,出之则魑魅潜踪;喜则恋鞘沉沉而不动,怒则跃匣铮铮而有声",要鲁肃懂得适可而止,否则"一剑先交鲁肃亡"。生命受到胁迫,鲁肃本欲启动埋伏,但却被关羽一句:"有埋伏也?无埋伏?"震慑,不敢轻举妄动,只能眼睁睁地看着关羽返回荆州,功败垂成。

历久弥新说名句

什么刀?这么厉害!居然能让关羽有恃无恐地前往江东赴宴。这个答案就是:青龙偃月刀。

青龙偃月刀是一把什么样的刀?传说天下第一铁匠趁着月圆之夜锻铸这把刀时,因爆裂出毫光射入天空,斩断正好经过天上的青龙,从空中降下一千七百八十滴鲜血,染红了刀头,因此刀被命名为青龙偃月刀。尔后,这把神兵便随着关羽叱咤纵横沙场,三英战吕布、温酒斩华雄、过五关斩六将……因此在乔公的记忆里,"你便有千员将,闪不过明明偃月三停刀",东吴将领黄文也亲眼目击,描述:"青龙偃月刀,九九八十一斤。"《三国演义》第一回则说:"青龙偃月刀,又名'冷艳锯',重八十二斤。"均显示这不是一把普通的刀,它在"有万夫不当之勇"的关羽手中,任谁见了都会惧怕三分,无怪乎东吴将领黄文会说:"脖子里着一下,那里寻黄文?"

虽然现今许多历史学者研判:当时并没有青龙偃月刀,关羽应是使用矛、戟之类的直刺兵器,但对读者来说,关羽手持青龙偃月刀的英雄形象,早已随着关汉卿《单刀会》的广布流传而深植人心了!

到头来善恶终须报,只争个早到和迟到

名句的诞生

　　天堂地狱由人造,古人不肯分明道。到头来善恶终须报[1],只争个早到和迟到。你省的[2]也么哥[3],你省的也么哥?休向轮回[4]路上随他闹。

　　　　　　——元·邓玉宾·《叨叨令·道情[5]》

完全读懂名句

　　1. 报:因果报应。2. 省的:醒悟,明白。3. 也么哥:元曲中常用的语助词,无义。《叨叨令》的格律,第五、六句必须重叠,而且下面三字必作"也么哥",或可作"也末哥"、"也波哥"。4. 轮回:佛家语。认为众生各依其善恶业因,一直在天、人、阿修罗、地狱、恶鬼、畜生等六道之中生死相续,轮转不停,又称六道轮回。5. 道情:描写道家思想的作品。内容多劝诫世人看破红尘超脱物累,或抒发修道者隐居遁世的逍遥。

语译：上天堂或下地狱是由自己造成的，古人却不肯明明白白说清楚。到头来行善作恶都会有报应的，只是时间早晚的问题。你明白这个道理了吗？你醒悟了吗？不要在轮回路上跟着一群执迷不悟的人喧嚷胡闹。

作者背景小常识

邓玉宾，生平事迹不详。钟嗣成《录鬼簿》称他为"邓玉宾同知"，列于"前辈名公乐章传于世者"，可推知他曾经官至同知，是某官署的副长官。今所存录者仅《全元散曲》辑有小令四首，套数四套，多为劝人看破红尘、求仙学道的《道情》词语，曲风清新秀逸，《太和正音谱》评其词"如幽谷芳兰"。

名句的故事

《道情》是描写道家思想的作品，内容或是超脱凡尘，或是劝诫顽俗。此曲是用因果轮回的观点，说明人的命运是自己造就的，以及善恶循环报应的道理，有警世劝善的意味。

起首便直说人死之后，不是上天堂便是下地狱，这个结果是看生前的作为而决定的。"由人造"这个"人"指的便是自己。因为行善者得善报，作恶者得恶报，报应是一定会有的，只是时间上有快慢的分别而已。

"善恶到头终有报"也是传统中国社会中深植人心的观念，

人们相信"举头三尺有神明",上天会根据个人的善行或恶行给与不同的福报与祸殃,甚至能够泽及子孙或祸延后代。这种观念,有益于社会秩序的维持与安定。

末句提到的轮回观念是佛家语,佛教认为众生各依其善恶业因,一直在天、人、阿修罗、地狱、恶鬼、畜生等六道之中生死相续,轮转不停,又称六道轮回。只有修道至涅槃境界才能由凡入圣,远离一切烦恼、生死。作者勉人要修道向善,以免永远在轮回道上的地狱、恶鬼、畜牲三道之中辗转无已。

历久弥新说名句

俗谚说:"善有善报,恶有恶报;不是不报,时候未到。"明代吴承恩《西游记·第十一回》写了一段唐太宗游地府的故事,当太宗看到十八层地狱中的种种惨状,心中惊骇,判官向他解释这些俱是生前作恶死后受罪,并说:"人生却莫把心欺,**神鬼昭彰放过谁?善恶到头终有报,只争来早与来迟。**"小说中一定程度地反映了世俗对天堂地狱、善恶报应的认知与想法。

善恶报应的事迹,不论在历史故事或传奇小说中都屡见不鲜。清代西周生《醒世姻缘传》,便叙述一个因果循环、轮回报应的两世恶姻缘:前世的主人翁晁源携妓女珍哥打猎,射杀了一只仙狐,之后娶珍哥为妾,虐待妻子计氏,计氏自缢而死。转世后晁源成为极端怕老婆的男子狄希陈,仙狐成了他凶悍泼辣的妻子薛素姐,计氏托生为其妾童寄姐。薛素姐和童寄姐一看到狄希陈就无端生出一股痛恨，两人想尽各种稀奇古怪的残忍办法来折磨丈夫：把他绑在床脚用棒子痛打、用针刺，或抓住他的衣领将炭火倒进去，烧得他皮焦肉绽。后来经过高僧指点，教狄希陈念颂《金刚经》一万遍，才得以消除前世冤业。前世业今生受，真个是"善恶到头终有报"。

你看他是白屋客，我道他是黄阁臣

名句的诞生

至如他釜有蛛丝甑有尘，这的是我命运。想着那古来的将相出寒门，则俺这夫妻现受着齑款困[1]，就似他那蛟龙未得风雷信。你看他是白屋客[2]，我道他是黄阁臣[3]。自从他那问亲时，一见了我心先顺，咱人这贫无本、富无根。

——元·石君宝·《秋胡戏妻》第一折

完全读懂名句

1. 齑款困：像粉末般的窘困。齑，粉末。2. 白屋客：指贫穷人家。白屋，以干茅草覆盖的房屋。指贫穷人家住的房子。3. 黄阁臣：指高官大臣。黄阁，丞相府里的厅事阁。

语译：至于秋胡家锅子长满蜘蛛丝、碗盘铺满灰尘，这都是我的命。想起自古以来的将军宰相多出自贫穷人家，那么我们夫妻现在承受着像粉末般的窘困，就好比蛟龙还没遇到刮风打雷时。你看他觉得他是个穷光蛋，我则说他是个高官大臣。自从他来家里问亲事时，我一看到他心里就先归顺了，我们啊，贫穷是没有根源的，富贵也是没有根源的。

作者背景小常识

石君宝，生卒年不详，学者考据其为女真族，本名石盏德平，为元初杂剧作家，以写家庭、爱情剧见长。现存有杂剧《秋胡戏妻》、《曲江池》、《紫云亭》三部。

剧曲的故事

《秋胡戏妻》一剧全名为《鲁大夫秋胡戏妻》，叙述秋胡与梅英新婚三天，正值新婚燕尔时，秋胡突然被征召从军。尔后十年，梅英独立撑起家计，奉养婆婆。后来秋胡建功返家，在桑园巧遇梅英，两人分隔日久，互不相识，秋胡竟出言调戏，被梅英痛骂。梅英回家后，发现调戏她的男子居然是离家多年的丈夫，愤而要求离异，最后在婆婆的劝说及以死要挟之下，勉强答应接纳秋胡，以团圆收场。

名句的故事

"你看他是白屋客，我道他是黄阁臣。"这二句是梅英面对媒婆抱怨秋胡家贫穷时，所提出的反驳。《孟子·离娄下》记录齐人妻妾的对话，说："良人者，所仰望而终身也。"对古代的女子而言，丈夫就是她的天、就是她的希望，纵使无奈地说"嫁鸡随鸡，嫁狗随狗"，但每个女子无不期盼着自己的丈夫能够有所出息、能够出人头地，所以当媒人说："你当初只该拣取一个财主，好吃好穿，一生受用。似秋老娘家这等穷苦艰难，你嫁他怎的？"梅英立刻表明她对丈夫的看法，这二句话也同时是她对丈夫的期许，并且为后来梅英对不相识的丈夫用言语及黄金的调戏不为所动，作了一个有力的铺陈。

历久弥新说名句

"秋胡戏妻"是中国古代民间流传已久的故事，最早的记录出现在西汉刘向的《列女传·鲁秋洁妇》，描述秋胡娶妻五日即赴外地任官，五年后返乡，在桑园调戏多年不见的妻子；妻子回到家后才知道调戏自己的竟是丈夫，愤而投河自杀。元代石君宝根据汉代以来的秋胡故事加以改编，成为杂剧《秋胡戏妻》，最大的不同点在于《列女传》的故事结局是秋胡妻投河明志，石君宝则改成夫妻团圆，以喜剧收场。现代京剧《桑园会》就是由秋胡故事改编而来。

忠孝的在市曹中斩首，
奸佞的在帅府内安身

名句的诞生

不甫能[1]风调雨顺，太平年宠用着这般人。忠孝的在市曹[2]中斩首，奸佞的在帅府内安身。现如今全作威来全作福，还说甚半由君也半由臣。他他他，把爪和牙布满在朝门，但违拗的早一个个诛夷尽。多咱是人间恶煞，可甚么阃外[3]将军！

——元·纪君祥·《赵氏孤儿》第一折

完全读懂名句

1. 不甫能：指好不容易。2. 市曹：市场、市集，古时多于此处决罪犯。3. 阃外：指京城或朝廷外，亦指外任将吏驻守管辖的地域。

语译：好不容易才有风调雨顺的富足生活，太平盛世里国君却宠信这样的小人。忠诚孝顺的人在市集上被砍头，奸诈邪恶的小人却在元帅府里居住。现在到处仗势欺压别人，还说什么朝政一半由国君发落一半由臣子处置。他啊，把依附自己的心腹安插在朝廷内外，只要违背他的人一个个被诛杀灭绝。明明就是人世间的大坏蛋，还自夸是什么朝廷之外的大将军。

作者背景小常识

纪君祥，元代大都人，生卒年不详。纪君祥为元代杂剧作家，著有杂剧六部，现仅存《赵氏孤儿大报仇》，一作《赵氏孤儿冤报冤》。

剧曲的故事

《赵氏孤儿》一剧全名为《赵氏孤儿大报仇》，共有五折一楔子。

春秋时代晋国大夫屠岸贾为了争权，害死赵盾一家三百口，连贵为驸马的赵盾儿子赵朔也被逼自杀，怀有身孕的公主则遭囚禁。公主产下赵氏孤儿，将孩子托咐门客程婴后亦自缢身亡，负责守门的将军韩厥同情赵家，暗中放走程婴，并自刎来保守秘密。屠岸贾为了赶尽杀绝，下令将全国一个月到半岁的婴儿全数杀尽，程婴连忙投靠退休大臣公孙杵臼，商议将自己的儿子伪装成赵氏孤儿献给屠岸贾。程婴向屠岸贾告发公孙杵臼窝藏赵氏孤儿，牺牲自己的亲生儿子换取屠岸贾的信任，而赵氏孤儿反被屠岸贾收为义子。二十年后，程婴见时机成熟，将事情来龙去脉绘成卷，告诉赵氏孤儿真相。赵氏孤儿明白身世后，擒杀屠岸贾，为赵家报仇，并洗刷冤屈。

名句的故事

"忠孝的在市曹中斩首，奸佞的在帅府内安身。"这二句是将军韩厥同情赵盾一家的遭遇，发自内心的无奈叹息。

在古代的君主社会，国家的兴衰灭亡，决定在君王的身上，如果国君英明，勤政爱民，亲贤远佞，则国家往往能出现太平治世；如果国君昏庸，不事朝政，亲佞远贤，则国家便会动荡不安。《世说新语》中，有一段京房与汉元帝讨论前代何以灭亡的对话。元帝归结出古代国家灭亡，主因是用人不忠，但最大的症结点在于，这些国君都认为自己所任用的是贤臣、忠臣，才会导致国家衰亡的命运。

春秋晋国在灵公时代，虽有贤能忠心的赵盾辅政，却因灵公的昏庸无能，听信屠岸贾谗言，导致赵盾一家遇害，朝政由屠岸贾把持，连公主都被逼自杀。面对如此混乱的政局，连将军韩厥也看不下去了，却又无力改变大环境的乱象，只能无奈地发出沉重的叹息。

历久弥新说名句

"赵氏孤儿"的故事,是中国历史曾经真实上演过的事件,最早的记录出现在《左传》及《史记·赵世家》,不过两书的记载差异颇大,纪君祥的《赵氏孤儿》主要依据《史记》敷演而成,但情节上作了不少更动。明代有徐元《八义记》传奇、清代有灵皋轩编撰《节义谱》传奇,都是以"赵氏孤儿"的故事为底本。

《赵氏孤儿》一剧在十八世纪时传至欧洲,是中国最早流传到国外的古典戏剧著作之一。西元1735年,《赵氏孤儿》即出现法文译本,欧洲许多著名作家都曾改编上演过此剧。意大利诗人、剧作家麦塔斯塔西奥曾改编此剧,题为《中国英雄》;德国诗人歌德也曾改编此剧,题为《埃尔佩诺》。西元1754年,法国启蒙思想家伏尔泰把它改编为歌剧《中国孤儿》,演出后轰动整个巴黎,造成热烈回响。

赢,都变做了土! 输,都变做了土!

名句的诞生

骊山¹四顾,阿房²一炬,当时奢侈今何处?只见草萧疏³,水萦纡⁴,至今遗恨迷烟树。列国周齐秦汉楚。赢,都变做了土!输,都变做了土!

——元·张养浩《山坡羊·骊山怀古》二首之一

完全读懂名句

1. 骊山:山名,在今陕西省临潼县的东南。周幽王死于山下,秦始皇葬于此,山下有温泉,唐明皇置温泉宫,后改名为华清宫。2. 阿房:即阿房宫,在今陕西省长安县西北,秦始皇时所造,筑于上林苑中,为秦代最大规模的宫殿。秦亡,项羽放火焚之。3. 萧疏:荒凉疏落。4. 萦纡:曲折旋绕。

语译:在骊山上环顾四周,阿房宫已经被项羽的一把火烧了,当时奢侈壮丽的宫殿,现今在哪里?只看见了荒凉疏落的杂草,回旋迂曲的水流,到现在遗留的遗憾如同烟雾围绕树木一般,挥之不去。战国时争天下的列强有周、齐、秦、汉、楚。到如今,赢了的,都变成了土堆。输了的,也都变成了土堆。

名句的故事

秦始皇灭了六国,耗费巨大的财力物力兴建阿房宫,然而没有几年,由于施政残暴,弄得天怒人怨,国破人亡,阿房宫被项羽一把火烧掉,如今只剩一派荒凉残破。输了天下的六国君主,成了黄土一抔,赢得天下的秦始皇,也同样成一抔黄土。

张养浩写下两首《骊山怀古》,名句出自第一首,谈的是历来帝王将相争战不休,穷奢极侈,结果不论谁赢谁输,最后不过都是一场空,不值得人称道。那么,值得人称诵的是什么呢?张养浩在第二首中提到:"骊山屏翠,汤泉鼎沸,说琼楼玉宇今俱废。汉唐碑,半为灰,荆榛长满繁华地,尧舜土阶君莫鄙。生,人赞美。亡,人赞美。"上古圣君尧舜虽然不曾建造华丽的宫殿,虽然不曾树立起高大的石碑,可是他们却不断地为后世人们颂扬,不论是活着时、还是去世千百年后。

因此透过两首《骊山怀古》来看,张养浩一方面以质朴的文字,吟出了千古不朽的绝唱:"赢,都变做了土!输,都变做了土!"明白如话,却发人深思,名句同时又是警句。另一方面,又提出唯一一条不被历史长河淘洗殆尽、不被时间沙漏掩埋的道路,便是要帝王们向圣贤君主学习,只有个人德性高尚、天下政治清明，才可以不管躯体毁坏、不受时光限制，皆能够流芳百世。这样才是真正的万古流芳、永垂不朽，而建造豪华的宫室、庞大的陵寝、高耸的石碑，全部都将如同人一样，有"变做了土"的一天。

历久弥新说名句

金庸《射雕英雄传》第二十九回，黄蓉为裘千仞所伤后，瑛姑指点郭靖、黄蓉二人去找段皇爷求治，但得先经过段皇爷四大弟子渔、樵、耕、读，才能见到段皇爷。其中，樵子先唱三首《山坡羊》，一是《咸阳怀古》："城池俱坏，英雄安在？云龙几度相交代！想兴衰，苦为怀，唐家才起隋家败。世态有如云变改。疾，也是天地差！迟，也是天地差！"二是《洛阳怀古》："天津桥上，凭栏遥望，春陵王气都凋丧。树苍苍，水茫茫，云台不见中兴将，千古转头归灭亡。功，也不久长！名，也不久长。"三是《潼关怀古》："峰峦如聚，波涛如怒，山河表里潼关路。望西都，意踟蹰。伤心秦汉经行处，宫阙万间都做了土。兴，百姓苦！亡，百姓苦！"三首皆为张养浩所作。

而黄蓉接唱元末散曲家宋方壶所作的《山坡羊·道情》讨好樵子："青山相待，白云相爱。梦不到紫罗袍共黄金带。一茅斋，野花开，管甚谁家兴废谁成败？陋巷单瓢亦乐哉。贫，气不改！达，志不改！"因此不必动武，樵子就让他们过了。甚至当郭靖、黄蓉两人愈走愈远时，隐约可听见樵子还在唱："……赢，都变做了土！输，都变做了土！"

　　武侠小说作家梁羽生曾以笔名佟硕写文章《宋代才女唱元曲》，指出郭靖、黄蓉虽是小说人物，但小说背景在南宋，怎可能先唱出元代张养浩、宋方壶所作的小令？但是，小说本来就不是历史，要求《三国演义》要像《三国志》一样真实反映历史，其实是没有必要的。大家在读《射雕英雄传》时，只觉得深受感动。就凭金庸的转引，及读者的感动，即可知张养浩《山坡羊》作品之成功、流传之广远。

兴，百姓苦！亡，百姓苦！

名句的诞生

峰峦如聚，波涛如怒，山河表里¹潼关²路。望西都³，意踟蹰⁴。伤心秦汉经行处，宫阙⁵万间都做了土。兴，百姓苦！亡，百姓苦！

——元·张养浩·《山坡羊·潼关怀古》

完全读懂名句

1. 山河表里：表里，即内外，也就是潼关内有山、外有河，地势极为险要。2. 潼关：在今陕西省潼关县。地当黄河之曲，据崤函之固，扼陕西、山西、河南三省要冲，自古以来为兵家必争之地。3. 西都：东汉建都洛阳，称为东都，因此称长安为西京或西都。这里指古都长安。4. 踟蹰：徘徊不前的样子。5. 宫阙：宫门外的望楼。宫阙指天子所居的宫殿。因门外有两阙，故称为"宫阙"。在此泛指古代长安富丽堂皇的宫殿建筑。

语译：华山的山峦好像从四面八方奔涌聚集，黄河的波涛汹涌澎湃好像在发出怒吼，潼关城外有黄河，内有华山，山河雄伟，地势险要。遥望古都长安一带，徘徊不前，回想起历代王朝的兴衰。令人伤心的是当我路过秦汉时代宫殿的遗址时，看到了无数间的宫殿都已变成了黄土荒墟。王朝建立，百姓深受其苦；王朝灭亡，百姓还是受苦。

名句的故事

《潼关怀古》写于张养浩赴陕西赈灾的途中，登上潼关，吊古抒怀。前三句写的是潼关地形："峰峦如聚，波涛如怒，山河表里潼关路"，第一句写山，以四周山峰奔聚于此，赋予静态的山动态的生命力；第二句写河，以潼关为界，黄河原本由北往南变为由西向东流，"怒"字一方面表现出黄河转向所带来的湍急怒号，一方面又表达出了人的悲愤之情。第三句则综合前两句的"山"、"河"点明潼关地势——内有华山、外有黄河，形势很险要。

正因为潼关的地形险要，使得潼关自古以来成为兵家必争之地，因此秦汉以来在西安一带建都的历朝历代，无不纵马驰骋于潼关之下。然而，那些朝代的无数宫阙现在都成了一片废墟：秦始皇的阿房宫被项羽纵火焚烧，大火三月不灭；汉未央宫、唐大明宫同样辉煌，也同样在战乱中被破坏殆尽。至于兵家必争的潼关，更成为灾民四散、号泣景象不断上演的舞台。

张养浩在潼关怀古"伤心"的对象，并非那些王朝的兴亡更替，而是因王朝争战所造成的无数百姓的苦难。为此他写下了名句："兴，百姓苦！亡，百姓苦！"且不论哪个朝代兴盛、哪个朝代灭亡，老百姓都得遭殃受苦：兴盛，老百姓得因统治者的大兴土木而承受深重的徭役之苦；败亡之际，干戈动乱，天下苍生又深陷苦难之中。"兴"、"亡"皆一字成句，但一字千钧，极尽沉痛。

历久弥新说名句

"怀古"是文学中引人注目的题材，历来创作的文人相当多。唐代刘禹锡曾经以"金陵"为背景，以魏晋南北朝的历史盛衰为内容，创作了一系列的怀古诗，尤其是《乌衣巷》最为人熟知："朱雀桥边野草花，乌衣巷口夕阳斜。旧时王谢堂前燕，飞入寻常百姓家。"刘禹锡借着权倾一时的世家大族厅堂变为寻常百姓家，表达出他对于朝代更迭的无常之感，并隐约期望引起安史之乱后日渐衰败的唐代中央的注意。

此外，宋代苏轼词作《念奴娇·赤壁怀古》也为大家耳熟能详，他以"三国周郎"作为全篇的主轴，借着长江浪花不断拍打堤岸，赤壁乱石像崩坠的云，引发人们怀古的幽情：历史上出现过的英雄豪杰、风流人物，其风采姿容让人景仰，可是随着时光流逝，当年那些所谓的风流人物，好像也同样被长江淘洗，逐渐褪色，终于变成历史的陈迹了。最后，苏轼想到周瑜建立功业的年轻与意气风发，而自己无从报国、年纪又大了，只能在此怀古高歌，不能不有所感慨："人生如梦，一樽还酹江月"——只好拿起酒杯，向江上明月浇奠，表达对它的敬意。由感慨无奈的心境转为旷达：过去风流人物也不过是"浪淘尽"，人生也不过如梦，何必执着呢？

可见，许多"怀古"名篇多为借历史变化、朝代更替抒发无常的感慨、豁达的心境，然而张养浩的《潼关怀古》却超越了这样的感叹，他将关注的眼光从以往的帝王将相、英雄豪杰挪至无名的百姓身上，以名句"兴，百姓苦！亡，百姓苦！"发表了独到而深刻的见解，成为"怀古"作品中不可多得的一篇佳作。

霜降始知节妇苦,雪飞方表窦娥冤

名句的诞生

古人云:"系狱之囚,日胜三秋[1]。掌刑君子,当以审求。"这的[2]是:霜降始知节妇苦[3],雪飞方表窦娥冤[4]。

——元·孟汉卿·《魔合罗[5]》第三折

完全读懂名句

1. 日胜三秋:形容日子难过,如云"度日如年"。2. 的:真,确。3. 霜降始知节妇苦:霜降同雪飞,炎热的天气下雪才知道节妇(窦娥)的痛苦。霜,谐音孀,又可指守寡。4. 雪飞方表窦娥冤:炎热的三伏天下起雪来,才表明窦娥是冤枉的。5. 魔合罗:为梵语音译。本是佛经中的神名。宋元时期用泥、木等材质雕塑成小孩形状,七夕时供做乞巧之用,名为"魔合罗"。后来成为小孩玩具。

语译:古人说:"关在监狱里的囚犯,过一天比三年还漫长。

掌管刑罚的人，应当审慎地寻求案情的真相。"这真是：守寡才知道节妇的痛苦，炎热的夏天下雪飞霜，才知道贞洁的妇人窦娥的辛苦及冤情。

作者背景小常识

孟汉卿，或作"益汉卿"、"孟云卿"。元代前期杂剧作家，生平事迹不详。亳州（今河南省）人。约当元世祖至元年前后在世。所著杂剧今所知仅《魔合罗》一种。

剧曲的故事

李德昌与妻子刘玉娘在洛阳醋务巷开了一家绒线铺，与堂弟李文道对门而居。文道是个庸医，对玉娘久存歹念，便趁德昌前往南昌经商时调戏玉娘，遭她严辞斥责。

德昌返乡途中碰到大雷雨，病倒在离家不远的五道将军庙动弹不得。适逢卖魔合罗的老人高山到庙里躲雨，德昌便请高山送信给玉娘，好让妻子接他返家。高山正好向文道问路，说起德昌病倒之事，没想到文道故意指东画西让他绕远路到玉娘家，自己抢先抵达将军庙，骗德昌喝下毒药后取走财物。

高山到了玉娘家，告知德昌的讯息，并送了一个魔合罗给玉娘之子佛留。玉娘于是匆匆赶到将军庙，但德昌早已奄奄一息，回家后不久便七窍流血而亡。

此时文道赶来，逼玉娘为妻，玉娘不从，文道就将玉娘送进官府，诬告她与奸夫谋杀德昌，贿赂县令将玉娘屈打成招，定成死罪。吏员张鼎发现此案破绽百出，疑点重重，要求复审，府尹限张鼎在三天之内结案。张鼎详加追问，仔细勘查，他从魔合罗的底座看到"高山"的名字，找到高山其人，问清楚事发当日送信始末，终于真相大白。

名句的故事

张鼎认为"刘玉娘药死亲夫"一案，不应该在"银子又无、寄信人又无、奸夫又无、合毒药人又无、谋合人又无"诸多疑点的情况下，便将玉娘判了死罪。令史怪他多管闲事，张鼎对他说："人命事关天关地，非同小可。"接着引用古人教诲，说明执法的人必须理解嫌犯待罪时身心所受的煎熬，公正审慎地追查案情的真相，人命关天，一定要慎重处理。最后他并强调：这真是"霜降始知节妇苦，雪飞方表窦娥冤"。意指凡事都有它的隐微之处，执法之人除了明察秋毫，还要多一分体恤的心。

《窦娥冤》是元代杂剧作家关汉卿的代表作，主角窦娥本与婆婆过着平静的孀居生活，却因遭受市井无赖张驴儿父子的纠缠与陷害，终致惨遭刑戮。临刑前，窦娥申明"若窦娥委实冤枉，身死之后，天降三尺瑞雪，遮盖了窦娥尸首"，结果真如窦娥所言，炎热的三伏天下起大雪来了。以后"窦娥冤"就常被用做冤狱的代称。

历久弥新说名句

《魔合罗》不但成功地塑造了张鼎这一公正、干练的能吏形象，也暴露了元代政治腐败、官吏贪污无能的黑暗面。

本剧第二折，河南府县令的出场诗便是："我做官人单爱钞，不问原被都只要，若是上司来刷卷，厅上打的鸡儿叫。"不论原告、被告都先得奉上钞票，怪不得他向前来衙门告状的人下跪，声称"但来告的，都是衣食父母"，其贪婪的嘴脸跃然纸上。

县令糊涂无能"单爱钞"，倚仗萧令史管理司事，李文道来告状特别向萧令史竖起三个指头说："我予你这个。"令史还不满意道："你那两个指头瘸了？"刘玉娘"认罪"后，县令私下问令史："恰才那人舒着手与了你几个银子？"令史答："给了五个银子。"县令便说："你须分两个与我。"可见分赃已是司空见惯的勾当。

与县令和令史两个昏官相较，张鼎仿如一股清流，他一出场就说道："我想这为吏的扭曲作直，舞文弄法，只这一管笔上，送了多少人也呵。"几句话勾勒出他正直审慎的性格，凭着他的干练和缜密的心思，终于使刘玉娘的冤情水落石出。

此剧是一出公案戏，透过贪官与能吏的对比，刻画出寻常百姓的心声，他们希望贪官都能受到惩治，好官能为人们伸张正义，执法时多一分体恤——"霜降始知节妇苦，雪飞方表窦娥冤"。

恨天涯流落客孤寒,叹英雄半世虚幻

名句的诞生

恨天涯流落[1]客孤寒[2],叹英雄半世虚幻[3]。坐下马空踏遍山水雄,背上剑枉射得斗牛[4]寒,恨塞于天地之间。云遮断玉砌雕栏,按不住浩然气透霄汉[5]。

——元·金仁杰·《追韩信》第二折

完全读懂名句

1. 流落:飘泊流浪,潦倒失意。2. 孤寒:贫寒无依。3. 虚幻:虚假而不真实。4. 斗牛:星名。二十八星宿中的斗宿和牛宿。5. 霄汉:天际。

语译:可恨在天涯中如过客般飘泊流浪,始终贫寒无依;可叹自己一世英雄,这半辈子却如此虚假而不真实。胯下坐骑徒然走遍雄壮的山水,背上的宝剑光芒枉自照得斗牛星都失去光亮,心中的遗恨充塞在整个天地之间。纵使天上的乌云遮蔽了雕饰华美的宫殿，但压抑不住我心中的广大正气直冲天际。

作者背景小常识

金仁杰，字志甫，杭州人。生年不详，卒于元文宗天历二年（西元1329年）。曾担任经管钱谷的小官吏，与钟嗣成往来密切。元文宗天历元年授建康崇宁务官，天历二年就任，仅一个月就病死于任上。

金仁杰善于作曲，明代朱权的《太和正音谱》评其作品"如西山爽风"。所作杂剧有《西湖梦》、《追韩信》、《蔡琰还汉》、《东窗事犯》、《韩太师》、《鼎锅谏》、《抱子设朝》七种。

剧曲的故事

《追韩信》一剧以韩信的生平为主线，引出楚汉相争的历史故事。全剧共分四折：第一折"漂母风雪叹王孙"，描述韩信年轻时胸怀大志，偏偏没有机会施展抱负，一直被人瞧不起，后来受漂母一饭之恩，决意奋发图强。第二折"萧何月夜追韩信"描述韩信先后加入项羽及刘邦的军队，但一直没受到重用，决定离开汉营，准备另投明主，希望能找到一个赏识自己的人。此时萧何得到消息，还来不及通知刘邦，就亲自策马于月下追韩信，最后成功劝说韩信留下。第三折"高皇亲挂元戎印"，描述韩信在萧何推荐下，被刘邦拜为大将，成为汉军的主力，屡屡建立奇功,协助刘邦在楚汉相争中击败项羽。第四折"霸王垓下别虞姬",描述西楚霸王项羽兵败乌江,因无颜见江东父老,最后在乌江自刎。

名句的故事

"恨天涯流落客孤寒,叹英雄半世虚幻"二句,是韩信决定离开汉营时的心声,倾诉心中积累已久的愤慨与哀怨。

韩信年轻时贫穷无依,必须寄食在别人家,看人脸色,但他忍下来了;面对乡里无赖的挑衅,他宁可受胯下之辱,也不愿逞一时的意气之勇。这都是因为他内心怀抱着远大的志向,所以忍辱负重,只为了等待一个一展长才的时机。秦末大乱,韩信日夜盼望的机会终于来临,他离开家乡淮阴,跟随项梁、项羽的军队,期望能崭露锋芒。然而在项羽军中多年,韩信却一直不受重用,于是毅然决然地弃楚奔汉,转投刘邦麾下,只是他万万没想到,来到刘邦军中依然不受重用,这简直是老天开了他一个大玩笑,让他有才、有志、也遇到了时机,偏偏却遇不到能够慧眼识英雄的伯乐,他只能再次选择离开。

明初大文豪宋濂的《秦士录》中,描写文武全才的邓弼本想为国家建立功业,却因为丞相和推荐他的德王有仇隙,连带邓弼也被打压,最后只能无奈地发出有志难伸的怨叹:"天生一具铜筋铁肋,不使立勋万里外,乃槁死三尺蒿下,命也!亦时也!尚何言!"对于一个胸怀大志的人而言,最大的悲哀莫过于英雄无用武之地。所以,韩信在决定离开汉营时,从内心发出最深沉的呐喊——"恨天涯流落客孤寒,叹英雄半世虚幻"。他的"恨",是那么惊天动地;他的"叹",是如此哀痛欲绝。

历久弥新说名句

　　韩信是汉初三杰之一,也是刘邦在楚汉相争中,能击败项羽的主要功臣,他的崛起与败亡带有丰富的传奇色彩,成为后人津津乐道的故事,诸如"胯下之辱"、"一饭之恩"、"多多益善"、"背水一战"、"明修栈道,暗渡陈仓"、"成也萧何,败也萧何"等成语,都是由韩信的事迹延伸而来,对后世影响极为深远。

　　"恨天涯流落客孤寒,叹英雄半世虚幻"二句说出历来多少怀才不遇者的心声;同样是《追韩信》一剧的第三折里有"我从来将相出寒门。咱王是一朝天子一朝臣",本是说汉营上从天子、下至元帅、丞相都出身寒微,后来"一朝天子一朝臣"被比喻人事因领导人的更换而变动,也成为常用词语。

　　明代戏曲家沈采所作传奇《千金记》在"追韩信"的桥段多袭用这套曲词,如"恨天涯流落客孤寒,叹英雄谁似俺,半生虚幻。"几乎与"恨天涯流落客孤寒,叹英雄半世虚幻"如出一辙。

正是执迷人难劝，今日临危可自省

名句的诞生

（扬州奴云：）叔叔，恁孩儿正是执迷[1]人难劝，今日临危可自省[2]也。（正末[3]云：）这厮[4]一世儿则说了这一句话。

——元·秦简夫·《东堂老》第三折

完全读懂名句

1. 执迷：坚持所迷惑的错误之事。2. 临危自省：在危难时能够自己反省觉悟。省，醒悟。3. 正末：元杂剧里扮演男主角的角色，相当明代以后戏剧里的"生"，此处指东堂老。4. 这厮：对人轻蔑的称呼。

语译：扬州奴说："叔叔，那时的我正固执迷惑于错误的事，难以听进别人的劝阻，今天面临危难，自己才知道反省觉悟。"东堂老说："这小子一辈子只说了这一句人话。"

作者背景小常识

　　秦简夫，元代末期之剧作家，大都（今北京）人，生卒年与生平事迹均不详。元代曲家钟嗣成于《录鬼簿》中将之列入"方今才人相知者"，并谓："见在都下擅名，近岁来杭。"推知他先在北方成名，后移居杭州，其活动当在元末至顺时期。著有杂剧五种，现仅存《东堂老》、《赵礼让肥》、《剪发待宾》三种，皆为伦理剧。其作品曲白通俗自然，人物形象鲜明，本色当行，风格与关汉卿相近，朱权《太和正音谱》评其词曲如"峭壁孤松"，充满坚毅的生命力。

剧曲的故事

　　扬州富商赵国器，因儿子扬州奴游手好闲，交结无赖，终日沉迷酒色，全然不管家业，因此忧闷成疾。他担心死后儿子将家产败光，临终前，向人称"东堂老"的好友李实托子寄金。

　　赵国器死后，扬州奴更不理会东堂老的殷殷告诫，在一帮无赖子弟连拐带骗的诱惑下，吃喝嫖赌无所不为，十年间把那田产物业、禽畜牛羊、丫环奴仆全都典卖光了，最后连所居住的宅院都不保，钱财挥霍一空后，夫妻双双沦为乞丐。

　　扬州奴在贫困不堪的窘境中，受尽各种生活的磨难，看尽世情的冷暖，终于幡然悔悟，用东堂老之妻给他的一贯钱，开始脚踏实地地做起小买卖，克勤克俭过生活。东堂老生日那天，他在向扬州奴买来的宅院中摆下酒席，请所有的街坊邻居同来庆贺新宅。席间扬州奴面有愧色暗自伤神，东堂老当众宣布当年受托于老友之事，扬州奴所卖出的家产全是被东堂老用赵国器交付给他的银钱暗中买回，如今扬州奴能浪子回头，总算不负故人所托，将把所有的产业连本带利的交还给扬州奴。众人连称"难得"，扬州奴感恩不已。

名句的故事

"正是执迷人难劝，今日临危可自省"是扬州奴在幡然悔悟后对东堂老说的一句话，也正是全剧的转捩点。

扬州奴倾尽家产沦为乞丐后，只有东堂老之妻接济衣食，所有亲友避之唯恐不及，现实生活中得到的惨痛教训，终于令他悔悟，面对东堂老的训斥，惭愧不已。他用仅有的一贯钱，开始沿街卖炭、卖菜，东堂老为试探他的决心，要下人奴仆"都来听扬州奴哥哥怎么叫哩"，扬州奴忍着羞惭叫卖起来。他对东堂老说："以前不听叔叔的教训，才沦落到今日的穷困。"东堂老听他颇有悔意，接着问他如何过生活，他说舍不得买鱼买肉，连卖剩的菜蔬也舍不得吃，怕吃了就伤本钱，"只拣那卖不出去的菜叶儿和着小米来煨熟了，也不须油盐酱醋，就吃一碗淡粥"。东堂老对妻子说："他如果早知道这些道理，何至于今天在瓦窑中受苦。"又劝勉扬州奴："不受苦中苦，难为人上人"，要咬紧牙根努力下死工夫。扬州奴感慨万分地说："当时自己'正是执迷人难劝，今日临危可自省'"。

这一长段叙述，细腻地描绘出浪子回头的转变过程。正因为能"临危自省"，使他在一无所有之后没有一蹶不振，而能痛改前非，放下身段，一点一滴做起，终能重新振作，赋予全剧正面的积极意义。

历久弥新说名句

《东堂老》是唯一以浪子回头为主题的元杂剧，元代后期杂剧作家大多以历史故事或笔记小说为题材，此剧则专从现实生活中取材。没有复杂的故事内容，也没有曲折离奇的情节，只以朴实的语言，敷演一个商业社会中常见的不肖子败家又浪子回头的故事，蕴含着浓厚的道德劝诫意味，作者透过这个故事，传递"勤俭可以兴家，逸乐足以亡身"的道理。

《东堂老》曲白通俗，展现出鲜活的生命力。在第二折的《煞尾》中，东堂老训诫扬州奴："你有一日出落得家业精，把解典处本利停，房舍又无，米粮又罄，谁支持，怎接应？你那买卖上又不惯经，手艺上可又不甚能，掇不得重，可也拈不得轻……痛亲眷敲门都没个应，好相识街头也抹不着他影。"读来一气呵成，痛快淋漓，明人孟称舜汇集古今名剧编成《酹江集》一书，于此剧眉批上说："如听老成人训诲子弟，句句堪模。"近人吴梅《瞿安读曲记》也认为："此记摹写破家子弟，最为逼肖。"明清以后所作《托孤记》、《金不换》之类的作品，大多从此剧脱胎而来。

岂不闻远亲不似近邻，
怎敢做个有口偏无信

名句的诞生

岂不闻远亲呵不似我近邻[1]，我怎敢做的个有口偏无信。今日便一桩桩待送还，你可也一件件都收尽。

——元·秦简夫·《东堂老》第三折

完全读懂名句

1. 远亲不似近邻：指远方的亲戚虽然关系密切，但遇有急事或困难时无法及时帮忙，不如住在近处的邻居，能够相互照顾、扶持。

语译：难道没有听人说过：住得远的亲戚不如近处的邻居，可以相互照应。我怎能做个口头承诺却不讲信用的人。今天把它一桩桩送还给你，你就一件件点收起来。

名句的故事

"岂不闻远亲呵不似我近邻，我怎敢做的个有口偏无信"，东堂老将赵家产业交还给浪子回头的扬州奴，所说的这句话，已勾勒出一个有信、有义、重然诺的好邻居具体形象。

"远亲不似近邻"源自《韩非子·说林》："失火而取水于海，海水虽多，火必不灭矣，远水不救近火也"，远水救不了近火，因为缓不济急。后人引申为"远水不救近火，远亲不似近邻"，遇有急事或困难时，远方的亲友不如住在近处的邻居，能够及时给予照顾、相互扶持。

东堂老受邻居赵国器之托，照管不肖子扬州奴，虽然他也曾劝赵老："父母与子孙成家立计，是父母尽己之心，久以后成人不成人，是在于他，父母怎管的他到底"，但在老友死后，他切实执行承诺，屡次劝诫扬州奴勿沉迷酒色："那里面藏圈套，都是些绵中刺，笑里刀"，远离那狗党狐朋："你有钱呵，三千剑客由他们请，一会儿无钱呵，哎，早闪的我在十二瑶台独自行"，他看透世态人情又善于运筹规划，暗中用赵国器交付给他的银钱，不但将扬州奴卖出的家产一件件买回来，而且善加经营，等到扬州奴痛改前非，他可是连本带利的交还赵家产业。

历久弥新说名句

东堂老认为富贵穷达源于人们自己的努力,与天命无关。他说:"那做买卖的,有一等人肯向前,敢当赌,汤风冒雪,忍寒受冷,有一等人怕风怯雨,门也不出……怎做得由命不由人。"他认为凭自己的才能和辛劳赚取的钱财,是值得自豪的事:"我则理会有钱的是咱能,那无钱的非关命。咱也须要个干运的这经营。虽然道贫穷富贵生前定,不徕,咱可便稳坐的安然等?"做生意也要靠自己努力去营运,如果硬要说贫穷富贵是生前注定,难道你就坐着等钱财从天上掉下来?这种积极进取的经营态度,和对商贾辛勤努力的肯定,在重农抑商的传统观念中是难能可贵的。

还有一个重义守信的好邻居是《琵琶记》里的张广才。当蔡伯喈答应赴试又放不下家里时,不待伯喈开口,他便说:"自古道:'千钱买邻,八百买舍'。老汉既忝在邻舍,秀才但放心前去,不拣有甚欠缺……老汉自当早晚应承。"他果然信守承诺,在物质上屡屡接济蔡家,在荒灾连年的岁月,连蔡家二老的丧葬费用都一力承担,赵五娘对多次相扰而内心不安,他反安慰道:"你儿夫曾付托,我怎生违背?你无钱使用,我须当代……"将照顾蔡家视为自己当然的任务。

守信义、重言诺,忠心地实践受托的责任,东堂老与张广才为"远亲不似近邻"作了最好的示范。

残碑休打,宝剑羞看

名句的诞生

梅花浑似真真[1]面,留我倚阑干。雪晴天气,松腰玉瘦,泉眼[2]冰寒。兴亡遗恨,一丘黄土,千古青山。老僧同醉,残碑休打[3],宝剑羞看[4]。

——元·张可久·《人月圆·雪中游虎丘[5]》

完全读懂名句

1. 真真:传说画中美女的名字。2. 泉眼:泉水涌出的孔穴。3. 残碑休打:此指不想多看字迹模糊的残旧拓碑。刻在碑文上的字,皆是用鬃刷、拓包去敲打拓纸,使其显出字形,故称"打碑"。4. 宝剑羞看:一说指不愿看在虎丘陪春秋吴王阖闾埋葬的宝剑。另一说指无颜看陪春秋吴王阖闾埋葬的宝剑;暗指阖闾虽拥有宝剑,却无力保护国家,吴国日后终为越国所灭。5. 虎丘:位在今江苏省苏州市西北。为吴王阖闾埋葬的地方。

语译：梅花简直就像是画中名叫真真的美女，以其美丽的样貌挽留我倚靠着阑干观看。下雪后天气放晴，松树上的积雪渐渐融化，但涌出泉水的孔穴仍然冰雪封住。古今兴盛衰亡的历史，遗留多少的憾恨，最后不过都化成一堆黄土，千年下来都不变的青山。就跟老和尚一同喝醉，不想多看残碑上记载史事的模糊字迹，也不愿看与吴王阖闾一同陪葬在虎丘的宝剑。

名句的故事

此曲为记游之作，作者一开始先描绘虎丘这处历史古迹的雪景，继而借景起兴，抒发其对过往历史的感怀。张可久行游至虎丘，眼前出现的是令人目不转睛的高雅梅花、如玉般在松树上的积雪，以及仍被寒冰封冻的泉眼等天然冬景；他想到了一千多年前埋葬在此的吴王阖闾，不管其生前曾贵为一国之君，珍藏多少把名贵的宝剑，死后一切全都归于黄土之中。

有关"虎丘"地名的由来，可参见东汉人袁康《越绝书·越绝外传·记吴地传》的记载："阖闾冢，在阊门外，名虎丘。下池广六十步，水深丈五尺，铜椁三重，坟池六尺，玉凫之流。扁诸之剑三千，方圆之口三千，时耗、鱼肠之剑在焉。千万人筑治之，取土临湖口，筑三日而白虎居上，故号为虎丘。"其意为，阖闾的坟墓位在阊门之外，称为虎丘。下池宽六十步，水深一丈五尺，铜椁有三层，水银池有六尺，池中漂浮着玉作成的凫鸭。此外，有三千把扁诸剑，分别放在三千口方圆的井里，时耗、鱼肠两把名剑也埋在坟墓里。当时征用了上千万人来筑造建治,土石是从临湖口运送而来,完工后三天,墓上竟出现一只白虎,所以被称为虎丘。

吴王阖闾一生爱剑成痴,历史上最著名的铸剑师干将、莫邪夫妇,曾以两人名字命名的雄雌双剑献与阖闾,最末同阖闾埋葬的三千把扁诸剑,相传便是用制作干将、莫邪宝剑所余的铁汁铸成的。

历久弥新说名句

此曲起句"梅花浑似真真面"之"真真"的典故出自唐人杜荀鹤《松窗杂记》,据说当时有位名叫赵颜的进士,看见一张画有美人的图,他对画工说:"世上不可能有如此美丽的人,要是她能成为活人,我真想娶她为妻呢!"画工对赵颜说:"画里的女子名字唤作真真,你若日夜叫她的名字,到了一百天她必定应声而出。"赵颜便按照画工的话去做,女子果然从画里走了出来,举止言谈、日常饮食都与一般人无异。两人结为连理后一年,生下一个儿子。

某日,赵颜的朋友对其说:"你的妻子是个女妖啊!一定会给你带来灾难,我有一把神剑,可以让你斩妖除魔。"赵颜的友人才刚送来宝剑,真真便哭着对赵颜说:"我本是南岳地仙,不知为何被人画了我的相貌,你又一直喊着我的名字,我是不忍见你失望才与你在一起的。现在你怀疑我是女妖,我再也不住这里了!"说完便带着儿子回到画中,从此画里就多了一个小孩。后来人们常以"真真"代指美人。

清人王鹏运在《满江红·朱仙镇谒岳鄂王祠敬赋》上半阕写道:"风帽(挡风的帽子)尘衫,重拜倒,朱仙祠下。尚仿佛,英灵接处,神游如乍。往事低徊风雨疾。新愁黯淡江河下。更何堪,雪涕读题诗,残碑打。"作者在风雨飘摇中,来到朱仙镇(位在今河南省开封县西南)的岳鄂王祠吊谒南宋名将岳飞,其回顾岳飞生前率领岳家军英勇杀敌,眼看就要大败金兵,收复北宋失土,在最后却壮志未酬而为奸人所害。一边读着祠堂内的题诗,一边擦拭止不住的泪水,还不时用手拍打着记载岳飞事迹的残破石碑,心中实有无限的感慨。最末一句与张可久同样借"残碑"象征前人的历史功绩与兴亡憾恨。

伤心秦汉,生民涂炭,读书人一声长叹

名句的诞生

美人¹自刎乌江²岸,战火曾烧赤壁³山,将军⁴空老玉门关⁵。伤心秦汉,生民涂炭,读书人一声长叹。

——元·张可久·《卖花声·怀古》

完全读懂名句

1. 美人:指秦末西楚霸王项羽的宠姬虞美人,又称"虞姬"。2. 乌江:位在今安徽省和县东北四十里江岸的乌江浦,亦是项羽、虞姬自刎之所在。3. 赤壁:位在今湖北省嘉鱼县东北、长江南岸,为东汉末年孙权、刘备联军大破曹操军队之地。4. 将军:此指东汉出使西域的班超,封定远侯。5. 玉门关:位在今甘肃省敦煌市。古为通西域要道。

语译:秦末楚、汉争霸时,项羽被汉军围困在垓下,与美人虞姬自刎于乌江岸;东汉末年,孙吴、蜀汉两国联合在赤壁火烧曹操大军；东汉名将班超，徒然在塞外老去，直至晚年才得以回到玉门关。这些令人伤心的秦、汉两朝的历史过往，无情的战火，总是让老百姓如同生活在泥泞、炭火之中，读书人只能感慨地发出一声长叹！

名句的故事

张可久在此曲的前面三句援引秦、汉史例，依事件发生的地点由东至西，直指这些留名青史的英雄豪杰，为了成就个人的功业而争战不休，不论其最后兴亡成败，受苦的终究还是无辜的老百姓。

《史记·项羽本纪》记录项羽在垓下被汉军四面包围时，夜里起来饮酒，对着美人虞姬唱道："力拔山兮气盖世，时不利兮骓（指骏马）不逝。骓不逝兮可奈何，虞兮虞兮奈若何？"虞姬也作歌相和："汉兵已略地，四方楚歌声。大王意气尽，贱妾何聊生？"其后与虞姬皆自刎于乌江岸边。

《三国志·周瑜传》描述赤壁一战，曹操声势浩大地率领水师渡江南下，进攻兵力寡少的孙吴、蜀汉联军，并将大、小船只接连一起。孙吴大将周瑜的部下黄盖献上一计："今寇众我寡，难与持久。然观操军船舰，首尾相接，可烧而走也。"周瑜决定采纳其建议，果然大破曹军，取得此一战役的胜利，也奠定了三国鼎立的局面。

据《后汉书·班超传》记载，生于儒学世家的班超选择投笔从戎,他心怀"不入虎穴,焉得虎子"之志,长驻西域三十一年,其间说服了五十余国与汉朝结盟,以功封定远侯,声名远播。然而到了晚年,他日益思念故乡,曾上疏请奏皇帝:"臣不敢望到酒泉郡,但愿生入玉门关。"最后班超虽然如愿以偿,但才回到京都洛阳两个月便病逝了!

作者借以上三段史实,寄寓每场争战无论胜败与否,必定造成"生民涂炭"的悲剧,而这些英雄人物所立的功名也不过像幻梦般虚浮不实;末以"读书人一声长叹"作结,表达其身为一名知识分子,面对人民所遭受的巨大苦难,纵有满怀的理想抱负,却也只能发出一声无奈地慨叹,以凸显历来统治者对百姓声音的漠视。

历久弥新说名句

题目取名《怀古》,即是借由追怀历史人物或事件,抒发内心的感受。如北宋苏轼的千古名作《念奴娇·赤壁怀古》,其上片云:"大江东去,浪淘尽,千古风流人物。故垒西边,人道是,三国周郎赤壁。乱石崩云,惊涛裂岸,卷起千堆雪;江山如画,一时多少豪杰。"此乃被贬官至湖北黄州的苏轼,望着眼前滔滔江水激起的雪白浪花,不禁回顾起过往有多少个英雄豪杰曾孕育于此,三国孙吴大将周瑜,就是在赤壁打败了曹操。

同样为"怀古"之作,南宋爱国词人辛弃疾在《永遇乐·京口北固亭怀古》上片写道:"千古江山,英雄无觅,孙仲谋处。

舞榭歌台，风流总被，雨打风吹去。斜阳草树，寻常巷陌，人道寄奴曾住。想当年，金戈铁马，气吞万里如虎。"高龄六十六岁的辛弃疾，登临京口（今江苏省镇江市）北固山上的北固亭，感叹壮丽的山河虽然千年依旧，却早已不见过去雄霸江东的孙权（字仲谋）；昔时楼台林立、歌舞升平的繁华盛景，以及英雄人物的风流事迹，也全都被历史的风雨摧残殆尽。而眼下那条斜阳映照、荒草丛生的偏僻巷弄，相传曾是南朝宋帝刘裕（小名寄奴）的居住地，想当年刘裕率军北伐时那股无人匹敌、气吞山河的声势，最后还接收了东晋政权，成为南朝宋的开国君主，对照今昔，实令人不胜唏嘘。

人皆嫌命窘,谁不见钱亲

名句的诞生

　　人皆嫌命窘,谁不见钱亲?水晶环[1]入面糊盆[2],才沾粘便滚[3]。文章糊了盛钱囤[4],门庭改做迷魂阵[5],清廉贬入睡馄饨[6]。葫芦提[7]倒稳。

　　　　　　　　　　——元·张可久·《醉太平·失题》

完全读懂名句

　　1. 水晶环:指润泽透明如水晶般的玉环。比喻清白无瑕、光明纯洁的人。2. 面糊盆:污浊糊涂的场合。此喻当时的社会或官场。3. 才沾粘便滚:一沾染便滚作一团。比喻同流合污。4. 文章糊了盛钱囤:一说指读书人把写文章当成聚敛钱财的工具。另一说指文章不值钱,只能拿来糊一糊,当作装钱的材料。5. 迷魂阵:比喻迷惑、坑害别人的圈套或陷阱。元人多用来代指妓院。6. 睡馄饨:一说指躺倒的馄饨;比喻遭受打击而倒地不起。另一说指"馄饨"音同"浑沌",可引申迷糊愚昧的状态。7. 葫芦提：又作葫芦蹄，指糊里糊涂。葫芦，酒具。

语译：每一个人都嫌自己的命运窘困，哪一个人不是见了钱便觉得很亲近？原本如水晶环般洁白无瑕的人当上了官，就好像跌入了污浊糊涂的面糊盆里，才刚刚沾染便立刻滚作一团，与所有人同流合污。读书人把写文章当成升官发财的途径，门庭也变成了让人陷于得意忘形、鬼迷心窍的地方，清白廉洁的人只有遭受打压的份。（倒不如喝着酒）糊里糊涂地过日子反而还比较安稳呢！

名句的故事

张可久《小山乐府》中的这首曲子只有曲牌、没有题目，故作"失题"。与张可久同为元代散曲家的周德清，其在《中原音韵》为此曲所下的标题为"感怀"；明朝人郭勋整理元、明两代的曲文编成《雍熙乐府》，书中则注明此曲题目为"叹世"。

向来作品清丽典雅、擅长描绘自然风景的张可久，却在这首小令《醉太平·失题》运用了大量的市井俗语，与其平日的写作风格迥异。曲中以尖酸泼辣的语气，谴责当时的官场与社会环境，莫不充斥着嫌贫爱富、见钱眼开的人，为了攫取更多的钱财，不惜使出卑劣无耻的手段，清廉贤者根本没有出头的机会。不过，在历经一番激愤的情绪后，作者还是只能无奈地借酒消愁，佯装出一副糊里糊涂、满不在乎的模样，好让自己能对丑恶的世风人情看开一些。

极为讲究音律、平仄的散曲家周德清,在《中原音韵》评析张可久《醉太平·失题》:"窨字若平,属第二着。平仄好。务头在三对,末句收之。"意指"人皆嫌命窨"中的"窨"若换成其他的平声字,便没有"窨"这个仄声字来得好。所谓"务头",指的是一首曲子中文字最优美、音律最和谐的部分,其认为全曲最为出色的文句,便是"文章糊了盛钱囤,门庭改做迷魂阵,清廉贬入睡馄饨"这三句音韵铿锵有力的鼎足对(即三句对,指三个句子可彼此对仗)。

历久弥新说名句

《战国策·秦策》记载东周战国策士苏秦在未受重用前,曾有一段衣衫褴褛、窘困潦倒的日子,那时不仅妻子、嫂子瞧不起他,连父母也不愿跟他说话;等到苏秦佩带六国相印,威风凛凛地路过家乡洛阳时,他的父母连忙打扫庭院、道路,摆设宴席,还远到城外三十里处迎接,妻子不敢正视他,嫂子匍伏在地,对他拜了又拜。苏秦问嫂子说:"嫂何前倨(傲慢)而后卑(谦卑)也?"嫂子回答:"以季子之位尊而多金。"苏秦这时不禁感慨地说道:"贫穷则父母不子(不把儿子当儿子),富贵则亲戚畏惧。人生世上,势位富厚,盖(何)可忽(看轻)乎哉?"如果连自家亲人的穷困、显达都能如此地现实以对,更遑论是其他人了!

读书人奋笔疾书，本应为经世济民而作，但若内容过于曲高和寡或不符当时社会的需要，即便多么杰出的文章，也会被视为是无用之物。《汉书·扬雄传》记叙西汉文学家扬雄撰写《太玄》一书，希望借由这部作品名扬后世，其友人刘歆读完《太玄》后对扬雄说："吾恐后人用覆酱瓿也！"意谓扬雄的文章太过艰深，学者尚无法通晓，恐怕日后只会被人拿来盖酱缸罢了！此与张可久所言"文章糊了盛钱囤"同样含有文章不值钱、论著不受人重视的意味。

短命的偏逢薄幸,老成的偏遇真成,无情的休想遇多情

名句的诞生

短命[1]的偏逢薄幸[2],老成的偏遇真成,无情的休想遇多情。懵懂[3]的怜瞌睡,鹘伶[4]的惜惺惺[5],若要轻别人还自轻。

——元·宋方壶·《红绣鞋·阅世》

完全读懂名句

1. 短命:对无德者之骂词。2. 薄幸:薄情寡义。3. 懵懂:糊涂无知。4. 鹘伶:机灵。5. 惺惺:聪明。

语译:缺德的短命鬼迟早要碰上薄情寡义之人,厚道的老实人总会得到真诚的回应,无情的人就别妄想会有人对他深情以待。糊涂人怜惜的只会是头脑混沌的瞌睡虫,机灵的人爱惜的则必是聪明人,若是瞧不起别人,一定是因为自己先轻看了自己。

名句的故事

宋方壶在此曲中道尽了自己阅览人情世故后所得的感想，颇具因果色彩：缺德者遇无义，老实者遇真心，无情者遇绝情，无知者相交，聪明者相惜。一切仿佛冥冥中自有定数，与清朝钱彩《说岳全传》第七十四回所言："男男女女，人千人万，那一个不说是天理昭彰，报应不爽。"似乎可相互印证，证明天地间自有其正义，读之颇能抚慰人心。

最末一句"若要轻别人还自轻"则有更多可供玩味之处。亚圣孟子曾道："夫人必自侮，然后人侮之。"（《孟子·离娄上》）同样在阐述人因轻慢自己而导致被他人轻慢的后果。其间的因果关系，已脱离了宿命论的因果，而进阶至行为上的因果。我们在悲叹自己的不幸遭遇之前，或许更应先反求诸己，说不定能领悟自身的际遇，只不过是"自作孽，不可活"的一个明证罢了！

历久弥新说名句

在《红绣鞋·阅世》之后，诞生了不少有类似领悟的文句。明朝《醒世格言》卷三十四："强中更遇强中手，恶人须服恶人磨。"自以为不可一世的强者却遇上更强劲的对手，无恶不作的坏人还要被更坏的人折磨。明末雪庵和尚《剃头诗》："可怜剃头者，人亦剃其头。"也同样在表达欺人者必遭人欺的因果。

中国经典《易经·系辞上》则早早道尽了这番因果背后的道理:"方以类聚,物以群分,吉凶生矣。"天下人同类相聚,天下物以群相分,善者相聚为吉,恶者聚集为凶。因此若想要趋吉避凶,最好先修身养性,使之向善,才能吸引好人好事到自己的身旁。

从另一个角度来看,吉凶之道也可用古希腊哲学家赫拉克利特所说的"性格即命运"来解释。因为拥有好的性格,所以能博得他人的尊重,赢得更多成功的机会,进而造就令人称羡的命运;反之,因为坏性格而导致众叛亲离,不得善终。此番道理,相信不管是从历史名人中,还是我们身旁的亲友里,都可以找到许多例证。至于俗话说的"可怜之人必有可恨之处",背后隐藏的深义大致也是如此吧!

也不唱韩元帅偷营劫寨,也不唱汉司马陈言献策,也不唱巫娥云雨楚阳台

名句的诞生

也不唱韩元帅偷营劫寨[1],也不唱汉司马陈言献策[2],也不唱巫娥云雨楚阳台[3]。也不唱梁山伯,也不唱祝英台[4]。只唱那娶小妇的长安李秀才。

——元·无名氏·《货郎旦》第四折

完全读懂名句

1. 韩元帅偷营劫寨:指韩信暗渡陈仓、平定三秦之事。2. 汉司马陈言献策:此处指刘邦重要军师陈平。他曾为刘邦六出奇计,使刘邦在楚汉相争中得以反败为胜。3. 巫娥云雨楚阳台:战国时代楚襄王曾游高唐,梦到巫山神女主动邀王共眠,梦醒后楚王对神女念念不忘。4. 梁山伯、祝英台:中国民间故事。叙上虞富家女祝英台女扮男装出外求学,与会稽梁山伯同窗三年,情

谊深厚，梁不知祝为女子。英台临别时托妹许婚，但待山伯得知，前往祝家提亲时，英台已为父母许配马家，山伯郁恨病卒，英台至墓前恸哭，山伯墓裂，英台奔入，两人并化为蝶，双飞而去。

语译：我今天不是要演唱韩信率军劫寨的故事，也不是要演唱陈平向刘邦献策的事迹，也不是要演唱楚王夜梦巫山神女的故事，也，也不是要演唱梁山伯的故事，也不是要演唱祝英台的故事。我只要演唱长安一个李秀才娶小妾的事件。

剧曲的故事

《货郎旦》一剧叙述李彦和因娶张玉娥为妾，导致家破业败、妻亡子散的故事。全剧共分四折：

第一折叙述李彦和不顾妻子刘氏反对，娶妓女张玉娥为妾，将刘氏活活气死，张玉娥过门后，竟又勾结情夫魏邦彦，意图谋财害命。第二折叙述张玉娥火烧李家，又联合魏邦彦将李彦和推下河，彦和幼子春郎及乳娘张三姑被一船夫搭救，张三姑将春郎卖给路过的拈各千户，自己则拜张㔚老为父。第三折叙述李彦和落河未死，十三年后与卖唱"货郎儿"的张三姑相遇，二人相互扶持，回到河南府。第四折叙述三姑被继承千户之职的春郎请去演唱，彦和怀疑千户就是失散的儿子，于是三姑把李家遭遇透过"货郎儿"演唱出来，三人相认，并捉拿魏邦彦及张玉娥正法。

名句的故事

　　三姑为了有朝一日能和春郎相认，早将李家的遭遇编成"货郎儿"的故事，希望如果还有和春郎重逢的机会时，要用这段故事唤醒春郎的儿时记忆。"也不唱韩元帅偷营劫寨，也不唱汉司马陈言献策，也不唱巫娥云雨楚阳台"三句，就是张三姑演唱"货郎儿"前的开场序，说明这次要演唱的故事，不是功臣将相丰功伟业，也不是才子佳人爱情故事，而是一段平凡而又真实的经历。

　　所谓的"货郎儿"，指的是宋、元时期，往来于城乡之间，贩卖日用杂物和儿童玩具的挑担小贩。他们沿途敲锣摇鼓，唱着物品的名称以招徕顾客。到了元代，歌曲"货郎儿"与散说相配合，叙述故事，就称作"说唱货郎儿"。

　　本剧中张三姑演唱的"九转货郎儿"，呈现了当时说唱艺术的演出实况，颇具史料价值。现代昆剧中的《货郎旦·女弹》，便是出自于此。

历久弥新说名句

　　中国古代男尊女卑，允许一夫多妻制，上至帝王的后宫佳丽三千人，下到一般富绅土豪的三妻四妾。在这样男女不平等的社会制度下，产生了许多不幸的家庭悲剧。

最常见的就是帝王后妃的争宠，造成大量深宫怨妇，著名的有与汉武帝青梅竹马、武帝甚至表示要"金屋藏娇"的陈皇后。未料帝王多半不能长情，陈皇后备受冷落，为挽回武帝，只能央请辞赋名家司马相如写长门赋。

唐代大诗人李白《长信宫》诗有"月皎昭阳殿，霜清长信宫"的句子，用"月皎"与"霜冷"对比，点出受宠与失宠的差异，最后用"谁怜团扇妾，独坐怨秋风"，刻画出受帝王冷落的怨妇形象。

在《红楼梦》中，嫁给宝玉的堂哥贾琏当二房的尤二姐，也因为受不了元配王熙凤的虐待，最后落得吞金自杀的下场。这些古代多妻制衍生的不幸事件，实在是不胜枚举。

昌时盛世奸谀蔽，忠臣孝子难存立

名句的诞生

天应醉，地岂迷？青霄白日风雷厉。昌时盛世奸谀蔽，忠臣孝子难存立。朱云[1]未斩佞人头，祢衡[2]休使英雄气。

——明·康海·《寄生草·读史有感》

完全读懂名句

1. 朱云：西汉人，成帝时上书劝斩佞宦张禹，事败几遭杀身之祸。2. 祢衡：汉末人，曾击鼓骂曹操，后为黄祖所杀。

语译：天应该是喝醉了？地岂是昏迷了？青天白日里却风雷凌厉。昌明的盛世被狡诈阿谀的小人所蒙蔽，以致忠臣孝子难以生存立足。朱云斩不了那谄媚者的项上人头，祢衡也发挥不了他的英雄气慨。

作者背景小常识

康海（西元1475—1540年），字德涵，号对山，别署沜（沜，同"畔"）东渔父，乾州武功（今属陕西）人。弘治十五年状元，任翰林院修撰。工于诗文，和当时文学理念相近、同样尊崇复古文风的李梦阳、何景明、徐桢卿、边贡、王廷相、王九思等人并称明代文坛的"前七子"。武宗时宦官刘瑾事败被杀后，康海被归为刘瑾一党因而免官。其后寓居扬州，遂放浪形骸，以山水声伎自娱，经常自作乐府，使女乐按弦歌其慷慨之词，酣饮作乐，以寄托忧郁苦闷的心情，终身不复图谋官职。诗文有《对山集》四十六卷，曲作存《沜东乐府》二卷及杂剧《中山狼》、《王兰卿》二种，曲风雄放豪迈，颇多愤世之作。

名句的故事

本篇是作者不满政局的黑暗，发出愤世嫉俗的不平之鸣。起首便以"天应醉，地岂迷"质问天地。

难道是"天醉地迷"才让这世上如此的是非颠倒、黑白不分？"青天白日风雷厉"写自然界的"风雷"，也是对现实状况的比喻。"昌明的盛世"指当朝也比喻天子，被一群狡诈阿谀的小人所蒙蔽了；让忠臣孝子之流的好人，反而难以生存立足。曲文平白如话，指斥奸邪，直抒胸臆，感情强烈。

康海正当盛年之时，就因为被归为刘瑾一党而遭到免官。刘瑾是明武宗时专权的宦官，与康海有同乡之谊。正德三年李梦阳因草拟弹劾刘瑾的奏章，不幸事情败露被捕入狱，康海为救助李梦阳与刘瑾通宵周旋，梦阳因此得救。正德五年刘瑾事败被杀，康海遂被归为刘瑾同党罢官为民，当时已官复原职的李梦阳却袖手旁观不曾进一词以相救。康海归田后写了一部杂剧《中山狼》，剧中东郭先生冒险救了被追杀的中山狼，中山狼脱险后，恩将仇报，反欲吃掉东郭先生，幸遇杖藜老人将狼骗进书囊中杀死。据说此剧即为影射李梦阳的忘恩负义而作。

康海在宦海风波中看透了官场上尔虞我诈的黑暗，领教了现实人情的冷暖，他自认为无辜遭殃，心中始终有一股挥之不去的郁闷之气，此曲便充满了愤懑感慨之词。

历久弥新说名句

末两句举朱云、祢衡两位历史人物的事迹借古讽今，为"忠臣孝子难存立"做印证。

朱云是西汉时的地方县令，他上书求见成帝，当着公卿大臣之面，指朝廷大臣皆尸位素餐，请斩佞臣安昌侯张禹以警惕其余诸人。张禹正是成帝的师傅，成帝大怒，令御史拖出斩首，朱云紧攀着殿上栏杆，把栏杆都折断了，他高声道："我得以追随龙逢、比干这些忠臣于九泉之下，心愿已足！但不知我朝以后将会何如了？"经辛庆忌叩头力阻方得赦免。后来成帝觉悟，命保留折坏的殿槛，以表扬正直之臣。后以"朱云折槛"比喻正直的臣子勇于进谏。

祢衡是东汉末年的名士，他有辩才、长于文辞，性格刚毅自傲。孔融赏识其才华屡次在曹操面前称赞他，曹操要召见他，祢衡自称有狂病，不肯前往。曹操怀忿，听说祢衡善击鼓，便召他为鼓吏，并大宴宾客，阅试音节。祢衡精彩地表演了一段鼓曲《渔阳掺挝（挝，敲击）》，"声节悲壮，听者莫不慷慨"，司礼官吏要他换上击鼓者的衣服，他当着曹操的面，不疾不徐脱得一丝不挂，然后将击鼓者的服饰慢条斯理地穿上去，再奏鼓曲后扬长而去，脸上毫无羞愧之意。曹操只好笑对宾客说："我本来是想羞辱祢衡，没想到反被他羞辱了。"这一段事迹被后世敷演成戏剧里的《击鼓骂曹》。其后曹操想借他人之手杀掉祢衡，便送他往荆州牧刘表处，不合，又被转送江夏太守黄祖，后因冒犯黄祖被杀，死时只有二十六岁。

形骸太蠢，手敲破鼓，口降邪神

名句的诞生

　　形骸¹太蠢，手敲破鼓，口降邪神²；福鸡³净酒⁴嗯⁵一顿，努嘴拌唇⁶。才说是丁三舍人⁷，又赖做杨四将军。一个个⁸该拿问，依着律审允⁹，不绞斩也充军¹⁰。

　　　　　　　　　　——明·陈铎·《满庭芳·巫师》

完全读懂名句

　　1. 形骸：形貌、长相。2. 口降邪神：诵念咒语，请神降临。3. 福鸡：供神的鸡，祭祀的牲口通称为福物。4. 净酒：供神的酒。5. 嗯：吃、饱尝。6. 努嘴拌唇：鼓着嘴，舔着唇。7. 丁三舍人：丁三与下文杨四泛指某一人，如同张三、李四一般。舍人、将军皆为官职名，或指贵公子。8. 一个个：此指巫师。9. 审允：审问得当。10. 充军：将人犯送到偏远地方服役。

　　语译：手敲着破鼓，口中喃喃念咒，请神降临，这般样貌实在太过粗蠢。鼓嘴舔唇，饱尝了一顿祀神祭品。才说是丁家三公子，又赖做杨家四将军。这一个个巫师都该抓起来审问，依照律例审问得当，就算不绞死斩杀，也要送去充军。

作者背景小常识

陈铎（约西元1488—1521年），字大声，号秋碧，下邳（今江苏省邳州市）人。家住金陵，虽世袭指挥使，却能关注市井人物和风俗。擅长诗画，尤其精研音律，乐坊子弟称他为"乐王"。王世贞在《曲藻》说他："所为散套，既多蹈袭，亦浅才情，然字句流丽，可入弦索。"钱谦益在《列朝诗集小传》评他："稳协流丽，审宫节羽，不差毫末。"可见陈铎的散曲优点在音律和谐，但内容上多风月闺情之作。最值得注意的作品还是《滑稽余韵》，能突破取材限制，描写市井人物的样貌、生活情态。正如陈铎自己说的："曲虽小技乎，摹写人情，藻绘物采，实为有声之画。"真实反映明代中叶以来的城市生活。著有散曲集《滑稽余韵》、《月香亭稿》、《秋碧乐府》；杂剧《花月妓双偷纳锦郎》、《太平乐事》；词集《草堂余韵》。

名句的故事

陈铎在这首曲子中，描写社会中的不肖之徒——神棍，假借传达神谕，招摇撞骗、混吃混喝的恶形恶状。

首二句丑化了巫师：外形粗蠢、器具破烂，第三句以"邪"字表达作者的不屑以及巫言不足采信。"福鸡净酒嗯一顿"、"努嘴拌唇"，写巫师贪得无厌，我们仿佛看到一个满嘴油光残渣、不知羞耻的形象。而巫师一下说是丁三、又改口说杨四，说话自相矛盾却又强加辩驳，可见为了欺瞒别人，无所不用其极。"赖"字用得极巧，将巫师已露出马脚却又满不在乎、推卸责任的神情传达到读者面前，可谓厚颜无耻。

作者既看穿了巫师诈骗百姓的手段，嘲弄再三后，便以辛辣尖锐的笔触直斥这些巫师，按律断刑，不处死也该充军边疆。表现出作者嫉恶如仇的大义，也令人读之大快叫好！

历久弥新说名句

中国上古时代的传说里，盘古开天后，天地间距离并没有太远，曾有一段时间是神可下凡、人可上天的生活，但也因此而导致了动乱——恶神蚩尤乱世。于是，黄帝率领军队反抗，最后在九天玄女相助之下，平定这场战乱。到了颛顼时，记取过往教训，便命令他的孙子重与黎，一个双手托天，一个双手撑地，两人合力将天地越分越开，从此天地间再不相通，民神分隔天地。这就是古史"绝地天通"的故事。

因为绝地天通，所以除了登天梯（昆仑山），人民就必须透过"巫"与神沟通，而神虽有法术，却也不能私自下凡。巫师掌握了神谕的发言权，所以在古代巫的地位是很高的，他肩负占卜、禳灾、祈福等任务。即便时代进步，迷信的陋习也渐渐革除，但时至今日，仍不乏知识分子鬼迷心窍，更何况是明代。不论哪个时代，只要还存在"宁可信其有，不可信其无"的态度，就会因为自己不懂而相信巫觋、相信"专家"，甚至相信"品牌"。

现今是资讯爆炸的时代，我们有太多事非专业、不清楚。相信专家、品牌、行销、权威，真确吗？可靠吗？或者我们要摆荡到另一个极端，做一个怀疑论者，否定世间一切真实？所以，我们要具备审思、明辨的能力，否则"形骸太蠢"的是受骗者还是骗子，尚未定论哩！

饶君使尽英雄汉,免不得轮回一转。
虽然跳不出死生关,也省了些离合悲欢

名句的诞生

饶¹君使尽英雄汉,免不得轮回一转。虽然跳不出死生关,也省了些离合悲欢。三魂早上泉台路²,七魄先赴蒿里山³,深埋远藏尘缘⁴断。自古道盖棺事定⁵,入土为安。

——明·冯惟敏·《耍孩儿套·骷髅诉冤》

完全读懂名句

1. 饶:尽管。2. 泉台路:通往黄泉之路。3. 蒿里山:泰山之南,传说为死人居住的地方。4. 尘缘:佛教用语。指人与外界事物所发生的联系。5. 盖棺事定:语出《晋书·刘毅传》:"丈夫盖棺事方定。"指人在死后,这一辈子的是非功过才能论定。此处指盖棺以后,人就可以安定不受干扰了。

语译:尽管你用尽了英雄的本领,也免不了由生到死的轮转。虽然无法跳脱死亡，却也省却了许多人世间的分合离聚、悲喜交杂。如今我三魂早就上了黄泉路，七魄也先奔向了亡者居住的蒿里山，红尘俗世的情缘纠葛就此断绝，深深埋藏于久远的过去。自古以来，人们就说死了以后，清静安定，不受打扰啊！

作者背景小常识

冯惟敏（西元1511—1580年），字汝行，号海浮山人。山东临朐人。父亲冯裕是程朱理学名家，为官清廉正直、家学渊厚，造就冯惟敏博学能文的深厚底蕴，《冯氏家传》称其："含咀英华，为文宏肆。"二十六岁中举人，但屡举进士不第，年过半百才初任涞水知县，之后数次改官，均不得志。六十二岁辞官归隐于海浮山下的七里溪别墅，并在此终老。冯惟敏诗文词曲均佳，尤以散曲成就最高。因仕途坎坷和深入民间，使他的散曲触及各种题材，具有反映社会现实、气象宏阔、方言运用纯熟的特色，在明代曲坛中，是最能保存元曲前期豪放本色的作家，犹如元曲之马致远、关汉卿，被誉为"明代散曲第一大作手"。著有散曲集《海浮山堂词稿》四卷，杂剧《不伏老》一种。

名句的故事

明世宗嘉靖三十四年（西元1555年），朝廷在山东开掘银矿，贪官污吏于是趁机搜刮民财，百姓人人自危，于是想求神问箕，谋求解决之道。在遍寻道士不得的情况下，作者勉力扶箕祝祷，竟然只得"不可言不可言"六字，极为讽刺地暗示了"鬼怕恶人"的社会现实，可见当时政治败坏。此事载于冯惟敏另一首套曲作品《吕纯阳三界一览》，鬼神尚且如此，何况是人？《骷髅诉冤》这首套曲便是在这样的背景下续写的。曲子前的小序以戏剧性的方式表现：瞬间请神降示的箕用力写下几字，作者不明所以，便进一步追问，结果箕慢慢地写下了"骷髅诉冤"四字。故事于此开端。

曲中，主角骷髅正庆幸自己脱离人间苦海，从此清静无忧，哪里想得到转眼间就"黄泉晒底，白骨掀天"，终究没有个清静的时候。当时，山东巡抚段顾言贪赃枉法，公堂之上冤案无数，如果财力丰厚，就算是人命官司也能够无罪开释。更夸张的是"生人有处逃，死尸无处钻"，后代子孙若无钱财行贿，就只能任凭贪官污吏强挖坟塚，令祖先不得安息。可怜这骷髅入土已久，却遭受"干柴烧"、"滚水煎"，平白受了无妄之灾。家家户户的坟冢都成了官员堆积如山的万贯家财，骷髅只能自嘲"俺也曾替你挣了千千"，没想到官员竟然不思感恩，过河拆桥。一个说只负责挖坟送官，一个说责任不在官府，到头来还是曝尸荒野。

全曲既辛辣又新奇地写出明代中叶后的社会现实，连"入土为安"的小小心愿也不可得，令人不忍卒读。

历久弥新说名句

文学中有一种说鬼故事的类型称为志怪，从魏晋六朝至今，累积了相当丰富的作品。不论承载故事的体裁是笔记、唐传奇、元曲或是明清章回，这些鬼故事都生动地侧写了不同时代的社会文化。魏晋时期，干宝《搜神记》："发明神道之不诬。"那时人们确信鬼神存在而以实录的态度记载着各种异闻。到了唐代"有意为小说"（鲁迅语），演变为更宏大虚拟的故事情节。这当中的人鬼恋曲，在唐人多是浪漫爱情故事，如《广异记·刘长史女》竟从幽冥契合而复生，上演有情人终成眷属的故事。可是到了宋代，女鬼却多半归于一种危险符号，如《夷坚志·胡氏子》，男主角身体染病、荒废学业，反映宋人对科举考试和家族延续的焦虑。明清两朝士人的宦途压力不减反升，像冯惟敏、蒲松龄这类屡试不第的读书人不少，他们透过满纸鬼话来说些什么？从冯氏《吕纯阳三界一览》、《骷髅诉冤》、《财神诉冤》，我们看到腐败吏治对人民的残害。对"致君尧舜上，再使风俗淳"的士人而言，除了反映关注的现实、曲言讽刺，还有什么选择？于是在《聊斋志异》中，我们找到"多是人情，和易可亲"（鲁迅语）的桃花源。鬼话，于是成为一种"姑妄言之"的想象，是对社会现实的关注与失落。当代鬼话关注的焦点是什么？也许是我们可以去探索的。

今年不济有来年，看气色实难辨

名句的诞生

对着脸朗言[1]扯着手软缠[2]，论富贵分贫贱。今年不济有来年，看气色实难辨。荫子[3]封妻[4]，成家荡产，细端[5]相胡指点。凭着你脸涎[6]，看得俺弔颜[7]，正眼儿不待见。

——明·冯惟敏·《朝天子·相》

完全读懂名句

1. 朗言：高谈阔论。2. 软缠：细语漫谈。3. 荫子：儿子因父亲得袭官职。4. 封妻：妻子因丈夫受封典。5. 端：仔细看。6. 脸涎：厚着脸皮。7. 弔颜：面带羞惭。

语译：看相郎中对着我高谈阔论，又拉着我的手细语闲谈，评论命中富、贵、贫、贱。说道虽然今年运气不济，尚有明年会时来运转；再看看面相气色，又说吉凶委实难辨。一会儿庇荫子孙，一会儿妻子封诰；一下子成家立业，一下子倾家荡产。看似仔细端详，其实胡乱指点。任凭你厚着脸皮天花乱坠，看得我是羞愧无言，懒得再瞧你一眼。

名句的故事

　　这首曲秉持一贯冯氏风格：讽刺滑稽。曲中刻画一位替人看相的江湖术士，他东说西扯，看似认真仔细，其实胡言乱语的丑态！

　　作者观察人微，首三句透过语调"朗言、软缠"，动作"对着脸、扯着手"，生动地将相士热情认真的举态描摹出来。看似煞有介事地替人看相，实则说话模棱两可，破绽百出。"实难辨"三字更明白点出，这不过是江湖术士的骗人话术。接着以讽刺笔法，刻画他们的嘴脸。又是荫子封妻，又是成家荡产，仿佛一位面容猥琐的相士，装神弄鬼地鼓动舌簧，令人不禁哑然失笑。

　　最后作者表达自己观感，直斥江湖术士腆颜无耻，令人不屑，衬托江湖术士的可憎可厌。

历久弥新说名句

　　有一天，孔子派遣子贡出访，子贡很久都没有回来。于是，孔子让学生占卜子贡的情况，得鼎卦。鼎卦有折足的意思，所以学生们都认为子贡出事了，恐怕不能回来，只有颜回掩嘴而笑。孔子便问："颜回，你在笑什么呢？你认为子贡会回来吗？"颜回说:"乘船而至,当然无足!"不久,子贡果然回来了!

同样是鼎卦,解读的结果却天差地别、因人而异。人之所以求神问卜,都是希望解决"不顺"的疑惑。可是天地神祇,邈不可知,如此天问真能得到启示吗?抑或只是得到某种心灵上的暗示,寻求精神慰借?可以想见,孔子满心忧虑之情,因学生的悲观而加重——负面暗示;因颜回之语而释然——正面的慰藉。如此说来,遭遇人生困顿之际,或向内反求诸己,或向外寻求神祇释惑。只是命运之说虚无缥缈,若朝向负面解读,只怕是"惑上加祸"!

冯氏以讽刺之笔,写出这些江湖骗徒的嘴脸,与颜回解卦的故事一并观之,令我们警醒:人需保持灵台清明、乐观,不为术士所欺。所谓"一命二运三风水,四积阴德五读书",强调先天本命运势,其次为后天风水行善,再其次读书自立。然而读书所为何事?不为功名、不为利禄,只为明白事理!由此可知,能克服困难的只有自己,毕竟天助自助者,不要一味迷信。

没天儿惹了一场,平地里闪了一跤

名句的诞生

俺也曾宰制¹专城压势豪²,性儿又乔³,一心待锄奸剔蠹⁴惜民膏⁵。谁承望忘身许⁶国非时调⁷,奉公守法成虚套⁸。没天儿⁹惹了一场,平地里闪了一跤。淡呵呵¹⁰冷被时人笑,堪笑这宰鸡者用牛刀¹¹。

——明·冯惟敏·《油葫芦·改官谢恩》

完全读懂名句

1. 宰制:主宰控制。2. 势豪:权势强大的豪门大家。3. 乔:高傲。4. 剔蠹:剔除害人的蠹虫。5. 民膏:民脂民膏,人民用血汗换来的财富。6. 许:奉献。7. 时调:合时宜。8. 虚套:虚伪俗套。9. 没天儿:无缘无故。10. 淡呵呵:呵呵冷笑。11. 宰鸡者用牛刀:比喻小题大作。

语译:我也曾经掌管县城压制豪绅,个性又高傲,一心只想惩恶锄奸，珍惜人民的血汗钱。谁想得到，这般无私忘我奉献给国家，却不合时宜！原来谨守法纪，只是虚伪的官场礼仪、表面功夫。无缘无故竟至宦海生波，平白地被贬官。还被当时人冷嘲热讽：小小县官何必小题大作呢？

名句的故事

冯惟敏是明代散曲第一人，风格呛辣，但政治生涯十分黯淡，年至半百才任涞水知县。身为人民的父母官，该如何治理人民？汉代的贾谊说："务使安之。"要如何才能使人民安定？冯惟敏的答案是，将社会的相对剥夺感降到最低。所以在他担任县令期间，压制地方豪绅、惩恶锄奸，使人民不受欺压剥削。由于他个性高傲耿介，手段强硬不畏豪强，所以才待施展抱负，就得罪许多既得利益者。在当时的腐败政治氛围当中，没有人声援他，即使他的所作所为都是为了国家人民，没有个人私欲，但在他人眼中也不过就是个挡路的石头、不识时务的家伙。无怪作者感慨"奉公守法"只是一种行礼如仪的虚伪口号，自己是满肚子的不合时宜。结果这位爱民如子的父母官，获得了"疏简不堪临民，文雅犹足训士"的考核评语，最终落得从行政官改任毫无实权的学官之职的下场，真是"平地里闪了一跤"。明嘉靖四十四年，他改官镇江府学教授。

这首曲子读来既辣又酸，主要还在两个地方：其一，三千年前，当孔子经过弟子子游治理的武城时，听到城中弦歌不断，不禁莞尔笑说"杀鸡焉用牛刀"。这是说子游大材小用（治小城，何必用到如此大阵仗的礼乐），这笑中有得意、有激赏；冯惟敏这典故用得巧妙，仔细玩味就会发现，他满腔热忱换得的是讥讽他"小题大作"，可不是大材小用！倒真像个抡起牛刀的宰鸡者，滑稽得很！笑中满是落井下石、冷眼讪骂的况味。其二，作者摆明了心中怨忿不满，题目却用"谢恩"二字。正言反语，这一"谢"，连皇帝都给嘲讽了一番，着实令人一抒胸中块垒。

历久弥新说名句

中国历史上，不得志的文人很多。有文采非凡、命运多舛的屈原，也有自伤自悼以为命不久长的贾谊，当然也有旷达闲适的苏东坡。文人，一直都在"兼善天下"与"独善其身"的夹缝中喘息，很少有人能像颜回这样安贫乐道。良马若遇不着伯乐，一身经天纬地之才如何施展？见天下丧乱，又如何能压抑人溺己溺的襟怀？所以，他们心中有一种澄清天下的抱负，也有一种"宁鸣而死，不默而生"的执着，迸发为篇篇光照尘寰的不朽名作！冯惟敏的自嘲不是千百年来的特例，而是文人群像的共同特质。在面对现实与理想的冲突之际，人该何去何从？是"质本洁来还洁去"的殉命，还是树起力挽狂澜的大纛？是海滩上种花的一往无悔，抑或是也无风雨也无晴的洒脱？当我们阅读这些用血泪矛盾编织的人生风景时，我们同样细味每一位文人的抉择。当我们遭遇挫折困顿，我们想起这些，因而不致于在抉择中迷途！所以，可以赞叹《离骚》之美，却不必赞同屈原的逃避；可以为贾谊惋惜，却不用学他过度自责、抑郁以终；在文学中，我们找到安顿己心的方向，可以更坦然洒脱地去嬉笑怒骂……

民愁叹,号天,怨天,
这其间方信道做天难

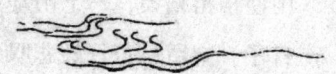

名句的诞生

冲开七里滩¹,淹倒磻溪²岸,钓台³沉,何处投杆?三时不雨田苗旱,一雨无休水潦⁴宽。民愁叹,号天,怨天,这期间方信道做天难。

——明·冯惟敏·《玉芙蓉·苦雨》

完全读懂名句

1. 七里滩:在浙江富春江。严光,本姓庄,避明帝讳,改姓严。与光武帝一同游学,等到光武即位,隐居七里滩,耕钓以终。2. 磻溪:河川名,或称为"璜溪"。相传为姜太公垂钓处。3. 钓台:钓鱼的地方,相传姜太公于磻溪钓台直钩垂钓,终于引得周文王亲访贤才。富春山也有钓台,相传是严光钓鱼的地方。4. 潦:雨势盛大,积水成流。

语译：大水冲破了七里滩，淹没了磻溪两岸，昔日贤者垂钓之处俱已沉落水底，又能在哪里投竿垂钓呢？一年四季，久旱不雨使稻苗枯萎，一下雨却又无止无休，积水成河。这天灾频仍的日子，空留愁苦百姓悲叹、哭天、怨天，才相信上天难为！

名句的故事

在《苦雨》之前，作者写过同调《喜雨》，那是"三时不雨"后的喜逢甘霖，是乐滋滋"眼见的葫芦棚结了个赤金瓜"的与民同乐，却在转瞬之间，行潦川流、"一雨无休"。颇有造化弄人之感！

"何处投竿"四字不可轻放，它紧扣"七里滩、钓台——严光隐居"和"钓台——姜太公钓鱼"的典故。从盛世而言，"投竿"是清闲的。严光隐居，是在东汉光武帝复兴汉室之后，但在本曲所描写水旱交迫的天灾人祸中，谁又来中兴明代？从乱世言，"姜太公钓鱼——愿者上钩"，上钩的是圣主明君周文王，但作者用反诘语气问"何处投竿"，其实便是"无处"，连"愿者上钩"微乎其微的几率也无。

作者纤细易感的心，便在种种莫可奈何中化为汩汩文字，流泻出来。圣人不出，吾辈何如？学老百姓"悲叹、号、怨"？不是。作者没有自暴自弃，他笔调一转，释放了自己的困顿。"方信道做天难"，上天尚且难为，何况圣人、俗人！"信"字，有一种迷惘后的洒脱、坚定和宽容，悲中寓恕，颇有"生命会自己找到出路"的况味！

历久弥新说名句

冯惟敏以"七里滩、磻溪、钓台"典故暗指身处乱世，贤者不出。这是典型的儒者风范——以经世济民、澄清天下为己任。与道家的说法相较，更能看出传统儒者的内心煎熬。

《老子》："天地不仁，以万物为刍狗；圣人不仁，以百姓为刍狗。"这句话的意思是：真正的大仁，其实就是不仁，不对特定对象有所偏私。所以，天地大仁，将一切事物都视作轻贱的事物；圣人大仁，将百姓视作轻贱的，没有偏爱。因为不偏爱，所以让万物自行枯荣而不加干涉，让人民自行兴衰而不加引导，一切都顺其自然。

但儒者重视"牧民、亲民、爱民"，不以百姓为刍狗。当他们因政治现实，只能看着百姓受苦。"求不得"，所以强烈的矛盾、怀疑与无力，所以痛苦。冯惟敏看到人力的渺小，自己的无能为力，深切感受到与人民相同的悲苦，但他没有钻牛角尖、自怨自艾，更没有信念崩溃，他用更宽厚的角度去释放自己。

人多因指驴说马,方信道曼倩诙谐不是耍

名句的诞生

自古道:胜读十年书,与君一夕话。提醒人多因指驴说马[1],方信道曼倩[2]诙谐不是耍。

——明·徐渭·《渔阳三弄》

完全读懂名句

1. 指驴说马:在此指用比喻的方法说明问题。2. 曼倩:西汉东方朔,字曼倩。性格诙谐滑稽,常以寓言劝谏汉武帝。

语译:自古说道:与你谈了一晚的话,比读了十年书还有用。提醒人们,剧中多是指驴说马,借这个故事来讽喻他人、他事。因此相信东方朔的诙谐不是戏耍,是有深意的。

作者背景小常识

徐渭(西元1521—1593年)字文长,号青藤山人、天池生、

田水月等,浙江绍兴人。明代杰出的画家、书法家、诗人和戏曲家。徐渭一生历尽沧桑。他父母早逝,婚姻不顺利,还参加了八次的科举考试都名落孙山。三十七岁受胡宗宪赏识并协助抗击倭寇,这是他较为意气风发的时期。但后来胡宗宪被弹劾死于狱中,徐渭担心受牵累,竟导致精神崩溃,几次自杀都没有成功,四十七岁时精神狂乱将第三任妻子杀死,因此在狱中度过七年的岁月。出狱后颠沛流离,以卖诗文书画为生,将收藏的数千卷图书斥卖殆尽,居处帐破席烂,七十三岁时在贫困中死去。徐渭个性狂傲才华横溢,在文学艺术诸多领域都有惊人造诣,他自称:"吾书第一,诗第二,文三,画四。"戏曲著作《四声猿》,戏曲研究专著《南词叙录》都得到很高的评价。

剧曲的故事

祢衡、曹操死后都到了阴间。阴曹的判官因祢衡即将被上帝召用为修文郎,突发奇想,把祢衡请了出来,一并放出曹操,要他把旧日骂座的情状演述一番,好留在阴司做个千古的话靶,也可让大家见识到善恶报应的结果。祢衡就从曹操胁迫皇室开始骂起,他逼献帝迁都,杀了怀有身孕的董贵人,杀伏皇后、再把自己的女儿嫁给献帝为后。他一人将朝政大权独揽,车旗仪仗超越本分,有阴谋篡位的野心。与袁绍、袁术、孙权、刘备等大大小小的战役,让军民死伤无数。忌人才、害贤良,杀了孔融、杨修,又将祢衡送与黄祖杀害,一件件细数曹操的罪状。全剧只有一折，剧情很简单，就是将曹操的罪恶从头到尾痛快淋漓地骂了一场，还将祢衡死后方发生之事，补骂一番，直骂到曹操铜雀台锁二乔的妄想、死时犹挂念妻妾，要她们初一、十五在灵帐前奏乐唱歌，诸子时时瞻望西陵墓田之事，嘲笑他临死时如此不豁达。最后玉帝诏书至，曹操还监，祢衡上天庭做了修文郎。

名句的故事

《渔阳三弄》是徐渭杂剧集《四声猿》其中的一篇。以戏中戏的方式，将昔日祢衡击鼓骂曹的情景，在阴间重演一遍。祢衡在上天庭之前与判官合唱煞尾："自古道：胜读十年书，与君一夕话。提醒人多因指驴说马，方信道曼倩诙谐不是耍。"点明剧中对曹操的痛骂和嘲弄，是指驴说马，以古喻今，意在提醒当世之人，斥责当世之事。像东方朔般的滑稽诙谐不是无谓的戏耍，其中都是含有深意的。

《渔阳三弄》指驴说马，所指何人？一般认为，本剧是徐渭为讽刺严嵩，悼念好友沈炼而作。徐渭的好友沈炼因为上疏揭露严嵩父子十大罪状，遭廷杖五十并削官为民。其后为严党所忌，诬告沈炼与白莲教串通谋乱而惨遭杀害。此事激起徐渭无限悲愤，加上徐渭本身不为当世所用，报国无门，始终郁郁不得志，他把满腔怨怒，透过祢衡的口，对奸相权臣的种种恶行痛加挞伐，剧中指责曹操狠毒伪善、扼杀人才、残害忠良，也正是对严嵩的严厉指控，作者借此剧抒发蓄积已久的愤懑不平之气。祢衡最终被上帝召用为修文郎，"文章自古真无价，动天廷玉皇亲迓（迎）"，这场否极泰来，正是满足被压抑、受迫害文士的自我安慰而已。

历久弥新说名句

"曼倩诙谐"指的是西汉东方朔，字曼倩。武帝即位之初，征召天下贤达之士，东方朔送了一份自荐表，用了三千片竹简，要两个人才扛得动，武帝看了两个月才看完，他说自己"勇敢像孟贲，敏捷像庆忌，廉俭像鲍叔，信义像尾生"。孟贲，是战国时期的勇士，力能扛鼎。庆忌，武艺高强，能徒手猎犀。鲍叔，就是接济管仲的鲍叔牙。尾生，与人相约于桥下，河水上涨，他抱着桥柱淹死了。武帝赞赏东方朔自许自夸的气慨，就录用他。尽管他博学多智，能察颜观色劝谏皇上，但因性格诙谐滑稽，被武帝视为倡优之类人物，始终不得重用。东方朔在其名作《答客难》中说"用之则为虎，不用则为鼠"，道出怀才不遇者内心的痛苦。

东晋葛洪的笔记小说《西京杂记》记载：汉武帝要杀他的奶娘，奶娘向东方朔求救。东方朔说："你快要被押走时，只要屡屡回头看我，我会想办法救你。"奶娘按照他的话做了，东方朔站在武帝身旁说："你快走吧，皇帝如今已经长大了，怎么还会记得你当初养育他的恩情呢？"武帝受了感动，就把奶娘放了。

笑藏着剑与枪，假慈悲论短说长

名句的诞生

翻云覆雨[1]太炎凉，博[2]利逐名恶战场。是非海边浪千丈，笑藏着剑与枪，假慈悲论短说长。一个个蛇吞象[3]，一个个兔赶獐[4]，一个个卖狗悬羊[5]！

——明·薛论道·《水仙子·愤世》

完全读懂名句

1. 翻云覆雨：比喻人情世事就像天气一般反复无常。2. 博：换、取，例如："博得"。3. 蛇吞象：《山海经》相传有蛇能吞食大象，便比喻以小吞大，贪心而难以餍足。后世将这种以小吞大的情形，用来比喻人心的贪婪无度。4. 兔赶獐：语出苏轼《艾子杂说》"赶兔失獐"，外头赶兔子，屋里失牙獐。意思是，只看眼前没有长远规划，顾此失彼。5. 卖狗悬羊：即挂羊头卖狗肉，比喻说一套做一套，表里不一。

语译：人情冷暖世道无常，人生不过是争名逐利的险恶战场。那些性喜兴风作浪、挑拨是非，笑里藏刀、口蜜腹剑的人，还成天假慈悲地批评、论断别人的是非好坏，说穿了不都是一个个贪婪无度，一个个短视近利，一个个表里不一。

作者背景小常识

薛论道（约西元1531—1600年），字谈德，号莲溪居士，河北定兴人。据定兴县志记载，他八岁便擅长诗文，少年时，因父亲过世家境清寒，于是投笔从戎。从军三十年，立下不少汗马功劳。著有散曲集《林石逸兴》十卷，每卷一百首，其中较有特色的是描绘边塞风光戎马生涯，以及讽刺批判当时社会腐败风气、感叹人民生活痛苦之作品。

名句的故事

薛论道生长于明朝末年"北虏南倭"时期，北边有蒙古寇边，东南沿海有倭寇入侵，当此国家动荡之际，明世宗却耽溺于迷信炼丹之术，欲求长生不老而无心朝政，故社会动荡民不聊生。充满爱国情操，一心想要有所作为而从军的他，眼见时局如此，其心中愤懑可想而知。因此他以辛辣直白的口吻，毫不留情地批评达官贵人争权夺利的丑恶以及社会风气腐败、是非颠倒的种种乱象。

这首《水仙子·愤世》用语浅显平易，但洞察时弊，针针见血。对于身经百战看尽战场上生与死的薛论道而言，官场上争名夺利、勾心斗角的斗争更是险恶，得势的人趾高气昂，失势的人兔死狗烹。最令他无法忍受的是，官僚为了一己之私欲不惜挑拨是非陷害忠良，不顾民生百姓疾苦，不念战士枉死边疆。"笑藏着剑与枪，假慈悲论短说长"，后面几句骂尽了达官显贵、昏庸官员，一个个只会笑里藏刀假惺惺地说些场面话，贪婪自私、短视近利、表里不一。薛论道辛辣鄙夷的口吻，其背后反映了一个为国家愿意付出生命的爱国之士，看到国家腐败积弊，内心难以言喻的沉痛及无奈。

历久弥新说名句

曲讲求明白通俗，结构、节奏上较词弹性自由，又受杂剧影响讲究描摹声气、引经据典，充满庶民白话文学的活泼生命力，本首散曲便是一例。

本句"笑藏着剑与枪"典出《旧唐书·李义府传》：唐高宗时的宰相李义府表面上待人接物态度温恭有礼，与人谈话态度和缓，总是面带微笑，其实内心奸邪阴险。他位居权要，旁人若稍有得罪便加以陷害，故人称其"笑中有刀"，其后便以"笑里藏刀"这个成语比喻一个人表面上和蔼亲切，但一肚子坏水。

类似成语还有"口蜜腹剑"，典出《资治通鉴·唐纪三十一》："世谓李林甫'口有蜜，腹有剑'。"唐玄宗时的宰相李林甫，阴险狡诈，妒忌有才之士，表面上甜言蜜语与之交好，暗地里却想尽办法陷害他人，其后用以形容一个人嘴巴说得好听，而内心歹毒、处处想算计他人。

"假慈悲论短说长"则脱化于口语歇后语，"猫哭耗子"以及"东家长西家短"。耗子意同老鼠，猫是老鼠的天敌，怎么会为了老鼠而哭，只是故做悲悯的假慈悲。"东家长西家短"，生动描绘三姑六婆四处串门子，议论他人是非长短。本句中所描绘的丑恶人性、社会腐败情状，即使在现今社会中亦时有所闻，读起来不但心有戚戚焉，更觉得薛论道骂得畅快淋漓大快人心！

自己跌倒自己爬,指望人扶都是假

名句的诞生

　　自己跌倒自己爬,指望[1]人扶都是假。至亲人说的是隔山[2]话,虚情儿哄咱,假意儿待咱,还将冷眼观[3]。时下[4]且休夸,十年富贵,再看在谁家?跨海难,虽难犹易;求人难,难到至处。亲骨肉深藏远躲,厚朋友绝交断义。相见时项扭[5]头低,问着他面变言迟。俺这里未曾开口,他那里百般回避。锦上花[6]争先添补,雪里炭谁肯送去。听知!自己跌倒自己起,指望人扶耽搁了自己。

——明·朱载堉·《黄莺儿·求人难》

完全读懂名句

　　1. 指望:期待、希望。 2. 隔山:隔了一层,无法深入了解个中情况。 3. 冷眼观:以事不关己的态度,不愿有所牵扯。 4. 时下:眼前当下,此刻。 5. 项扭:项,脖子,转头别过脸去。 6. 锦上花:锦上添花。

语译：自己跌倒就要自己爬起来，不要期望别人来搀扶你。即使是家人也无法真正体会你的甘苦，还不就是表面上虚情假意地说些客套话来哄骗我们，实际上冷眼旁观等着看好戏。现在过得好，没什么了不起，等十年之后，风水轮流转，再看看富贵落在谁家？横跨海洋是很难，不过还是办得到；求人帮忙最困难！要求人帮忙时，即便是骨肉手足都躲得远远的，知己好友也都断绝来往。路上遇见，就低头、转头假装没看见。开口请他帮忙，就脸色大变支吾推辞。我都还没开口，他就急着转移话题。人人都争着锦上添花，那有人愿意雪中送炭。所以你们听好啦！自己跌倒就自己爬起来，等待别人来扶你，只是耽误了自己。

作者背景小常识

朱载堉（西元1536—1610年），字伯勤，号句曲山人。明宗室郑恭王朱厚烷嫡子，为明太祖朱元璋九世孙。他多才多艺，精通天文地理、历算数学、文学、音乐舞蹈等，他在《律吕精义》、《乐律全书》中所提出的"新法密率"，以复杂的数学计算及乐器的实际实验，算出如何将八度音等分为十二律，便是西方后来发明的十二平均律。

朱载堉十五岁时，因其父朱厚烷劝谏明世宗勿迷信道教，而遭降为庶人，朱载堉深感不平因而"筑土室宫门外，席藁席独处者十九年"消极抗议，直到他三十四岁时，父亲获赦恢复爵位，方才入宫。这十几年间看尽人情冷暖、富贵兴衰的经历，深深影响他的价值观，并反映于文学创作中。其父死后，他让出爵位不愿继承，潜心于著作，著有《乐律全书》、《律吕正论》、《律吕质疑辨惑》、《嘉量算经》、《律吕精义》等。

名句的故事

朱载堉虽贵为皇亲贵族，却能生动描写贫苦百姓生活中所面对的现实百态，这不得不归因于他父亲"自少至老，布衣疏食"俭朴的处世态度以及他大起大落的人生经历。照理说，身为皇亲国戚，旁人巴结逢迎都来不及了，怎会需要看人脸色求人帮忙呢？

自郑王朱厚烷劝谏世宗，被降为庶人流放安徽后，朱载堉顿时从衣食无忧、人人奉承的天之骄子，变成人人避之唯恐不及的罪犯家眷。至亲好友怕受牵连，顶多说说安慰的话语，却无实际支持的行动，朝中亦无大臣仗义谏言，让他深深体会"求人难，难到至处"，才能如此写实地描绘亲朋好友百般回避、推托的情状，和求人帮忙时的卑微处境，体悟世人多是锦上添花，少有人雪中送炭。名句"自己跌倒自己爬，指望人扶都是假"一开始便清楚明白地写出世情冷暖，求人不如求己。整首作品呈现了他大彻大悟后，视富贵如浮云淡泊名利，潜心向学自强不息的人生态度。

历久弥新说名句

　　本句以具体的"跌倒"、"爬起来"动作,譬喻人生"遭遇困难、挫折"的经历以及"振作、克服困难"的过程。每个人都经历过幼童学步时期,经过无数次的跌倒,越挫越勇,才能学会如何跨出稳健的步伐。如果跌倒了只是赖在地上哭闹,等着父母来扶,只会养成依赖的个性,永远也学不会走路。由于此譬喻生动浅显易懂,古今中外文人、作者亦常以此勉励后人"失败为成功之母",遇到困难挫折,应勇敢面对克服挑战,而不要依赖他人替自己解决问题。大家耳熟能详的俗语"从哪里跌倒就从哪里站起来"、杏林子《生之歌》:"一个人跌倒并不可耻,可耻的是他赖在地上不肯起来",都是典型的例句。发现地心引力的科学家牛顿也曾说过:"跌倒,爬起来,便是成功。"遭遇挫折切莫依赖他人扶助,天助自助者,唯有靠着自己的力量方能克服困难,从挫败中成长。

世间人睁眼观见，论英雄钱是好汉。
有了他诸般趁意，没了他寸步也难

名句的诞生

　　世间人睁眼观见，论英雄钱是好汉。有了他诸般趁意，没了他寸步也难。拐子[1]有钱，走歪步合款[2]；哑巴有钱，打手势好看。如今人敬的是有钱，蒯文通[3]无钱也说不过潼关[4]。实言，人为铜钱，游遍世间。实言，求人一文，跟后擦[5]前。

——明·朱载堉·《山坡羊·钱是好汉》

完全读懂名句

　　1. 拐子：脚有残疾走路一跛一跛的人。2. 合款：合乎规矩，适宜恰当的意思。3. 蒯文通：即蒯通，原名蒯彻，汉初韩信麾下策士，辩才无碍，擅长分析利弊得失。4. 潼关：位于陕西，地势险恶，易守难攻，为兵家必争之地。5. 擦：靠得很近。

　　语译：只要是有眼睛的世人都知道，论英雄非关是非成败，只要有钱就是好汉！有钱就诸事称心如意，没钱寸步难行。瘸子有钱，即使走路一跛一跛旁人看来都觉得步履矫健；哑巴有钱，比手语旁人也觉得姿态优美。现在这社会，人人看重的就是财富，没钱的人，人微言轻。即使是辩才无碍的蒯通，要是没钱，说破了嘴也走不出潼关。说实话，人的一生忙碌奔走都为了赚钱；要向别人借钱时，即使只是一文钱，也得卑躬屈膝跟前跟后。

名句的故事

朱载堉贵为皇亲国戚，人生却几经波折，出生于皇室自幼便享受荣华富贵，活在别人钦羡的眼神中；而后父亲遭罢黜为庶人，他亦能自得于粗茶淡饭的平民生活，专注于研究乐律、历算等学问，从皇子成为杰出的学者。他特殊的人生经历，使得他对金钱、财富的看法更加透彻。这首《山坡羊·钱是好汉》呈现现实主义的批判色彩，一针见血地针砭明朝当时"笑贫不笑娼"的社会风气。

四民依序为士、农、工、商。自古以来，商人在中国的社会地位不受重视。明朝初期，明太祖推行"重本抑末"政策，重视农耕发展、鼓励人民囤田垦荒，以图恢复民生经济，因此明代初期商人社会地位低落，直到张居正提出"厚农而资商"，"厚商而利农"的观念，商人的地位才逐渐获得肯定，社会风气亦开始转变，认为经商有成亦是一种成就。名句"世间人睁眼观见，论英雄钱是好汉。有了他诸般趁意，没了他寸步也难"，虽然表面上赞扬金钱万能，实为讥讽世人见钱眼开、唯利是图的丑恶，批评当时社会价值观错乱，"财富"取代"才德"成为衡量一个人的标准，"有钱"甚至能指鹿为马，颠倒是非。

历久弥新说名句

　　金钱与人类的社会活动息息相关，从决定价值到交易买卖都需借由金钱来衡量。因此早在西晋时，便出现探讨金钱的文学作品。西晋惠帝时，文士鲁褒有感于当时贿赂风气盛行，朝廷纲纪败坏，著有《钱神论》，针对钱的外形、功能，以借物说理的方式阐述金钱神通广大，以及衍生而出的种种光怪陆离的现象。鲁褒以"失之则贫弱，得之则富昌"、"钱多者处前，钱少者居后；处前者为君长，在后者为臣仆"说明金钱不仅能决定贫富还能决定人的贵贱，和本篇名句有异曲同工之妙。而鲁褒针对铜钱"外圆内有方孔"的外形，称钱为"孔方兄"，这个称呼也被沿用至今。

生平劲节清操,怎肯向貂当屈膝低腰

名句的诞生

(生)俺生平劲节清操,怎肯向貂当[1]屈膝低腰!(老)叩拜的也颇多,你怎地独自倔强?(生)一任那吠村庄趋承[2]权要,俺只是守孤忠,心存廊庙[3]。

——清·李玉·《清忠谱》第六折

完全读懂名句

1. 貂当:汉代宦官多任中常侍,故以中常侍之官帽"貂当"代称宦官。2. 趋承权要:逢迎拍马,迎合达官贵人的心意而行。3. 廊庙:指朝廷、国家。

语译:(周顺昌)我这一生人格操守清白坚贞,哪里肯向宦官下跪鞠躬哈腰!(李实)其他人不也都叩拜了吗?怎么独独你这么倔强?(周顺昌)任凭全村庄的人甘于像狗一样趋炎附势讨好权贵显要,我只是守着一份对朝廷的忠心。

作者背景小常识

李玉(约西元 1591—1671 年),字玄玉,号苏门啸侣,又号"一笠庵主人"。他毕生致力于戏曲创作和研究,在明末剧坛颇具声望。所作传奇三十多种,今存十八种,又曾编订《北词广正谱》,是研究北曲曲律的重要著作。

剧曲的故事

《清忠谱》全剧共二十五折,根据明朝天启年间阉党魏忠贤等人迫害东林党人周顺昌、魏大中、左光斗等史实改编而成。

明末太监魏忠贤握有大权,大肆迫害以顾宪成为首,在江苏无锡东林书院评论国事的东林党人。吏部员外郎周顺昌因而回到故乡苏州。当时的巡抚毛一鹭及太监李实为了巴结讨好魏忠贤,特为其建造生祠,周顺昌因魏忠贤陷害忠臣魏大中而勃然大怒,前往生祠,对魏忠贤的塑像破口大骂。毛一鹭及李实得知后,便呈报魏忠贤,魏忠贤大怒罗织罪名,派锦衣卫抓拿周顺昌下狱刑求。由于周顺昌爱民如子,素有声望,苏州百姓群情激愤上街阻挡冲撞府衙,引发暴动。而后锦衣卫率兵镇压,颜佩韦、杨念如、周文元、马杰、沈扬结义兄弟五人,为避免殃及无辜,便出面自首而遭处死,周顺昌亦死于狱中。次年,崇祯即位,魏党被黜,周顺昌等义士终于沉冤昭雪。苏州百姓便将魏忠贤生祠拆毁，在原址兴建五人墓，纪念这五位义士。

名句的故事

本篇名句出自于第六折《骂像》，叙述周顺昌收到帖子，邀他同贺魏忠贤塑像入祠，一时怒发冲冠，前往生祠痛骂塑像，与李实、毛一鹭等人发生冲突的场景。

周顺昌看到生祠金碧辉煌，愤恨不平。此时李、毛二人正在生祠中庆祝生祠落成，得知周顺昌前来，李实便要他叩拜魏忠贤的塑像。周于是冷笑驳斥，唱出这曲《脱布衫》，表示自己有志节，心在国家，不可能向宦官下跪，更痛骂魏忠贤比指鹿为马的赵高更凶残，比东汉宦官徐璜、具瑗更贪得无厌。

李玉创作不拘泥史实，本折《骂像》便是为了强调当时政治黑暗阉党横行，改编史实以凸显周顺昌刚正不阿，强化戏剧效果。事实上，巡抚毛一鹭是在周顺昌遇害后，才在苏州建造魏忠贤生祠。李玉将本折作为全剧枢纽，以周顺昌骂魏忠贤塑像引发后续情节，本句更是贯穿全剧的中心思想，阐述义士忠臣高风亮节，不畏权势仗义执言，表彰其清白节操与宁死不屈的精神。

历久弥新说名句

在《清忠谱》第一折《傲雪》里，李玉安排周顺昌登场时，便令他自言"一身轻似叶，所重全节名"、"冰心独抱，挺然傲雪孤松"，营造出一位嫉恶如仇、高风亮节的士大夫形象。

而在更早之前，也有一位有着劲节清操的贤臣于谦。相传于谦在七岁时，有个僧人看到他，便十分惊奇地说道："他日救时宰相也。"认为他有朝一日，一定会成为能挽救时局的宰相。

而后于谦果然成为国之栋梁，以社稷安危为己任。明英宗亲征瓦剌，于土木堡大败遭掳，举国人心惶惶时，也是于谦独排众议坚不投降，亲自督军迎敌，终于成功保住京城，与瓦剌议和迎回英宗。然而，待英宗复位后，于谦却被补下狱，以谋逆罪被处以极刑，直到宪宗时才获平反。

于谦曾作一首《石灰吟》："千锤万凿出深山，烈火焚烧若等闲，粉身碎骨浑不怕，要留清白在人间。"他以石灰自比，表示自己无惧锤炼焚烧，即使粉身碎骨，都要坚贞不屈，留得清白的名声。虽然他遭到冤狱，但我们仍能从这首诗中看到他的气节，而他的声名也随着这首诗的流传，永远不坠。

平日价张着口将忠孝谈，
到临危翻着脸把富贵贪

名句的诞生

　　平日价张着口将忠孝谈，到临危翻着脸把富贵贪。早一齐儿摇尾受新衔[1]，把一个君亲仇敌当作恩人感。喒[2]，只问你蒙面可羞惭？

　　　　　　　　——清·洪升·《长生殿》第二十八出

完全读懂名句

　　1. 衔：官衔。2. 喒：我。同"咱"。

　　语译：平常只会满口忠孝节义，遇到危急就翻脸贪求富贵。早日一起像狗一般摇着尾巴去接受新的官衔。把国君亲人的仇敌当作是恩人来感谢，我只问你知不知道丢脸羞愧？

作者背景小常识

洪升（约西元 1645—1704 年），字昉思，号稗畦、稗村，别号南屏樵者，钱塘（今浙江杭州）人。洪升出生于明亡后第二年，青少年时代在动荡生活中度过。入清后，在北京做了二十多年国子监生，无一官半职，生活清苦。他早年来到北京，已有诗名。他曾学诗于名诗人王士禛、施润章，并和知名文人赵执信等交往。他的传奇《长生殿》，曾经过十多年的努力，于圣祖康熙二十七年（西元 1688 年）定稿后，轰动一时，被到处传抄、搬演。次年，因在佟皇后丧期演唱此戏而获罪，被革去国子监生资格，失去仕进机会，自此只好离开北京，回到故乡。晚年，抑郁无聊，纵情湖山之间。康熙四十三年（西元 1704 年），在浙江吴兴醉后失足落水而死，年五十九。洪升著有诗集三种：《稗畦集》、《稗畦续集》、《啸月楼集》。保存下来的戏曲集，只有《长生殿》传奇，和《四婵娟》杂剧二种。当时，他和孔尚任齐名，有"南洪北孔"之称。

剧曲的故事

《长生殿》写的是唐明皇与杨贵妃的爱情故事。描写唐玄宗宠爱贵妃，封其兄杨国忠为右相，三个姐妹也同封为夫人；只是唐玄宗后来又宠幸虢国夫人、梅妃，引起杨贵妃的不满。两人后来和好，于七夕夜在长生殿对着牛郎织女密誓。唐玄宗终日与杨贵妃游乐，不理政事，宠信杨国忠。为讨好贵妃，甚至不惜耗费大量人力物力从海南采新鲜荔枝，踏坏庄稼，踏死路人。后来安禄山造反，唐玄宗一行人逃离长安，在马嵬坡军士要求处死杨国忠及杨贵妃，唐玄宗不得已让杨贵妃自缢。贵妃死后深切痛悔，受马嵬坡土地神帮助，登蓬莱山成仙；唐玄宗日夜思念贵妃，派方士寻找，最后感动了织女，让两人在月宫团圆。

名句的故事

《长生殿》以安史之乱为背景写唐明皇、杨贵妃的爱情故事。洪升一方面通过唐明皇、杨贵妃的故事颂扬生死不渝的爱情，一方面又联系他们爱情的发展，揭开了安史之乱前后的社会背景。

爱情方面，从声色之好到情重恩深，描写了他们奢靡的生活、爱情的发展。经过七夕密誓、马嵬之变，既有生生世世结为夫妇的誓愿，又有生死之别的经历，使得爱情上升到了新的高度，也令生死别离后的刻骨相思，得到更多观众的同情。在洪升笔下，杨贵妃是一个值得同情的悲剧人物，而唐玄宗作为纵情声色的皇帝，值得批评，但身为忠于情爱的帝王，又值得歌颂。因此洪升将抨击的矛头指向弄权误国的杨国忠、安禄山等人。

名句出自于第二十八出《骂贼》，借乐工雷海青之口，痛骂那些卖国求荣、投降安禄山的旧臣子："平日价张着口把忠孝谈，到临危翻着脸把富贵贪。"雷海青虽然只是个普通乐工，却坚贞不屈,正气凛然,与那些享有高官厚禄但贪生怕死、背义忘恩、争着投降敌人的众文臣武将,形成了强烈的对照。

历久弥新说名句

《长生殿》并非第一部描写唐明皇与杨贵妃故事的戏剧,自唐代白居易《长恨歌》、陈鸿《长恨歌传》以来,一直是诗歌、小说、说唱、戏剧等各种文学形式反复书写的题材。戏剧方面,最著名的有元人白朴的《梧桐雨》,不过,《梧桐雨》最后却是悲剧结局:唐玄宗回京后,退居西宫养老,忽梦贵妃请他赴长生殿,梦境却为窗外雨打梧桐之声所惊破,秋景的萧瑟,秋雨的凄凉,与他晚景的寂寞凄凉、伤感懊恨、愁闷相思相呼应。就在对着梧桐,听着雨声,想着贵妃之中,唐玄宗的无尽哀思在读者心中不断回荡。

《长生殿》一改《梧桐雨》的结局,写成杨贵妃虽死,却犹抱痴情,唐玄宗虽生,仍能共守前盟,因此终于能感动天地鬼神,得以共升仙宫,永久团圆。更重要的是,《长生殿》把"情"从故事中抽绎出来,成为具有超越生死的力量,因此在第一出中即有:"今古情场,问谁个真心到底?但果有精诚不散,终成连理。万里何愁南共北,两心那论生和死。"故洪升对于有人称《长生殿》"乃一部闹热《牡丹亭》"的说法也表示赞同。

冤戴覆盆霜，恨气空填霄壤，
啼鹃血尽，今宵魂在何方？

名句的诞生

　　二更鼓罢，又是三更了。来！快把犯人绑赴法场[1]，等候寅刻[2]开刀。（净）犯人走动。（生绑上）阿呀！皇天呀！冤戴覆盆[3]霜，恨气空填霄壤[4]，啼鹃[5]血尽，今宵魂在何方？（内四更介）（生）又是四更了。阿呀！我米新图性命，只在顷刻也。

　　　　　　　　　　——清・朱素臣・《未央天》第十八出

完全读懂名句

　　1. 法场：刑场。2. 寅刻：按明代刑法规定，监斩官必须等到天亮才能行刑，剧中秣陵县令褚无良判决新图在十一月十七日寅时三刻伏法。寅，寅时，凌晨三到五点。刻，古代一刻为十四·四分钟，三刻约四十三分钟。3. 覆盆：阳光照不到被翻转覆盖着的容器里面，后用来比喻遭到不明不白的冤枉。4. 霄壤：指天与地。5. 啼鹃：杜鹃鸟的悲鸣声。

语译：三更天了，来人啊，把犯人绑起来，押送到刑场，等寅时三刻一到，就立即处决。（狱卒）走吧。（米新图被绑着，上场）天呀！我遭到不明不白的冤枉，不知道该向谁申诉，天地之间，充满着我愤愤不平的情绪，就连杜鹃鸟也为我抱不平，今晚我的魂魄将会在什么地方？（后台传来四更的声音）（米新图）四更天了。啊呀！我的生命，只剩下现在啊。

作者背景小常识

朱素臣，名确，号笙庵，以字行，明末清初剧作家，江苏吴县（今苏州）人，生卒年月不详，约生于明天启年间（西元1621—1627年），卒于清康熙四十年（西元1701年）以后。出身贫寒，终身致力于戏曲创作和研究。著有传奇十九种，今存十种，其中以《翡翠园》、《十五贯》、《未央天》、《聚宝盆》等最为脍炙人口。

剧曲的故事

《未央天》全剧共二十八出，内容叙述书生米新图带着仆人马义，前往秣陵县探望大哥新国，但没想到正好赶上见大哥最后一面，新国不知妻子陶氏正等着自己断气，好与邻居侯花嘴双宿双飞,临终之际,仍是将陶氏托给弟弟照顾,新图遂请嫂嫂一同扶柩归宗。守丧期间,难耐寂寞的陶氏色诱新图,但为其所拒,心有不甘的她遂与侯花嘴密谋,杀害侯妻李氏,割下其头颅,换上陶氏的衣服,以"奸杀嫂嫂"的罪名构陷新图。

秣陵县令褚无良凭着侯花嘴的一面之词,派人逮捕新图,并对马义表示寻得尸头即可缓刑。马义之妻为报主人恩惠,自尽而死,马义割下其头颅献给县令。没想到县令食言,仍判十一月十七日寅时三刻斩首。马义上京击鼓鸣冤,建康刺史闻朗被其忠心赤诚感动,承诺禀明皇帝后,重新审理。

大哥新国死后成为天上的神祇,为救胞弟上奏天庭,玉帝令住在未央宫主管寅时的神祇,故意延宕监斩官行刑的时间,直到九更时分,复查官员赶到才天亮(故今戏曲演出有称《九更天》者),经诉讼审理、明察暗访后,新图不白之冤,终获平反。

名句的故事

米新图前往秣陵依亲,没想到竟遭到如此横祸。倘若有司能灭私奉公、明察秋毫,也许他就不致于负屈含冤,被冠上奸杀嫂嫂的罪名,更不会被判刑定谳。

三更天时,新图被押解绑赴刑场,对自己生命即将在寅时三刻告终,心情郁积、烦闷到了极点。在时间无情的压迫下,新图回想讼案审理期间,自己原本和乐的一家人,因这莫须有的罪行,各分东西,儿子为筹得诉讼费用,典当卖身;妻子为救他多方奔走,哭断衷肠,叫他怎能不义愤填膺、百感交集呢?于是,他高唱出:"冤戴覆盆霜,恨气空填霄壤,啼鹃血尽,今宵魂在何方?"这百口莫辩的冤屈,申诉无门的灵魂将何去何从?时间一分一秒流逝,新图无语问苍天。

历久弥新说名句

相传古蜀望帝杜宇将王位禅让给治水有功的臣子后,便隐居西山。但心系百姓生活的他,在新王日渐独行专断时,化成杜鹃鸟,劝其体恤民情,因啼声凄惋、哀伤,留给历代文人许多想象,也让人留意到它如血般火红的鸟喙,文章中常以"杜鹃啼血",寄托主人翁的思念之深。如宋人贺铸《忆秦娥》一词:"三更月,中庭恰照梨花雪。梨花雪,不胜凄断,杜鹃啼血",便生动描述了饱受相思熬煎、辗转难眠的少妇,杜鹃鸟的声声呼唤,仿佛成了她不能言诉的思念代言人。

杜鹃花开的季节,与杜鹃鸟活动频繁的时期相仿,文人便将这两种生物联想在一起,再联系到望帝的故事,于是鸟与花有了生生世世的牵绊与生命情怀。现代作家张晓风在《从你美丽的流域》的《杜鹃之笺注》一文中,忆及自己爱上杜鹃花的原因,乃是母亲说过的神话:"杜鹃鸟……它把自己倒吊在树枝上叫,叫到后来,血都从舌头上滴下来,滴到杜鹃花上,花就染红了。"血洒落在花上,形成美丽色彩,也使杜鹃与中国文学的关系,再添绮丽的扉页。